シリーズ
日本語の醍醐味③

田紳有楽

藤枝静男

烏有書林

目次

龍の昇天と河童の墜落　7
文平と卓と僕　31
静男巷談（抄録）　49
壜の中の水　83
田紳有楽　161
みな生きもの
みな死にもの　297
老いたる私小説家の私倍増小説　323
解説　七北数人　339

田紳有楽

龍の昇天と河童の墜落

蛤、亀、乃至《ないし》河童が、水鳥の趾《あしゆび》、または龍の尻尾に便乗して昇天するが、下界の仲間を嘲笑しようとして口を開いたが為に墜落惨死する、めでたしめでたし、という説話は、法外の高望みを戒《いまし》める比喩談として誰でも知っている。僕も七つ八つの頃から度々聞いたり読んだりしてよく覚えている。

ところが、最近上京して友人桂田の家に一泊した際彼が子供への寝物語に之を話してきかせるのを何気なく傍聴して驚いたことは、なるほど筋は同じだが中身が何だか変てこになっているのだ。比喩も、あるようでもあり、又ないようでもあり、いやに理屈っぽいところがあるかと思うと、出まかせらしいふしもまた多分に含まれている。

そこで念のため質《ただ》してみると、彼はこの通りを自分の父から聞いたのだと主張したばかりでなく、元来説話に比喩などあろう筈がない、そんなものは後からつけられた不純物だ、モラルのないという点からだけでも俺の話のオリジナリティーが証明されると得意な顔をした。

彼の郷里は遠州秋葉山の麓にある。して見ると、あの辺ではあのように話し伝えられているのかしらん。

一

昔々、と云ってもたいして昔のことではない、遠江《とおとうみ》の国気《け》多《た》川《がわ》の淵に一匹の龍が棲んでいた。何しろ山に千年、海に千年、川に千年、それから後は天に昇ってどうなるかわからんと云うのだから、龍というものはたいしたけだものだ。ところが、この気多川の龍は横着者だったと見えて、初めの千年は山の芋に化けて、紀州熊野の山奥の、那智という大きな滝のしぶきのふんだんにかかる茂みのなかに寝て暮した。夏はひやひやと湿って涼しいし、冬は部厚い苔の下にもぐっているからほかほかと温い。気持がいいのでのんびりところがっていると、身体がどんどんのびて来て、五百年目には三十米《メートル》にもなってしまった。何しろ尻尾の方がずるずると勝手に伸びて、まわりの木の根の隙間隙間と這いこんだから、とんと雁字がらめに縛られたも同然、おまけに縄目の所はくびれた瓢簞のようになって、身体を動かす度に痛くてやり切れない。「もうあと五百年もある」龍はひどく後悔した。「石ころにでもなっていりゃよかった。そうすれば千年目にはチョイと手足をはやして亀になって、楽々と海に出られるのに——しかし俺は龍だ、まさか助けてくれとは云われない」

そこで龍は、葉や蔓を伝わって頭から入ってくる養分を、できるだけ尻の方へ廻さないように抑えつけることにした。すると、身体の伸びは止まった。が、今度はあっちと云わず、こっちと云わず、むやみやたらにしこりが吹き出してきて、全身たんこぶだらけの醜い姿に変ってしまった。その上たんこぶのまわりには、何時《いつ》のまにか細いひげ根がからみついて、九百年目にはもう龍の身体はビクとも動けなくなってしまっていた。

「俺はまたしくじったらしい。ノッペラボーに伸びていた方が却《かえ》って地面を抜け出し易かったろうに」と龍は呻《うな》った。「しかし俺は龍だ、自分でやるより仕方がない」

それからというもの、龍の山芋は、一日も早く身軽になって広々とした海に下って行く夢ばかり見るようになった。今まで耳に入らなかった滝の音が馬鹿に気になってきた。コロコロ、コロコロと気随気儘《きずいきまま》に転がって行くせわしそうな水玉が、羨《うらや》ましくてたまらなかった。全身に盛り上ったこぶこぶの一つ一つが憎くてならなかった。「ウーン、ウーン」と龍は呻った。「山芋さん、またうなされているのかい。いい加減にしておくれ、近所迷惑じゃないか」とまわりの灌木達が文句を云った。

さて、千年目の春さきのことだ。三日ばかり妙に暖い日が続いたと思ったら、急に湿った風が吹き出して大嵐になった。那智の滝からは薄濁った水がドードーと地響うって滝壺に落ち込んだ。地面の下では山芋がうずくような痛みに身もだえして苦しがっていた。

すると不思議なことに、山芋の全身を被っていた醜いたんこぶというたんこぶから、ねばねばぬるぬるした油汗がにじみ出し、一夜明けると今迄の山芋は、長さ三十米の大鰻と変ってしまった。そうして大鰻に変った龍は、水かさの増した早い流れにのって、うねうねと、あっちこっちの曲り角の岩にたんこぶあとのかさぶたをこすりつけながら、下へ下へとくだって行った。

二

さて、海へ出た大鰻は、なんなく紀州灘を横切って、南へ南へ、深みへ深みへと泳いで行った。七色の光に輝り燿《かがや》く海の底からは、瑠璃や珊瑚の塔がにょきにょきと数えきれぬほど突っ立っている。丸ビルの二倍ほどもある大昆布の林を縫って大鰻は思う存分身体をくねらせながら、少しも休まず泳ぎ続けた。

「愉快愉快」

飯時でもなかったが、彼は一寸首をのばして、擦れちがった二三匹の鮹《たこ》をパクリとやった。何しろ鯛でも鰹でも鯖でも、うまいことと云ったらこたえられない。その上綺麗でピンピンしている。熊野の山の下で、腐った葉から浸み出る汁をちびちびすすって露命をつないでいたなんて夢のようだ。

龍の大鰻は、こうして愉快な旅を続けて行ったが、十年ばかりするとよほど深味へさしかかったと見えて、水温がめっきり下り、出会う魚の群も少なくなった。何時のまにか、あたりは冬の夕暮時を見るような灰一色の景色に変っていた。

「こりゃしまったぞ、道をまちがえたかもわからん」心細い声が思わず出た。「しかし俺は龍だ、今更《いまさら》引返すわけには行かない」

「龍だとさ。ヘヘン。鰻の癖に」彼の腹のあたりに転がっていたシャコ貝が、長いベロを出して嘲笑《あざわら》った。「なるほど図体だけはでかいようだが、髯《ひげ》もなければ角もない。おまけに身体はつるつるだ。そんな龍があるものか」

「それでは君は龍を見たことがあるのだね。教えてくれ、龍ってどんな恰好しているか」

「見たことはないさ」シャコ貝は少しうろたえて云った。「――しかし古い本や古い絵を見ればちゃんとのっている。まあ、ひじき畠に遊んでいる龍《たつ》の落し子を大きくして、少々手を加えたものだと思えば間違いないだろう。現にあの連中からむかし龍が出たということを俺は聞いたことがある」

「君はそう云うけれどもね、僕だって龍にはちがいないのだ。ただ鰻の形をしているだけだ。鰻になる前なんか千年ほど山芋に化けていたくらいだ」

「エッ、山芋？」シャコ貝はプッと吹き出して砂をそこらじゅうにまき散らした。「ハハハハ山芋だって、ハハ、、山芋だって」

龍は悲しそうな顔をしてそこを離れた。しかし、方角はやはり南の方へ、深い方へと向って泳いで行った。「俺は龍だ」と彼は考えた。「ところが俺には龍ってどんなものだかわからない。見たこともなければ聞いたこともない。と云ってシャコ貝なんか信用できない。自分でなってみないうちはわからない」

そのうちに、あたりはいよいよ暗くなってきて、とうとう、山を出てから二十年目には、水は氷のように冷たく、一寸四方を見透せない真暗闇の海の底に入ってしまった。何日も、何日もめくらめっぽうに捜り廻った挙句、とある岩の下の凹みに、龍は身体を落着けた。そうして長いこと、砂をかぶって眠っていた。

暗い静かな海の底には、お化けのような深海魚の群が、のろりのろりと泳ぎまわっている。何千年何万年もかかって沈み積もったミジンコの死体と、万年億年もの昔、若い地球に降りそそいだ、こまかい丸い宇宙塵とでできた厚い深い泥の上には、骸骨みたいな海綿が生えている。そのかげを、鼠ほどもあるワラジ虫や、身体の十倍も長い脚をもった大蟹がのそりのそりと這いまわっている。胴体に明りをつけた魚が、夜汽車のようにぼんやり光りながら宙を泳いでいると、横から身体半分ほどもある大口をパクリと開いて、別の魚が食いついて行く。かと思うと提灯あんこうが、差し出した提灯の後の暗の中で、棘のような歯をむき出して待っている。中途半端な魚は一匹もいない。眼のない奴には恐ろしく長い髯がくっついている、でなければ馬鹿でかい眼玉をギョロつかせている。自分の倍もある魚を飲み込んで、ウンウン呻って寝ているのもある。ゴム風船みたいに張り切った胃袋に、食われた魚がそのまんま窮屈そうに丸まっているのが透けて見える。しかし、だからと云って自分の身体が一粍《ミリ》だって伸びるわけではない。

強い強い重い重い水の力、どんな生物だってここへ来れば押し潰されてしまう。ところが彼等は、それがなくては生きられない。その証拠には、たまにうまそうな餌につられてうかうかと上の方に昇って行った奴は、たちまち眼玉は顔から、はらわたは残らず口から飛び出して、えらい勢で水面に向って浮き上ってしまうのだ。

死んだように動かない、冷たい真暗な海の泥の中で、鰻はようやく目をさました。それからひもじい何百年が、ゆっくりゆっくり過ぎて行った。鰻は毎日棘だらけの提灯あんこうや、甲羅の固い足長蟹を、一匹か二匹まずそうに飲み込んだ。気味の悪いワラジ虫が二三匹しか捕らないこともあった。やっとうっすら見え始めた眼に、二米もある烏賊《いか》の群が泳いでいる様が映ることもあった。それを追って、ナガス鯨がもの凄い勢で潜って来るかと思うと又もの凄い勢で昇って行く。

「何て柔くてうまそうな烏賊だろう。何て威勢のいい鯨だろう。何てぶきっちょな、俺は鰻だろう」

ところが、八百年程すぎた頃から、鰻の身体はだんだんに変って来た。まわりから押し寄せる水の力をはねかえすために皮が固くなり、厚い鱗がびっしりはえて来た。鋭い鞭のような髯が二本、鼻の下に伸びて来た。眼玉はギョロギョロに光って来た。口は耳まで裂けた。そして脚が四本どんな強い地震にもびくともせぬように、深い海底の岩板にしっかり爪をたてていた。鰻はとうとう龍になった。

そして、千年目のある朝のこと、龍は長い身体を泥の上にふわりと浮かしたかと思うと、まっしぐらに海面に向って泳ぎ昇って行った。

三

龍は北へ北へと、もと来た道を泳いで行った。そして五年目の春、今度は遠州灘を横切って天竜川を上り、やがて気多川に入ると、ある小さな村の近くの深い淵の底に身体を沈ませた。

「やれやれ、この千年は苦しかった。これで何だか俺もホンガラカになったよ。——しかしこれから先は一体どうなるだろう」

五六日すると、悧巧そうな河童が一匹恐る恐るやって来た。

「ヘイ、御挨拶に参りました。今後はどうぞよろしく、龍さんのような方をお隣りに持つなんて、私の先祖にもなかった光栄で、親戚どもにも鼻の高い次第でございます。私もお蔭で二三割方ははばがききます。御用がございましたら何なりと御いいつけ下さいまし。何なら早速こいらの泥のかい出しでも致しましょうか」

河童はベラベラと喋ったかと思うと、龍の案外おとなしそうな顔色をみてとったと見えて早速泥をかい出すどころかのそのそと上り込んで

「ヘイお初ほでございます。初物を食べると七十五日生きのびると申しますから、わざわざ持って参りました」

と云ってヘボ胡瓜《きゆうり》を三本、大切そうに岩の上に置いた。

「それはそれは、どうも御丁寧に恐れ入りました。私こそよろしく御願い申します。何分うったばかりで土地不案内でもありますからさぞ御厄介をおかけ致すことでしょう」

龍は友達なんかこれまで一人として持ったことがなかったので、七十五日ばかり生きのびても仕方がないと思ったが、あわてて丁寧なお辞儀を返した。すると河童は得意になって

「いえなに、私もこの辺では相当の顔でございますから、貴方がそう云って立てて下されば悪いようには致しません」

と少しずつ恩に着せはじめた。そして今度は、去年の夏には子供の尻子玉を五つ抜いたという自慢話をはじめた。龍は何だか頭がボーッとして目がまわり、あっけにとられてきいていたが、河童が帰ると呟いた。

「さてさて村住いというものも大変なものらしい」

さてそれからというもの、河童は三日にあげずやって来て、何かと龍の用を足し初めたが、それと一緒にどうしたわけか河童は見る見る肥り出し、皮膚はつやつや、甲羅はピカピカ、頭のテッペンの皿の水はまるで油のようにとろりと澄んで、まわり一間ばかりに香水のようないい匂いをまきちらすようになった。河下の魚達は、鮎や鯉は勿論石ころの下に鼻を突っ込んでいるドンコまでが、このいい匂いにさそわれて集ってくるから食物は摑みほうだいだ。

さんざん食べ散らした挙句、残りの魚を、さも大切そうに龍のところに持って行って、ゲーゲーおくびを吐きながら自慢話や世間話をする。ところが龍はこの匂いが嫌いで嫌いでたまらない。皿の水には消化剤も含まれているとみえて、河童はおくびの合間にチョイと指を頭へやってはさも気持よさそうにしゃぶっている。それを見るたび龍は顔をしかめている。

さて、河童という奴はごく短命なものだから、龍がそろそろこの淵に住みなれた頃には、初代の河童はとうに死んでもう十二代目の息子の代になっていた。

陸にも住めば水にも住めるという、河童の一族には悧巧者が多かったので、彼等はいつのまにか村の人間共に、この淵には龍神様がいらっしゃると云いふらし、その上龍神様は自分達がおつれ申しておまもりしているのだとおどかした。そこで人間共は淵の崖の上に祠《ほこら》をたて河上河下一里の間では漁をしないことにした。おまけに春秋二回のお祭には四斗樽一杯の赤飯と、四斗樽一杯のお酒とをエッサエッサと担いで来て、おそるおそる淵に投げ込むと一目散に逃げて行き、遠くの向う岸から息を殺して眺めている。深い深い水の底で龍が吐く息吸う息につれて、夜でも昼でもあたりには恐ろしい渦巻がまいている。四斗樽が渦に吸い寄せられてぐるぐると廻りながらもぐって来るとさあ河童の群は大騒ぎだ。寄ってたかって蓋をあけ、赤飯は一粒残さず、酒は一滴のこさず平らげた挙句、大暴れに暴れて樽をバラバラに砕いて放り出す。やがてプクリプクリと水面に浮んで来る板切れを見ると、人間共は人間共で又大喜び「さあ龍神様がお喜びになった、今年の豊作は疑いなしじゃ」と、てんでに河下の流れに飛び込んでその板切れを奪いあう。拾った板はていねいに白布で頭に縛りつけ、家へ帰るとそれで子供の尻をピシャリピシャリと三度叩いて「無病息災無病息災」とお祈りしてから神棚にお祭りしておく。

ところで淵の奥深くとぐろを巻いた肝心の龍はどうしているだろうか。彼は河童のもって来た少しばかりのお余りの酒にトロンとして、外の騒ぎを知ってるのか知らないのか、日頃チャブ台がわりに使っている一枚岩に薄赤く染まった長い顔をのせて、左右の髯をかわるがわるしゃぶっていた。何と馬鹿な龍ではないか。

さて、そうこうしているうちに月日はどんどん過ぎ去って、河童の大将は六百八十代目となり、龍がこの淵に住みついてから九百九十九年目となった。

暑い夏もすぎて、そろそろ秋の風が吹く頃となった。淵の上には冷たい雨が降って、魚までがどこかにかくれたか、さっぱり姿を見せなくなった。見かけは威勢がいい癖に実のところは気の小さい河童は、無暗に淋しくなって、ある日のこと久しぶりに龍を訪ねた。

「龍さん今日は」

「ほお、これは珍らしい。河童さんか、まあお上り」

いつもながら落着いた龍の顔を見ると、河童は急に元気が出て「ごめん下さい」と景気よく上りこんだ。

「いや相かわらず元気ですね。どうです、子供のお尻がたんと抜けましたか」

「いやどうも、この頃は昔とちがって子供が悧巧になりましてね。その上こう寒くなっては子供も滅多に川に来ませんので、しけで困って居ります」

「こいつは驚いた。お前さんは、子供を魚と同様に考えていなさるか」

「ヘッへへへ、そうでもございませんが、何しろこの頃は余りうまいことにも出会いませんので、実は何かよいことでもございますれば、一つご相談を願いたいと、わざわざ上りましたような次第でございます」

「わざわざと云われては恐縮する。まあお楽になさい」

　と二匹はしばらく話していた。

「ねエ龍さん、何かよいことはございませんか」

「イヤある、大いにある――けれど河童さん、私のよいこととお前さんのよいこととはだいぶ違うようですよ。私は子供の尻子玉なんかは真平ごめんだ。ぜんたいお前さん方は汚いことがお好きのようだね」

「なに私共だって汚いことが好きだというわけでもありませんが、ツイそちらの方に手が出まして」

「それがいけませんよ。その上お前さんは殺生が好きだ」

「しかし龍さん、私共も食わずにはおられませんからね。――まあまあ御意見はそれ位にしていただいて、そのよいことを少しばかりお伺い致したいものでございます」

「話してもよろしいが」

　と龍はしばらく考えていたが
「河童さん、お前さんも多分知っていなさるだろうが、私はこれで生れて三千年からになります。その間、千年は山奥に、千年は海の底に、それから後の千年はこうしてこの淵に住んでいるのです」

「ヘエー、さようでございますか、ずい分おえらいお方だとは、かねがね親共から聞いておりましたが、それではさぞ御苦労もなさったことでございましょう」

「苦労と云って別にないのですが、ただ一つ、私共はたとえどんなことがまわりにもち上ろうが、あるいはまた自分の身にふりかかって来ようが、じっと静かにそれをこらえて黙って見ていなければならないのです。そうしてどんなことにも動かされないようになるまで、我慢の修業をするのが私共の務めです。山の千年、海の千年、川の千年と、だんだんにむずかしくなります。川に住むとおつき合いもできて来るし、その上村里近くなって色々おいしい食物の洗い水も鼻先に流れて来ますから修業も一層骨が折れるのです」

「なるほど、しかし龍さん、海の底には龍宮城とか云って大変綺麗な御すまいがあると申すではありませんか」

「馬鹿なことを」龍はいかにも馬鹿々々しいと云った顔で云い捨てた。

「あれは龍女の居るところだ、龍とは全く別物です」

河童は（ホイしまった。これは御機嫌を損じたかな）と思ったので「さようでございますか、なるほど、いかさま、そうなくちゃあなりますまいなあ」

としきりにあいづちを打って話題を変え
「そう致しますと何ですな、もう龍さんはこの川にもじきお別れというわけですかね」

「さようさ」

「今度はどこにいらっしゃるのです」

「今度は天へ昇るのです」

「いつですか、一体それは」

「いつだか私にはわからない」

「それでは天へ昇って何をなさるのですか」

「それも私にはわかりません」

河童は心の中で（わからないなんて馬鹿なことがあるものか。きっとうまい話があるにちがいない）と思ったが、龍の機嫌が悪くなったので、ここは一まず帰りましょうと、挨拶もそこそこ岩屋を出ると、一もぐりして自分の住いへ戻って来た。

さて河童は洞穴に帰ると、厚い苔の蒲団をひっかぶり、川の面にしとしとと降る雨をぼんやり眺めていたが、どうしても龍から聞き込んだ昇天の話が気になって仕方がない。（龍の奴め、初めはよいことがあるなどと云っておきながら、天へ昇っても何をするのかわからないなんて、これはきっとよいことを自分一人占めにするつもりにちがいない。俺が龍宮城の話をしたら急に不愛想になったところを見ると。ああそうだそうだ、それでなくて誰が千年もこんなちっぽけな川にすまし込んでいられるものか）

そう思うと河童には、急に身のまわりの山だらけのせまい景色や雑魚ばかりしか食えない生活がつまらなくなって来た。

（きっとあの広い天の上にはうまい鳥や綺麗な鳥が一ぱい飛んでいるに相違ない。それに、お月様には月宮殿とか云う立派な御殿があって、そこでは白兎がお団子や大福餅をしょっ中ついていると聞いたことがある。つきたての大福をイヤと云うほど食べて見たいものだ）

食意地の張った河童はこんな空想で夢中になっている。

（そうだ、こうしちゃいられないぞ。も一度龍の所へ押しかけて行って、いやがおうでも一緒に天へつれて行って貰わなくちゃあならない。幸いそれにはいい土産物がある）

河童は蟇《がま》の皮むきを一匹ぶら下げて龍の所へ引かえして来た。

「龍さん今日は」

「ああ河童さん、何か忘れものでもなさったか」

「いえ別に忘れは致しませんが、一人で淋しいのでまた上りました。これはまことに御粗末ですが一つ召上って下さい」

「何ですか、蟇の皮むき、これは珍らしい。こんなものをいただいてはなりません」

「いやそうおっしゃらずにどうぞお納め下さい」

と河童はそろそろ膝をすすめ

「時に龍さん、又さっきの御話ですが、何ですか、貴方が天へお昇りになる時は、何かお迎えの吊台でも降って参るのでございますか」

「私もよくは知らないが、何でも黒い雲がお迎えときまっているらしいですよ」

「そうするとその雲に腰でもかけて」

「アハハハハ、馬鹿なことを、あんな危いものに乗れるものですか自分の力で空を泳いで行くのです」

「ハハア」

河童は雲の端にでも乗せて貰おうと考えたあてがはずれたのでガッカリしたが
「龍さん、私は決心しました。こんなせまい下界にあくせくしているのはもう一日も我慢ができません。どうか龍さんの尻ぽにでも摑まらして一緒に天へつれて昇って下さい」

「これはまた無理な注文ですね。第一あぶないですよ。私はちっとも、かまわないが、河童は川ときまったものではありませんか。天へ昇ってどうなさる、それに空へ昇れば風も強ければ寒くもあるということですよ」

「いいえかまいません。平気です、千年でも辛抱致しますよ」

（河童の寿命は二十年たらずの癖に）と龍はおかしく思ったが、どうせ断ったところできくものでもあるまいと

「それではおつれ致しましょう。まあそれではお前さんもせいぜい余分な殺生はしないようにしていらっしゃい」

「有難うございます。してその時はいつでしょう」

「いずれ時が来れば知らせます」

河童は小躍りして家へ帰ったが、なかなか、おとなしくはしていない。いよいよ下界とはお別れだとばかり、ふだんよりは一そう魚をとり散らしたり、村の子供をおどかしたり、用もない仲間のところへ出歩いては
「どうだ、俺は天へ昇るのだ。羨ましいだろう。君達は昇りたくはないか、あの星の美しい、けだかい世界へ」

と、まるで龍の尻ぽにぶら下ることなんか忘れたように自慢して歩いた。

一と月ほどして龍の所まで行くと、龍はふだんよりは恐ろしい顔をして
「河童さん、いよいよ時が来ました。これから十日目に私は天に昇ることになりました。兼ねての約束通り、お前さんもつれて行くからそのつもりをしていなさい」

と云った。河童はとうとう出発かと思うと、うれしいやらこわいやらで家へ戻って来たが、それからと云うもの毎日毎日天気ばかり気にして落着かない。

そのうちやっと十日目の日がやって来た。その朝、河童が龍の所へ出かけようと目をさます

と、夜のうちに何とも云えない恐ろしい天気に変っていた。風は暴れる、雪まじりの雨は滝のように降る、時はずれの雷の響は天地をくつがえすのではないかと思われるばかりだ。

「おお、これはひどい天気だ、こんな日に、龍は天に昇るのだろうか。ともかくも行って見よう」

と河童は思い切って冷たい川にとび込んだ。

行って見ると、龍はもうふだんの様子はしていなかった。長い髯は渦を巻いて、眼は電光のように光っている。身体一面の鱗は、急に金に変ったのではないかと思われるばかりにかがやいている。その上ときどき苦しそうに口を開いて吐きだす舌は、ちらりちらりと焔《ほのお》のように燃えている。

河童は急にすっかりおびえてしまって

「どうぞお願い申します」

と小声で云ったが、龍は何とも答えずに、天の方ばかり眺めている。雨も風も一そう吹きつのって来た。龍の長い身体は渦をまいて、深い淵の水をかきまわしている。

やがて一団の黒雲が、遥かの空から、この淵めがけて舞い下って来た。龍ははじめてきっとした声で

「河童さん、しっかりと摑まって下さい。さあ早く」

老松のような龍の図体が、一うねり大きくうねったかと思うと、もう雲の上にぬっと頭が出た。河童は恐ろしい勢でくるくると二三べん宙返りをしたが、振り落されては大変と、必死になって龍の尻ぽにしがみついている。

それから数時間は、無我夢中で何がどうなったのか、河童にはさっぱりわからなかったが、やがて頭の上の方から

「河童さん、ごらんなさい、皆が見ていますよ」

と教えられてそっと目を開いて下界を眺めると、帯のような天竜川の河原や、お椀ほどの山の間から、けし粒ほどの人間や河童が手を挙げて騒いでいるのが見える。足下には沢山のとびや烏が右往左往とびまわっている。いつのまにか天気は晴れわたって、龍の大きな影と、その尻ぽの所にくっついている自分のぽつりとした黒い影が、田圃や畠の上をうねうねと動いて行く。河童は有頂天になって「オーイ、オーイ」と怒鳴ったが、声は口を出ると一緒に風に吹きとばされてしまった。

やがて頭の上ははてしもない青空、足の下は茫々たる大海原、身のまわりはビュービューと吹きまくる冷たい風ばかりとなってしまった。河童はそろそろ手が痛くなって来たので

「龍さん、まだ行く先はなかなかでしょうか。私はもう手が疲れてやり切れませんですが」

「まだまだ。河童さん、今からそんな弱ねをふいては、なりませんぞ。第一行く先なぞと云っ

ても、それが私にさえわかってはいないのですからね」

「えっ、本当ですか龍さん。龍さんは月の御殿に昇るのではないのですか」

「そういう所があればいいんですがね。あいにくそんな結構な所はこの天にはないようですよ」

「それじゃあ話がちがいます。私はそんなつもりでお供をして来たのではありません」

「お気の毒だが河童さん、それはお前さんのめがねちがいと云うものです。こうなってから御話致すもなんですが、実は河童さん、私はもう千年の間、こうして生きものの全く住まない世界を泳いで暮さなければならないのかも知れません。何だかさっきからしきりにそんな気がしてならないのですよ」

「ええっ、千年ですって」

河童は魂が身体の外へけしとんでしまうほど驚いた。

「降ろして下さい。龍さんお願い、降ろして下さい」

「困りましたね、降ろしてあげたいのはやまやまですが、もう私も私の力では降りることはできないのです」

「そんな馬鹿なことがあるものですか。昇ったものが降りられないはずはないじゃありませんか。龍さん、お願いだから私をからかわないで早く降ろして下さい。もう手がしびれて、きかなくなって来ました」

「それは無理というものです。どうですか河童さん、一思いに飛び降りて見ては」

「この馬鹿野郎ッ」

河童はとうとう腹を立てた。

「馬鹿龍め、この間やった蟇の皮むきを返しやがれ。さんざ面倒を見てやった恩を忘れるような奴は、千年でも二千年でも、馬鹿面をして空気の中を泳いでいやがれ。ようし俺も河童だ、まだ自分で飛び降りる勇気は残っているぞ。よく見ておけ」

こう云ったかと思うと、河童は目をつむってぱっと両手を離したからたまらない、河童の身体は頭の皿を下に向けたまま、まるで小石のように、遥か下の海に向かって墜落して行った。

龍は急に尻ぽの先が軽くなったので、頭をめぐらして下界を眺めたがもう河童の姿はみつからなかった。龍は一寸悲しそうな顔をしたがまた馬鹿面をあげると、悠々と青空さして昇って行ってしまった。

文平と卓と僕

大野文平は明治八年愛知県K市在の小地主の三男として生れ一昨年七十五歳で脳溢血で死んだ。子供の頃から短軀頑健で乱暴者であったが学校の成績は頭抜けていた。立身出世型であった。十一歳の頃、何かの機会に、人間や動物の死後に魂が此の世に残ることなどないという話を聞いて、実験の為に早速野良犬を打ち殺し学校の木柵に引掛けて帰宅した。しかしその夜おそく急に床の上に坐って鼻を蒲団に突っ込み、キャンキャンと吠えて周囲の人を怨めし気に見廻した。彼はこの事件を極度に恥じていたので、後年或る法事の席上で幼友達の老人が笑い話にこのことを持出した時は、流石《さすが》に席を立つほどではなかったが、顔色が変った。法事がすんだ数日後の或る朝、彼は納屋に迷い込んだ大猫を捕えて絞り殺した。肉はすべて犬に食わせ、内臓は柿の木の根本に埋め、奇麗に剝《は》いだ黒白斑の毛皮は一ヵ月後になめして自分の椅子の背に掛けた。

小地主の三男では如何《いか》に向学心に燃えていたとて勿論充分な教育を受けさせて貰える筈はな

かった。彼は十六歳の冬家を出てKの或る医院の書生となり、十八歳で薬剤師の試験を通って免許を得たが尚《なお》満足せず、医師を志して二十歳の秋上京した。上野池の端の瀬谷外科病院に薬剤師として勤めるかたわら、東京医学専門学校の前身である済生学舎に通った。この間に彼は世事一般の才覚をのみ込むと同時に、当時の医学書生らしい女遊びを覚えた。しかし若い彼を最も魅惑したのは、維新以来澎湃《ほうはい》として世を被っていた実証主義的風潮であり、己の専門とする医学がその最尖端を切って進んでいるという自覚は一層彼を鼓舞し有頂天にした。彼は鍋に放尿した後よく洗いそれで粥を煮て食べたり、患者の尿コップを消毒して水を飲んだりした。別に人に見せる為でなく、それを一人で、自分に納得させる為に試みた。

明治三十三年医術開業試験をパスして医術開業免状を受けたが、尚二年間外科助手を勤めて腕を磨いた後、故郷のK市在に帰り、二十八歳で外科医院を開業した。当時地方で開腹手術のような大手術を行い得る者はなかったから家業は忽《たちま》ち繁昌し、「Kの盲腸医者」と云えば知らぬ者のない程になった。しかも彼は生来の貪婪《どんらん》な研究精神と強情我慢によって新しい医学技術を次々と獲り入れ、それを独特の方法で自己のものとし、怖れを知らぬ大胆さと熱狂的な物慾を以て患者にそれを施し続けたから、僅《わず》か数年で患者は遠く豊橋名古屋のような都会からさえ集まるようになった。

彼は二十九歳で初めて結婚した。妻は翌年男子を生んだが、その後の肥立ちが悪く、ぶらぶらした末一年後に腹膜炎で死んだ。彼は翌日の夜妻の死体を解剖して病歴と対照し、死因を確かめた後盛大な葬儀を行ってから庭の一隅に土葬した。近所の人々は彼が妻を「乗り殺した」と噂し、死骸を壁に磔《はりつけ》にしたと云いふらした。本家を始め親戚は劇《はげ》しく非難したが文平は全く意に介しなかった。

次の妻を迎えるまでの半年間、彼は毎夜料亭に登って女を求めた。しかし十一時には必ず帰宅し、さも嬉しそうに息子の寝顔を眺めて就寝した。

新しい妻は、三年後に女子一人を生んで十年間生きていた。この間に文平は新しく近くに千余坪の土地を買って移り、家業は益〻《ますます》隆盛に赴《おもむ》いた。一人息子の卓は小学生となったが気の弱い臆病者で彼の気に入らなかった。学校へ行くと仲間から「お前の家の畠は一寸掘れば骨が出る。夜になれば燐が燃える」とからかわれた。文平が切断した患者の脚や腕を果樹の根に埋めたり、剔出《てきしゅつ》した腫瘍《しゅよう》を肥料溜の中に投げ捨てたりするのは事実であった。それを彼はおおっぴらにやっていたわけではなかったが、或る時作男が溜の中に人頭大の卵巣嚢腫《のうしゅ》をみつけて驚倒《きょうとう》したことから一層噂が拡まったのであった。夏の昼など果樹園の外側を通ると腐臭が鼻をつくこともあった。卓は夜になると便所へ行けない子になった。卓は文平が母を磔にしたという風評も知っていた。卓は夜泣したり、父の腕から突然跳び出したりした。自分も今に父に殺されて壁に貼りつけられるかも知れないと怖れるのであった。文平は息子の心理など夢にも想像しなかった。ただ生来の臆病としてそれを矯正しようとした。夜になると、卓を連れて暗い庭石の上に塩煎餅を乗せに行き、次に卓一人を取りにやったりした。しかし勿論卓は却って一層臆病になるばかりであった。

文平は器量望みで貰った二度目の妻を殆ど溺愛した。妻は尋常以上でも以下でもない女であったし自分に男の子がなかったから卓を可愛がり厳しい父親から庇《かば》ってもくれた。しかし近くの女達は、町の呉服屋を常に出入りさせる彼の妻に対する嫉妬と、自分自身の小説的空想から、卓を継母にいびられる子供として同情した。卓を囲んで家の様子を誘導訊問し、遊びで鍵裂きとなった卓の着物の裾を手にとって頷き合い、時には本当に涙を流して気の毒がった。煎餅袋を持たせて義母の手へ帰したりした。卓はこういう女房達に強い嫌悪を感じて逃れようとするが、臆病からそれもできず、もじもじして時を逸してしまうのであった。

彼の家には株屋が出入するようになったが、株屋は文平の手固さと機敏さとの混合した巧妙な売買に舌を巻いた。

文平の千余坪の家は、周囲にコンクリート塀を巻き、入口には共同便所の約三倍の煉瓦《れんが》造りの患者用便所を据え、二階建三棟の病室診療室と、寺のように腰の高い主屋と、三十坪の離れと、二階建土蔵二戸前から成り、裏手に三百坪の果樹園を構えていた。庭の真中の不恰好な築《つき》山《やま》の五葉松の下に、銅製実物大の二羽の鶴が、一羽は羽を拡げて天を向き、一羽は首をのばして地をつっついていた。そして五尺五分、裸になると意外なほど緊《しま》った身体をしているが和服を着ると酷く撫肩で痩せて見える文平は、十二畳金襖の座敷の真中に高脚の膳を置いてチョコンと坐り、象牙に金を被せた七寸程の太い箸で食事をした。そして次の間に飯鉢を控えた妻と卓と妹の照子とが食卓を囲んで坐るのであった。卓は背がひょろ高く、頭の鉢の大きいだけが父に似た、神経質な中学生になった。

第二の妻が死ぬと、文平はやはり死体を解剖して死因を窮明した後邸の隅に厚く葬った。病中すべてをまかされ死脈もとった同僚の医師は不愉快な顔をして二日ばかり外へ出なかった。親戚は沈黙していた。既に殆ど交際はなかった。村人は今度も「乗り殺した」と云い、死骸を壁に掛けたと噂した。死体を一晩抱いて寝たという彼等の好きな猥褻《わいせつ》な想像もひろめた。卓はもうそれを解する年齢に達していた。卓は暫《しばら》くの間、朝早く登校し夕暮を待って帰宅した。彼は妹の照子が傍に寄ると反射的に不安となり、肉体的嫌悪を感じた。

年が変って秋になると三度目の母が来た。文平よりも丈の高い言葉の綺麗な女で、静岡の退職官吏《かんり》の娘であった。

大正十一年、卓は金沢四高の理科に入学した。文平は勿論近くの名古屋医科大学か第八高等学校を受験させようとしたのだが、卓は何時もに似ず強情を張った。文平は自分の修業の経歴から官学に不思議な程の畏怖と憧れを持っていた。一種の劣等感から彼は息子の選択を押返すことができなかったばかりでなく、同じ官学の優劣を論じる息子に誇りを感じた。

僕が卓と識り合いになったのはこの四高で同級だったからである。しかし親しくなったのは三年後に同じ東北帝大医科に入学してからのことで、親しくなると早速その冬の休みに僕は卓に引ぱられて彼の家に二泊した。

僕等が文平の所に挨拶に行くと、文平は風呂からあがったところで、畳一枚位のカリンの卓子の向うに胡床《あぐら》をかいていた。彼の小さな膝の間には照子が中腰で腰かけていたから、彼の身体は殆ど隠れて、鉢の開いた頭と赤いテラテラした顔だけが、初めて会う僕の眼に映った。娘の制服のスカートからはみ出る素脚を、文平は丹前の裾でくるむように抑えていた。照子の四肢は撓《しな》やかに伸び、ちょうど脂肪のつき際でもうなまめかしいと云ってよい身体つきであった。彼女は敏感に加減した体重を父の膝にかけ、林檎を剝《む》いていたが僕達の姿を見るとピョンと跳ねて立った。彼女は向い合った母親の傍に坐って、剝きかけの林檎とナイフを持った両手を一寸さげ「お帰りなさい」と云った。

挨拶が終ると文平は両手を机の上に出した。それはまるで女の手のようにふっくらとした、小さな、指先の細い手であった。すると卓がおずおずと、机から一寸離れた所から及び腰になって、節の立った片手を出した。文平は素早くその手を自分の両の掌にくるむように摑み、何かねっとりとした感じで指を一本一本いじり始めた。僕は或る羞恥で眼をそらした。文平の様子には明かに「猿臂《えんぴ》を伸ばして」という動物的な露出感があった。

僕がこの家に泊って変に思ったのは、普通の家とは室の構造や配置が違っているということであった。一例を挙げれば、大便所が二畳敷で壁にズボン掛や猿股掛があるのはいいとして、その隣りの手洗が三尺しかない上に、そこには洗面器が置いてあって朝の洗面もすることになっていた。僕にはどうも観念的に不潔で気持悪かったが、衛生上から云えば合理的で不都合はなかった。おまけにそこの壁板には数個の真鍮《しんちゅう》で縁取った小穴が空けられ、三本の歯楊子の尻が横様に差し込まれていて、翌朝には、僕と卓の分、新しい奴が二本追加的に突出ていた。風呂場はタイル張り十畳、浴槽は銭湯なみであった。そして驚いたことに、文平と卓と僕とが身体を洗っていると、戸がガラガラと開いて文平の妻が真裸で入って来た。

その夜急患があって僕は手術を見学した。文平の手先は驚くほど巧みに適確に動き、態度は見事であった。

僕には文平が平和な家庭の父と見え、卓の話とは違うのでそれを云うと、卓は「照子だけ別だ、女だから」と嫌悪を呑み込んだ顔をした。

大学生の卓と僕は性慾の圧迫に悩んでいた。結局第一回は友達に強いられた形で、以後は自発的に五回ばかり二人は遊廓に行った。卓は不運にも黴毒《ばいどく》に感染した。何回目かの時、卓の相手の女が鼻孔に紙で栓をしていて、栓を抜くと汚いどろどろした膿《うみ》のような鼻汁が出た。その女から貰ったのであろう。卓はこっそり皮膚科の医者に通い注射を受けたが、金につまって途中でやめてしまった。

文平は翌年、二十三歳の卓に嫁を持たせた。彼は卓の遊廓行は知らず、卓が素性のわからぬ看護婦に係り合うことを怖れた。嫁は名古屋の商人の娘であった。彼は仙台の学校近くに約二十坪の新居を造ってやったが、しかし嫁は自分の手元に置き、年寄りの女中を雇って卓の世話をさせた。

文平は新しく来た嫁を気味の悪いほど可愛がったが、二ヵ月もすると箸の上下にも叱言《こごと》を云うようになった。同時に、卓の悪口をも云うようになった。文平は嫁が舅である自分だけを大切にすると期待したのに、嫁は夫である卓の方に牽《ひ》かれたからであった。彼は二人が父親たる自分だけに、新に二人分の愛を注ぐことを要求していた。彼は意地悪く離縁を匂わせた。嫁は実家の両親と相談して仙台の卓の所へ逃げた。僕はこの時初めて卓の細君に会った。小肥りの愛らしい顔であったが大分やつれていた。彼女は新婚らしくない名古屋弁で遠慮なく文平の悪口を夫に聞かせた。卓は気の弱い半間《はんま》な様子で一々頷いていた。

文平は卓一人分だけの生活費を毎月送金した。細君は実家からの送金で生活していた。

文平は妻に金庫の文字合せを教えぬは勿論のこと、小遣を一切与えなかった。妻が買物から帰ると羽織もぬがせず傍に呼び、品物と金高とを見較べて大きな会計簿に記入し、残金を丁寧に数えて金庫にしまい込んだ。一銭の間違も追窮した。しかし衣類持物は豊富に買い与えた。それはこれ等は文平自身の財産で妻の物でないからであった。妻は外出の度に品物の金額をごまかし、少しずつ街の銀行に貯金していた。

昭和五年卓は卒業するとうやむやの中に細君同伴で帰郷し、離れに入って父の助手を勤めることとなった。僕は研究室に残って卓の家を家賃三十円で借りた。文平は卓に月給百円を支給し、食費として夫婦二人前六十円とった。この頃文平の声名は益〻昂まり患者は門前に市をなした。彼に反感を抱く附近の人々も、患者目当の菓子屋、八百屋、荒物屋を開くようになり、門前には簡易な下宿屋さえできた。使用人には卓の他衛生兵あがりの助手二名、書記一名、車夫一名、看護婦三名、飯炊二名、女中三名があった。

昭和六年僕は卓の妹照子と結婚した。式は東京で挙げたが、その夜常識的な新婚旅行の車中で、文平は汽車が熱海駅に着くまで、照子の横に密着して坐り彼女の両手をいじっていた。そして翌朝五時頃、電話口に照子を呼び出したので、感傷的になっていた彼女は父恋しさで泣き出した。文平は満足した。僕等は三日後にKに行き二泊した。その晩、居間の卓子の上に出していた僕の手を、文平はにこにこしながらゆっくりと摑んだ。僕はぞっとした。肉体的の羞恥と圧迫の混った不快な感覚が僕の背筋を渡った。文平は満足そうにふっくらとした柔い掌で僕の手の甲を撫でたり指をいじったりした。

（さあ之から私達の仲間だよ）

僕達は名古屋を廻って石川県の僕の家へ着いた。そこで、文平が照子を当分預かるから了解して欲しいと申し出ていることを聞いて驚いた。僕はすぐに拒絶して、照子を連れて仙台へ発った。

満州事変、上海事変と世は騒然と湧き立ち、僕の周囲からも軍医として応召《おうしょう》する者がぽつぽつ目立ち初めた。まだ僕も卓も丙種で圏外にあった。

昭和十一年夏、文平は突然劇烈な腹痛で倒れた。それまで彼は病気で診療を休んだことは一度もなかった。その夜、近くの医師からの紹介で運び込まれた患者は、手術に一刻を争う腸閉塞であった。彼は他の外科医に廻すことも、卓にメスをとらせることも承知しなかった。麻薬とカンフルを交互に注射し、蒼白な顔に冷たい油汗を流し、時々喪失しそうになる意識を鞭打って、彼は二時間の手術を終った。

電報で呼ばれ、翌々日の朝、僕と妻とはKに着いた。僕は文平の凄じい気迫に圧倒された。しかしそれは愉快な感動では全くなかった。盲目的な動物的なもの、生臭い慾情めいたものが僕を吹き倒そうとした。六十二歳の小さな老人文平は、厚い三枚重ねの敷布団と薄い麻蒲団の間で、何もないように見えた。だが鉢の開いた大きな頭顱《とうろ》だけが高い大きい枕の上に横に乗っていた。急激にこけ弛んだ黄色い皮膚から高い顴骨《かんこつ》が飛び出していた。彼は傍に膝をついた照子の両手を捜るとすぐそれを顎の下に圧しつけ、弱々しい声で頻りに脚のだるさを訴えはじめた。貧血と心臓の衰弱から病状は危険であった。

午後、僕は何の気なしに手術場に入っていった。すると高い窓の上に「獅膽鷹目行以女手」と横に書かれた大額が目に入った。見ている中に、僕は僕の手を弄んだ彼の温い華奢な掌の触覚を嫌悪の情を以て想い起していた。

文平の執拗な体力は、しかし約一ヵ月でこの重病を拒《しりぞ》けた。彼は前にも増して努力し働き初めた。卓の技量が充分留守を守るに耐えたということが認められたに拘《かかわ》らず、彼は決して卓を執刀者としなかった。給料も増さなかった。卓の細君は改めて衷心《ちゅうしん》文平の死を祈り、同時に卓を嘲笑し、文平の妻と照子とを呪った。

翌年春、僕は福島市の病院に赴任した。

昭和十六年太平洋戦争が始まり、五十歳前の医者は軍医として志願することを強制され、応じない者は報復的に一兵卒としてどしどし召集された。昭和十七年卓は志願して見習軍医となり、教育が終ると一ヵ月後に令状を受けて南方に去った。卓にとって父と妻から解放されることは喜びであったから、彼は元気で出征した。僕は召集のがれの目的で神奈川県のある軍病院に転任したが、やはり結局は駄目で、しかしやっと戦争末期昭和十九年暮に四十一歳の二等兵としてとられた。銃も剣も持たぬ兵隊として所謂《いわゆる》築城に従い、壕掘りと土運びと空腹と精神的頽廃《たいはい》の十ヵ月の後に終戦を迎えた。卓の隊は仏印・泰からビルマ・インパール作戦に従い、終戦と同時に素早く仏印まで逃げたので最も早く内地に帰還することができた。僕は終戦と同時に廃墟と化した元の勤務地に戻り、一年後にそこで開業した。開業資金の借用を僕は文平に頼んだ。文平は七十二歳であったが仕事に対する意力は全く変らなかった。患者は終戦後のインフレと農村の好景気で前よりも寧《むし》ろ多かった。彼は、財産税、新円への切替え、現金封鎖に対して狡猾に立ち回り、全力的に闘って殆ど手傷を受けなかった。しかし身体はひとまわり縮まり脚力は落ちていた。彼は僕の申出を承諾しすぐ現金を渡してくれた。借用証文の末尾に「利息年一割、但し仮令《たとい》平貨切下ある場合も表記金額を間違なく支払可申候也」とあった。卓は復員するとすぐ僕達の半建のバラックを訪ねてくれた。窶《やつ》れて骨張ってはいたが、土産の野菜を詰込んだリュックを担いだ恰好と真黒な顔附は逞しく、応召前より頑健で頼もしい感じがした。口数の少なかった男が一層無口になっていた。

ところが、実はこれが卓の発病の前兆だったのだ。卓はそれから半年の間に、急にお喋舌になったり、無暗に大食してむくむく肥ったり、かと思うと一転して無口に帰り、又痩せてとげとげしくなったりした。診察中の女に突然猥褻な行為を加えようとした。文平はそれ等を戦争生活の果実と考えた。

照子が見舞に行くと、芋虫のように白く肥った卓は、離れの座敷一杯に散らした洋服や着物の真中に胡床をかき、脱脂綿に含ませた揮発油で頻りに襟や袖口の汚れを擦っていた。彼の尻の後ろには五六本の揮発油のポンド壜《びん》が、或るものは半分、或るものは三分の一残った状態で、汚れた脱脂綿の大きな栓を不恰好にさされて立っていた。そして見ていると卓は又別の新しい壜の口を開けた。照子はハッとするような異常を感じた。卓の細君は嘲笑を浮べて照子を見た。照子は揮発油が容易に手に入れ難いことを知っていた。

座敷の廊下前にはトタン板を雨避けにして、林檎函二個の上に焜炉二個、水を入れた馬穴《バケツ》、身体幅の木製流しがあった。食料の欠乏した戦争中に細君は文平から食事の分離を云い渡されていた。「お風呂も頂けません」彼女は薄黒く乾いて鱗の生えた細い二の腕を照子の眼の前に突き出して見せた。「貴女は野菜や衣類を土産に貰って帰る」という意味であった。

照子は文平を説き伏せて卓夫婦を温泉へ静養に出すこととし、場所を信州蓼科《たてしな》と決めて帰った。誰も卓を強度の神経衰弱と考え、脳黴毒の発現であるとは知らなかった。

一週間後の午後から暴風となり、雨は夜半にやんだが生温い名残りの風はまだかなり強く吹いていた。ち切れた里芋の葉が濡れた畠土にへばりついていて空気には一種の青臭が泛《ただよ》っていた。低い畦《あぜ》と苗を没して広がった田圃の水面を時折り突風が叩き、そこから電光のように数条の白い小波がす早く奔《はし》った。夜明けの時のこれらの風景を車窓から眺め、卓は一人で飯田線の電車の中程にキチンと腰かけていた。彼の異様に肥った顔は綺麗に剃られて他所行きに見えたが、それはいかにも前日整髪されて今朝洗面しなかったというふうな、何か不潔な不均衡《ふきんこう》な印象があった。キチンと坐っているに拘らず彼の眼光は鈍く、視線は散り、ぼっとりとした小さな口は半開きになっていた。外界の動揺と生気に満ちた風景は彼の頭に何の感動をも惹き起さなかった。電車がカーヴにさしかかる毎に卓の上体は不自然なほど釣合を失って大きく揺れた。卓夫婦は一緒に家を出たが、豊橋で乗替の際細君は残り、卓を見捨てて名古屋の実家へ去ったのだ。

卓は蓼科で一泊したが、ここで病状は急に悪化し、翌日丹前姿で散歩に出たまま汽車に乗って上野駅に降り、闇市で無銭飲食して袋叩きに会った。卓は裸にされ、全身傷を負ったが、既に痛覚は失われていたので、棍棒で打ち倒されるまで多勢を相手に闘った。警察で意識が恢復《かいふく》すると再び暴れ、脳病院に収容されたが身元は全くわからなかった。脳病院では食事を拒絶し、自分の糞を食ったりした末、二週間後に死亡した。一ヵ月してから事がわかって僕が遺骨を受取りに上京した。享年四十五歳、虚しい一生であった。僕はこの時ほど自分を嫌な奴だと思ったことはなかった。

妻と二人だけで広い邸に残った文平の精神に、しかし頽廃の影は全くなかった。猫を絞殺し皮を剝いで椅子の背に掛けたのはこの卓の法事の後であった。

しかし恐らく年齢のせいであろう、一年後の昭和二十四年冬、文平は上廁《じょうし》中に脳溢血で倒れ、翌々日の朝大往生を遂げた。

死後、残った僕達三人は名古屋から技師を呼んで金庫を開かせた。金庫の一番奥に木綿の米袋に詰めた小銭と小額紙幣約二貫目が見出された。尚引出しには新聞紙に包んだ書類らしいものがあり、表に拙《つたな》い楷書で「我死なば」とあった。僕は心を躍らせて中身を開いた。便箋にぎっしり五枚、財産に関しては一行の文字もなかった。ただ死後通知すべき人名、葬儀の次第が書かれ、最後に「葬儀すみ次第死体は解剖し、その後之を晒して骨骼となし、小学校理科参考品として寄贈すべし」と自信強く記されていた。別の一枚には葬列の道筋が地図で示され、三ヵ所の辻に丸印がうたれ「銭撒き」とあった。袋詰の小銭はこの為に平生《へいぜい》から少しずつ蓄えられていたものであった。

死体は解剖されず、火葬された。銭撒きは所定の場所で行ったが、集まった子供等は「けち」と云ってすぐに拾うのをやめたので後は行わなかった。家邸は売りに出したが、世話を頼んだ人も「まあ焼けたお寺の庫裡《くり》にでも買って貰うより他ありますまい」と云って打捨てる気味であった。

静男巷談（抄録）

『今ここ』（講談社、一九九六年）収録の「静男巷談」（『浜松百撰』一九五七年十二月創刊号から一九六四年十二月号まで八十五回にわたり連載したもの）から抄録した。

古本屋ケメトス

八高五十周年記念祭というのが名古屋で催されて私も出席した。三十余年の昔われわれが白線帽に朴歯《ほおば》の下駄で往来したあの辺りの街並みはすっかり変っていた。われわれが出入した店は全く消滅していた。ピノチオという可愛い姉妹の喫茶店があった。彼女らが桃割れに結って湯道具をかかえて、林檎のような頬を光らせて朝湯から帰る時刻を見はからって、同級の文学青年平野――現在の群像新人賞と文学界新人賞の選衡委員である評論家平野謙――は、下宿を出発し、道端ですれちがい、彼女らの残すほのかな石鹼の香りに彼の詩情を満足させていた。中せまい通りの屋並みの間に、私は昔ながらのオリオンという小さな書店を見つけて驚いた。中へ入って、多分もう爺になったおやじに声をかけようかと思ったがやめた。

数週の後東京で平野謙に会った。その話をすると彼は「ああ」と云った。オリオンは私達が第八高等学校に入学して半年位した頃、品の乏しい古本屋として開店し、私達の教科書や小説本を二束三文で買い集め、半年間で隆盛に赴き、一年後に可愛い妻君をもらい、毎日せまい帳場に肩をくっつけ合って店番をしてわれわれを口惜しがらせたのであった。「憶えているか。俺が筋をこしらえて君が書いてさ。新青年へ投書した探偵コント」と平野が云った。「古本屋ケメトスか。憶えてる。まんまと没になったな」「いや、君あれあ今考えてもなかなかいいコントだったぜ。すくなくとも俺が選者なら当選確実だね」「今そんなこと云ったって追っつかないよ」と私達は笑ったが、その筋というのはこうだ。

因業な古本屋ケメトスでは若い妻君がいつも店番をしている。学生にもてるので主人は気が気じゃないけれど、はっきり云うと軽蔑されるから苛々しながら我慢している。ところが彼にとって幸運なことに、ある日古雑誌が一冊盗まれる。それ見たことか、ぼやぼやしてるからつけ込まれるんだ。「あしたからは俺が坐るからお前は引込んでなさい」ということになった。二、三日ののち彼は見事万引中学生をとらえた。「どんなもんだ」彼は妻君をわざわざひっぱり出して来て、重々しく中学生に訓戒を垂れ今後を誓わせた末に、今回に限り警察に引渡すことは許してやると恩にきせてからその本を定価で売りつけた。その晩彼は妻君をつかまえてながながと万引発見法の講義を聞かせた。さて読者諸君は既にお気づきのことでしょう。この中学生は主人の注意を集中させるためのオトリだったのだ。このゴタゴタの間にケメトスの本棚に並べられた十数冊のめぼしい本は外函だけを残してことごとく盗み去られていた。翌日からは再び若い愛嬌者の妻君の顔が帳場に現れるようになりましたとさ、めでたしめでたし。

「ところで――」私と平野がこの話の筋を改めて思い出して喋舌りあった後で私は云った「これと全く同じ万引の記事を俺は去年読んだぜ」。「そう云われれば俺はもっと前に同じことを新聞で読んだような気がする」と平野も云った。「して見ると俺はよっぽど万引法については卓越せる先覚者だということになるな」「それあ違うだろう。残念ながらそれは君の犯罪感覚が常識的だということの証明になるだけだよ」「そんなもんかね。しかしこうやって思い出して見ると、この話の中にはわれわれ学生の古本屋に対する鬱憤《うっぷん》と、若い夫婦に対するヤキモチみたいなものが無意識だけどいやに露骨に現れているのははなはだ興味があるね」「ここで批評家根性を出しちゃいかん。いや、僕達もあの頃は若かったなあ」。私達二人、禿頭と白髪の中老人はもう一度顔を見合せて笑った。

（昭和三三・八）

三万円の自家用車の話

流行らない医者の小出の細君が胃病で寝ていると、小出が枕元に立って「俺今度自動車買うよ」と云い「三万円だからいいだろう」と相談するように云った。細君は、往診するほど遠い患者なんか一人もないし第一電話もないのに何を云うかと思ったが、しかし三万円と云うから何か勘違いしているのだろうと考えて黙っていた。三日目の午後「おい自動車来たよ」と云うので、多分リヤカーか国民車のようなものだろうと出て見ると、それはとにかく本物の小型自動車であった。

この話を細君から聞いた後で僕は実物に乗せてもらった。オンボロ車という歌があったが、これは本当にそのとおりではじめ僕が乗ってバタンと扉をしめるとすぐそのまま跳ね反って開いてしまった。つまりとめ金がこわれているのだ。小出が外へ廻って何か細工するようにして、「もう内側からはあかない」と云った。それから運転台へ坐ってブレーキやハンドルなどをひとつひとつ点検して確かめてから「よし、行くぞ」と云った。「たのむよ」と僕が云ったとたんに車は反対の方角に一間ぐらいバックした。「さっきバックして止めたなり忘れていた」と云ったので恐ろしくなって降りてしまった。

この車に友人のAが乗った。同級生の娘の結婚式が学士会館である。それで二人ともモーニングに身をかためて出発した。小出は車の前方に現れるものが無暗《むやみ》に気になるらしく、人が現れると、除けて通ればいいのに、かなり手前で段階的にガタンとスピードを落し「あっ、あんなとこ歩いてやがる。怪《け》しからん。規則違反だ」などといちいち怒るのでAはいやになった。そのうちに、或る何とかいう長い坂にかかると急にスピードがついて運転が滑らかになって来た。交叉点の信号が不思議に青ばかりなのでスースーと快適に通過する。前を行くトラックなんか好い調子でよけて追い抜いて走る。小出の腕を見直したと思って「おい、なかなかやるじゃあねえか」と云おうとした時、突然Aは前に坐っている小出が必死の運転をやっているのに気がついた。「どうした」と云った瞬間、小出が「ブレーキが効かん」と叫び「お前の女房にすまん」と怒鳴った。Aは脳貧血を起こしそうになった。「飛び出せ」と小出が云ったので「馬鹿野郎、人を閉じこめておきゃがって、今更とび出せるか」と思った。前の寄りかかりにしがみついて「予備はないか予備は」と云った途端にキーッガタンと止まった。「サイドブレーキというのがあるんだ。忘れていた」と小出が云ったので「間抜けな奴だ、ひどい目にあわしやぁがった」とAが笑った。

あとでこの話が出た時「そんな危い時によくAの女房にまで気がまわったな」と云うと「いや、あの時は俺の頭に俺の死んだあとの女房の事が浮かんだんで、次手《ついで》にそう云ったんだろう」

と云った。僕も笑ったが、しかし小出にはもともとそういう考え方をする好いところがある。この間小出の高校三年になる息子が高校二年の娘と夜の十一時頃歩いていて警察に捕まった。丁度僕が泊っていたので一緒に大塚署まで貰い下げに行った。帰宅してから「相手の娘さんに悪いじゃあないか」と小出が云うと息子は「あいつはズベ公だから平気だ」と云った。それまで、自分は決して悪いことはしていないとか、自分のやることは自分で責任をもつとか云うのを「そうか」と云って黙ってきいていた小出が突然「女に罪をきせるのは卑怯だ。一体それなら貴様は何だ。向うから見りゃあヨタ公じゃないか。きいたふうなことを云うな」と云った。そして息子の頭を拳骨で張りとばした。

（昭和三四・一）

結婚三例

評論家の平野謙が結婚したのはいつごろだったろうか。銀婚はもう過ぎたにはちがいないが、忘れた。「私たちはこの度左記のところに同居しましたので宜しくお願い致します。平野謙、泉田鶴子」という葉書を、「同居」はいかにも正直な平野らしいと思ってよく記憶しているのである。高等学校のころ私が「親兄弟のためなら死んでもいい」と云ったら「僕は親父の病気の身替りにだってなる気はない。よく考えれば本心はそうだから」と云ったことがある。その癖いつか京都で散歩して居たら向うから来る老人をチラッと見て「あっ、お父チャンだ」と何とも云えぬ声で叫んだので私は吹き出しそうになった。終戦まもないころ私が書いた小説の原稿を奥さんが先に読んで「面白かったわ」と、云うや否や「失敬なことを云うな。貴様なんかに小説がわかってたまるもんか」と大変な勢で怒鳴ったことがある。こういうムキな亭主を持ってはたまらない。

同じ評論家の本多秋五が学士会館で結婚式をやったのは、多分戦争がはじまってじきだったと思う。紅茶、サンドウィッチ形式で、媒酌は彼の兄さん夫婦、客はそれぞれの友人だけという本多には全くふさわしい質実清楚な集りであった。兄さんの静雄氏が新郎新婦の紹介という段になって「どうも弟を褒めるわけにも行かず、けなすわけにも行かず」と云ったりした。テーブルスピーチに指名された若い友人達が申し合わせたように「今は実にわれわれにとって暗い時代で」というような言葉をかぶせた消極的な激励をしていたのも今想い出すのである。平野も勿論指名された。さあ、彼は最も古い親友に向っていちばん本当の、妻に対すると同じような嘘のない感想を述べなければならぬ。それを自覚しているからいきなり「僕は結婚生活というものに根本的な疑問を持っています」と云った。そして「いったいすべての夫婦関係が、妥協のない本当の信頼と融和の上に成り立っているか、ずいぶん怪しいものだと思います。むしろ本質的にそういう関係はあり得ないんじゃないかと思うのです」

これには先刻から不景気な演説ばかりしていた連中もちょっとあっけにとられてシーンとしてしまった。平野も恐らく（しまった）と思っただろうし（これでは収拾つかぬ）とも思っただろう。よたよたと何か云っているうちに、見る見る勢が衰えたと思うと「しかしいろいろと申し上げましたが、僕なんかとちがってここに居られる本多君夫婦には勿論そんなことはないと確信いたします」と云ってガタンと腰をおろした。静雄氏はにこにこ笑って居たが、私も、恐らく同席の他の人々と同様に、平野の懸命な態度に一種の好意を感じたのであった。その後本多は平野の予想どおり、雄ライオンのように妻子を保護し愛してつつましい家庭をいとなんでいる。ただひとつの欠点は、彼に世渡りの才覚が欠如している結果、赤貧だということで、これは全く彼が本屋で立ち読みができないとか、満員の電車に割り込めないとかいう、生来の性格、一種の消極的正義感に原因しているので、甚《はなは》だ弱ったことである。数日前「貧乏は俺のせいではないと覚悟した」という葉書をもらったが、本多にそう云われると、何だかそれが自分のせいのような気がして来るから不思議である。

私自身は、この二人の友の間に結婚した。二人とちがって私は見合い結婚であった。東京で型通りの式を挙げ、型通りの旅行で熱海へ行った。汽車が出てしばらくすると、妻が眼を閉じて頻りに小さな欠伸《あくび》をはじめた。私はまだ一言も妻と口をきいて居なかったし、それが不安と緊張による現象だということがわからなかったので、ただ変な、不思議な気がするだけで、どうする手段もなかった。

旅行の間じゅう妻は何も食べなかった。果物と飲物をすすめたが口に入れなかったから私はただ可愛想に思うだけであった。することもないので、翌日の午後思いついて伊東の薄い友人を訪問したけれど、友人も気のきく方ではなかったので妻には一向話しかけてくれず、私達は仕方なしに角膜の新しい入墨法や染色法についてばかり喋舌っていた。結局私は旅行を早く切りあげて戻った。

考えてみると、私達は、平野も本多も私も、夫として好い点はもらえないだろう。妻の側から云えば品行方正が唯一のとりえだろうし、一方から見ればそれが頓馬で意気地なしの証拠ともなるだろう。私も多分そうだろうと考えている。がしかし実際は私たちはお互いに「すくなくとも俺は自主的にこうなったんだから仕方がない」心の底ではそう思っているかも知れないのである。

（昭和三四・五）

先生

私の恩師伊東先生の納骨式と一周忌が三組町の菩提寺で先日おこなわれた。先生は名残町に生まれ旧浜松一中を卒業されたから、市内に沢山の友人を持って居られた。中学一高東大を通じていつも一番を続け異常の秀才として有名であった。千葉医科大学の教授になったのがわずか二十六歳の時であったから私が大学を出て先生の門下に加わった頃はまだ四十台であったのだが、既に日本眼科学会に於ける鬱然たる大家であった。先生の弟子になると同時に私は叱られ役になった。つまりどこの教室にもある割の悪い役まわり、先生の鬱憤が他の誰にも行かないでいつも奇妙に私のところで爆発するという次第となったのである。先生のきらいな酒を医局で飲む、先生のきらいな碁を医局でやる、そうすると私がその場に居なくても教授室に呼ばれて御説教を食うのである。もっとも私もたしかに好い弟子ではなかった。第一先生の主催して居られた静岡県人会に出なかった。若い私は学生や医局員達がただ漫然と同郷の教授を囲んで御意見を拝聴したり拍手したりお世辞云ったりする空気に反撥を感じていた。「出ないと損だよ」と忠告してくれた男があったので余計意地になった。そんなことにこだわるような人なら自分の先生じゃないと思った。悪戯もやった。看護婦が窓縁に二、三日干して置いた茶の出がらしをもう一度いれて差出したら先生がひと口のんで「ウッ」と云った。後で試みに飲んで見ると埃りを溶かしたような何ともかとも形容のできぬまずい味がした。

あまり叱られると、時にはムッとすることもあった。ある当直の晩、病院のすぐ下の自宅に帰って夕食を食っている間に手術場の天井の壁が二米平方ばかり剝げ落ちた。この時は約四十分たて続けにどなられた。この新病院は地下二階地上四階当時東洋一の大病院というふれこみで先生が建設委員長として建築から調度まで一切の面倒をみ心血を注いで出来上った御自慢のものであったから不愉快は当然であったにちがいない。しかし先生の鉾先きが私の当直二十分留守に向けられているうちはよかったが、一転して「妻君をつれて映画なんかに行く時間があったら勉強しろ」というような攻撃が続々とかけられはじめると私はだんだん腹が立って来た。いつもだと首を下げて嵐の通過だけを待っているのだが、その時は頭が自然にあがって来た。そして黙って先生の大きな顔を睨みつけた。私がそうして瞬きもせずにじっと睨みつけているとやがて先生がちょっと不思議そうな表情をした。ちょっと黙った。それから「何だ、眼玉ばかり大きくして」と云った。そして椅子に坐り直して煙草をくわえた。「君ばかり叱るようだが、どうも自然に集中する」それから「一方から云えばそれは君の人徳だと思いたまえ」と説教された。

私は真に手を取って先生から眼科学を習った。家内を貰う時は徹頭徹尾世話をうけた。例えば見合いの時、終って家内の両親を車まで見送ろうとすると「男が何だみっともない」と後から帯革を摑んで引きもどされた。浜松までついて来てくれた。教室を出て病気をすると忙がしい同僚の教授を二時間もかかる私の勤務先きまで往診によこしてくれたりした。

海山の恩という言葉がある、その先生に私はとうとう何の恩返しもせずに終ってしまった。ただ私は自分が「先生」と云う場合、それがいつも伊東先生だけを指すということ、いつの間にか自然に自分の心の中でそういうふうになっていたことにせめてもの心やりを感ずる。私にも人世上あるいは学問上での心から尊敬する人はある。そういう人に面と向って「先生」と云いたい時もある。又そう呼ぶべきだと思うこともある。又医者同志がお互いに先生と呼び合っている時自分だけがさん附けで呼ぶのは失敬だし、嫌な感じを与えるにちがいないと考えることもある。しかし私は許してもらいたい。私は他の人をそう呼ぶと自分の先生が逃げて行くような気がしてならないのである。

（昭和三四・八）

あやまる

大正十五年春、今から数えてちょうど三十四年前のこと第八高等学校新入生の私は名古屋駅の改札口に旧友の河村を出迎えた。その頃の高校浪人のすべてがそうであったように河村はセルの袴にハンティングというういでたちで手に小さな風呂敷包みを下げて駅のブリッジを降りて来た。私たちは駅のベンチに並んで腰をかけ、私は「これからどうする」と訊ねたが、実際は彼の葉書を受取った時からその目的が受験準備の相談であろうと心に決めてかかっていたから、早手廻しに予備校の選定もすませて迎えに出ていたのであった。だから河村が「これから瀬戸へ行く」と云った時には驚いた。「瀬戸って何だ。何しに行くんだ」「陶器を作りに行く。俺はやきもの焼きになるつもりだ」。私は詩人や画描きの他にそういう芸術家があるということをうすうすは知っていたけれど、それを自分の友達にあてはめることはできなかった。河村はたしかに画にも短歌にも中学生ばなれのした力量を示していたが、それまで陶器などという言葉は彼の口から一度もきいたことがなかったのだ。「ふーん」私は明らかに仏頂面をしたにちがいない。彼は膝の上の包みを広げると新聞紙にくるんだ瀬戸物二個を私の手に渡し「どうだ、いいだろう」と云った。一つは沈んだ青色の釉《うわぐすり》に淡くぐるりを包まれた、柔く厚ぼったい抹茶茶碗であった。温い感じがし、手に持つと軽かった。そして一つはやや黒味がかった飴色の湯呑であった。外側を八角に鋭く削りとられ、冷たく堅く重かった。彼は茶碗は浜田庄司という人の作で、湯呑は河井寛次郎という人の作品だと云った。私はしかし不平であった。私にもそれらの陶器の持つ或る感じは判ったが、けれどもやっぱり友達を私の理解できない方角へやる気にはなれなかった。私は親切の押売りを執こくやりはじめ、とうとうその場で彼を中野塾という予備校に入学させることに成功した。そうして結局私は間違っていたのだ。彼は一年すると首尾よく八高をパスしたが、その後落第を重ねて自分から退学してしまったのであった。その間に私は度々彼の下宿を訪れ、彼の厚ぼったい温いような茶碗でココアを飲ませてもらい浜田さんという名前をおぼえた。ほとんど牛乳だけで溶かした濃厚な苦っぽいココアは最もこの容器になじんだ。紅茶や緑茶は水っぽい感じでまるで釣り合わなかった。

それから三十一年過ぎて、小さな小説集の出版記念会を開いてもらった時、私は親しい友人達から浜田氏作の角型一輪挿しを贈られた。四方の面に厚くかけられた柿釉《かきゆう》に見事に図案化された雄勁《ゆうけい》な梅の枝が掻落しという手法で彫りつけられていて、それは主催者の内田さんの急な注文に応じて氏が数日前に窯出しした作品の中から特別に選んで送ってくれたものだとのことであった。焼物好きになりかかっていた私にとって全く思いもかけぬ賜物《たまもの》であったから、暫く眺めた後で私は席上に廻して皆に見てもらったりしたが、そこに河村がいないのを淋しいとも思ったのであった。

今年の五月末に浜田氏は内田、平松両氏の招きに応じて浜松に立寄られ、私たちは数々の作品を見せていただいたり、又いかにも実り豊かといった感じのする講演をうかがったり、経験とユーモアに満ちたエネルギッシュな座談を拝聴したりする幸運にめぐまれた。話の切れ目に私は遠慮しいしい河村の話しを持ち出して見た。三十四年も前にちょっと会われただけの少年、勿論記憶にはないだろう、しかしあれだけ慕っていたのだからな、とも思った。「河村という男ですが、ずっと昔お眼にかかって自分も陶器をやろうと云い出したりしまして」。浜田氏はちょっとけげんそうな表情を浮べておられたが、次の瞬間、「ああ河村」と短く云われた。それから「よく覚えてます。今顔もはっきりと想い出すことができます。今どうしていますか」と矢つぎ早に云われ、続けて「子供の癖に物を見る眼がしっかりして鋭かったので」と懐しそうに云われた。「私が無理に引っぱって高等学校へ入れました」私は非常に恥かしい気がした。「そう、しかしあの子はあのまま進めばいい作家になれたのではないかな。勿論そりゃわからないことだけど」。私はいっそう恥しくなった。この稀な大家の友人にかけた期待を裏切ったのは私だ。彼は陶器を断念してしまい、その私が今頃のめのめと焼物好きだなんて。何たる醜体だ。

河村は明日にでも私の家に現れるかも知れない。仕方がないからその時は黙ってこの雑誌を読んでもらうことにする。そのためにこれを書いた。

（昭和三五・七）

嫌な顔

志賀直哉氏の日記に「昭和八年一月五日　木　勝見、室田といふ友人を連れて来る」というのがある。この時のことを私はよく記憶している。小雨の降る冷たいうす暗い日であった。室田というのは私の高等学校の同級生でそのころ京大のボートの選手をしていたが、この日私は彼の将棋の腕を見込んでわざと同行したのである。

志賀さんは将棋好きで、名人戦を見物された写真が新聞にのったり、絵描きの梅原氏と対局された棋譜が文芸春秋に出たりで、その頃も来客とよく戦を交えておられた。私も駒の動かし方くらい知っていたので、ある日「僕もやれます」と挑戦すると、「じゃあやって見よう」と云われ、一度やると案の定さんざんに負かされた。「二枚落ちなら勝つかも知れません」とそれで向かうとまた負けた。「平手でないと面白くないからやっぱり平手にしよう」と云われるので「どうせ勝つにきまってるのに」と思ったが、「教えてくれるのかも知れない」と思った。すると今度は志賀さんは私の王を詰める前に、わざわざ飛車角からはじめて金銀以上の駒をほとんど皆とってしまった。つまり暇つぶしに私をからかっているのだ。そこへ近所の美術写真家の小川氏が見え、盤上の私の裸の王様と志賀さんの駒台の上にこぼれ落ちそうに積まれた駒を見て「ほほう、手足をもがれた蟹みたいですな」と云った。その少し前から志賀さんの意図に気がついて癪にさわっていた私は自分でもわかるくらいイヤーナ顔をした。そしてやめてしまった。

この日記にある室田を連れて行ったのは仇討ちのためだったのである。しかし彼はさんざん考えて第一回戦を勝ったものの、それきり力がつきて後は負け続けてしまったので私の企図は成就することができなかった。

やはりその頃のある暑い夏の午後、私は志賀さんにつれられて奈良から京都へ行った。電車はひどく空いて涼しかった。氏は車が走り出すと懐からポケット版の探偵小説集を出して私の膝にのせてくれ、自分は空席に横になって京都近くまで眼を閉じて居られた。京都へつくと私は錦市とか云う通路の上に布天井を作ったにぎやかな通りを見せてもらってから映画館に入った。「あそこにバクセンが来てる」と云われたが当時の私には何のことかわからなかった。何年か後にそれが土田麦僊のことだったと気がついた。映画はダグラス・フェアバンクスの「巌窟王（三銃士後日譚）」であった。ダグラスももう齢で肥っていかにも身体が重そうであった。最後に悪人のために殺されて天上に昇りこれからまた天国で新しい活躍をするというところで映画が終った。「ザ・ビギニングか」と隣りの席で志賀さんが呟いたので見ると、「ザ・エンド」と出るべき字幕が「ザ・ビギニング」となっていた。

小屋を出て「テンプラは好き？」と聞かれたので「ええ」と答えると「じゃあ美味い家を知ってるから寄って行こう」と云われてそのせまい店に入った。しかし私は暑さで参っていて全く食欲がなくなっていた。私はそのぜいたくな料理を二口くらいしか口に入れず後はのこしてしまった。「もういらない」と云うと志賀さんがけげんそうな眼をした。それから実に嫌な顔をされた。これは後まで印象にのこった。

今思い出して見て、あの時志賀さんはさぞ不愉快だったろうと思う。将棋で負かせばムキになり、平生《へいぜい》は話相手にもならない生意気なだけの青年を一日中案内し、挙句の果に御馳走までして「もういらない」と云われる。こんな無神経なやつに出あったら誰だって腹がたつだろう。あの癇癪持ちの志賀さんに私はよく怒鳴られなかったものだ。不思議な気がするが、つまり私はそれだけ若くて相手にならなかったのだろう。

（昭和三六・五）

昭和十九年

昭和七年から終戦の年の終り頃まで私は平塚市の海軍火薬廠《かやくしょう》の病院に勤めて毎日眼科の患者の診療にあたっていた。そのころのことは小説にも書いたこともあるが、すべて苦々しい想い出ばかりである。

平塚の駅から十五分ばかり歩いた市の北のはしに、高い厚いまるで刑務所の塀のようなコンクリート塀にかこまれてその工廠はあった。明治の中期にたてられたイギリスのアームストロングという鉄砲会社の施設をそのままそっくりゆずり受けたものであったから、われわれの研究室にまで当時の英人技師の使った調度が残っていて、私はその中の巌丈《がんじょう》な大型のアームチェアを自分専用に用いたりしていた。敷地は五万坪とか云っていたが、構内はほとんど松林に覆われていて建物は森の間にチョボチョボと低く小さく散在している程度にすぎなかった。火薬製造という特殊事情のためであるらしかった。森の中で兎や狸が捕えられることもあり、鷺の群棲している部分などは、卵を狙う蛇がうようよしていて誰も近寄れなかった。

構内のほぼ中央に「技研」と呼ばれている小区域があった。ここは他から区分され指揮系統も全然別らしく、何を研究し何を製造しているのか誰も知らなかった。

昭和十八年頃からだったと思うが、私の診療室に、まったく原因の不明な、そして非常に特殊な病型を持った患者が出入するようになり、その病因を追及して行くうちにそれが毒瓦斯《ガス》イペリットによるものだということがわかってきた。そして患者のすべてが十六歳から十八歳くらいまでの少年工員で「技研」の養成工に限られていることから、この秘密工場が惨虐な毒瓦斯製造及び研究所だということを私は知ったのであった。

彼等の少年らしからぬ青黒い顔や光を嫌う歪んだ表情や黄色い工員服につきまとっていた特有の生臭い臭気は、それを想い出す毎に今でも私を苦しくさせる。しかもこれだけ国家のために痛めつけられ健康をむしばまれた少年たちの最大の希望が早く眼を治して予科練を志願して戦闘機に乗って戦場に出ることであったのだ。私はその願いを彼等の口から毎日きかされていた。この想い出がいっそう私をやり切れなくさせる。結局私は彼等の眼をどうすることもできず、「技研」軍医に対する私のほんの小さな治療上の勧告がかえって反感を買って彼等を私から遠ざけてしまい少年たちは終戦と同時に故郷の宮城へ去ってしまって私たちは再び会う機会もないのである。広い構内で最も大きな部分を火薬製造部が占めていた。ここから通う工員の中に伊江という沖縄の徴用工があった。華奢で弱々しい体格の男でひとの言うことは判るが自分ではうまく喋舌れないとかで仲間の一人が付きそって治療に来ていた。貴族階級に属するとのことでそう云われれば成程と思われ私はややあわれにも思った。この男が重労働に耐えかねて脱走した。脱走しても行くところはないから多少勝手の知れた病院にひそんでいた。物置きや空病室にかくれたり時には工廠の奥の松の森をうろついたりしていた。五日目の夜、病院の賄《まかな》いのまわりで残飯をあさっているところを警備員に発見され、逮捕された。この時も言葉がうまく云えないためにしぶとい奴だと見られてひどく殴られたとのことで、顔がはれ上っているのを私もチラと目撃した。ポケットに蛇の食いかけが入っていたということを後で聞いて気の毒に思った。多分飢えに耐えられずに森の奥でとらえてかじったのだろうと思われる。これらの工員たちが今どうしているだろうと時々考える。イペリットに冒された少年の一人が故郷へ引あげる時何と思ったか私を訪ねて来て、配給品の入ったリュックの中から重曹の袋を出して私にくれて又いそいで駈けて出て行った姿を思い出したりするのである。

戦後平塚の駅を度々通る。終戦直後は汽車の窓からすぐ近くに、赤い焼土や低いバラックの屋根の上に、工廠の三、四本の高い煙突や高いコンクリート塀の一部が見えた。今はこみ合った高い建物にさえぎられて何も見えなくなってしまった。あの跡は何になったのだろうという好奇心がその度に私の胸をよぎる。しかし汽車を降りてそこまで行って見る気にはならずにいるのである。

（昭和三六・八）

日記

すぐれた人の日記というものは面白いものだ。何号か前のこの欄で徳川夢声の日記に触れたことがあったが、このごろ必要があって志賀直哉の日記を読み返えしているうちにあれもこれも読みたくなって、鷗外、漱石、寅彦、荷風、劉生と引っぱり出して乱読していたら思わず時のたつのも暑いのも忘れはてて二、三日を過ごしてしまった。そこで夫子《ふうし》自身のそれは如何と、そこは多少の己惚《うぬぼ》れもてつだって戸棚の隅から二、三年分の博文館日記を取り出し埃を払ってあちこち拾い読みして見たら意外にもなかなか面白かったのである。

勿論この面白いという中味はまったくちがう。向うは大家こちらはペイペイ、つまり私の場合は何年か前の自分のなまの姿を今離れた時点から他人ごとのように眺められるというだけの興味であってそれ以外の何ものでもないのである。例えばこんなのがある。

某年一月二日　明け方に夢を見た。自分が何か破廉恥で狡猾な手段を弄して罪を逃れたという夢だ。さめたとき異様な恥かしさに襲われ溜息が出た。自分の内部にひそんでいるこういう悪い性質の露出する夢が、ここ数年いつも正月に現れ、その度にさめて「夢でよかった」と思う。食事し年賀状を見る。自分の良心がまだ全く麻痺していない証拠かも知れぬと思い返す。

少し心強くなり元気になる。

——こういうのを今読むと「何云ってやがる」という気になる。いかにも自分で自分の現状に安心して正月早々「良心が麻痺してない」などとヤニ下っている姿が醜く見える。年はとりたくないものである。

明け方と云えばこういうのもあった。

某年十月十四日　夜半すぎにふと眼がさめ、自分がへいぜい妻をいかに不当にあつかっているかということをしみじみ考えた。かつて一度も妻の満足するような着物や指輪を買ってやったためしがない、旅行の楽しみもあたえたことがない。自分は悪い夫だと思い気の毒な妻に同情した。しかしそれからひと眠りし、起きて顔をあわせた時に無論そんな考えはなくなっていた。しかし折角だからと思ってこのことを話しておいた。

——これはわれながらひどい。自分でも呆れたが、一方でこれに対して妻がどんな挨拶をしたか、覚えているはずもないが、いちおう訊ねて見ようと、刺繍に熱中しているそばに行って読んで聞かせた。

「まさかそんな夢だか空気だかわからないような御好意をいただいて、有難うございますとも云えなかったはずよ」と妻が云った。

「そりゃそうだ」

「それとも今なら後悔して何か買って下さるの」

「いや勿論そんな気はない。ただ念のためきいてみただけだ」

妻が嘆息するように「あなたってずいぶん勝手なかたねえ」と云って笑いだした。

その晩は罪滅ぼしのつもりで妻を支那料理に連れ出して炒飯を食べた。そしてその後でいっしょに映画の割引きを見物した。映画は私のいちど見たものであったが私は我慢して最後までつき合った。


(昭和三六・九)

鳳来寺登山記

小児科のH老は「歩け主義」の教祖で人の顔さえ見れば「歩け歩けアールケ歩け」と宣伝される。「鳳来寺山なぞはさしずめ初歩の貴君の如き人には適当でしょう。私には一寸もの足りませんが」と前置きされて「私は既に二回登山しましたが、途中の風景もよし、春から夏にかけては例の仏法僧も鳴きます。最近は若いN君を案内して湯谷に抜けて帰りましたが、N君もさほどヘタバッタ様子を見せませんでした。私自身は余力をかって俳句を二、三十作りました」、と当のNさんが聞いたら怒りそうなホラを平気でお吹きになる。

外科のT翁は沈黙の一流登山家で——という意味は、もっぱら登山バスまたはケーブルの如き文明の利器を応用して一流の高山を征服することを得意とされるという意味の一流登山家で——先年は「海坂」誌上に流麗なる鳳来寺紹介文を発表された。勿論こんな山はT翁にとってものの数ではないと見えて、文中の彼は、東京から来たNという、H老のお伴と同じ名前の友人を後に従えて悠々と頂上をきわめたことになっている。なにしろ途中でN氏が急に立ち止って「蛇がこわい」と云うと「もし居たらおぶってあげるよ」と励ましたと書いてあるからたいしたものである。

ひと月ほど前に図書新聞から「今年下半期の貴下の計画をお聞かせ下さい」というアンケートが来た。例の「私は長篇何本と短篇何本を書き、創作集をどこどこから出し、これこれを映画化し、どこどこへ取材旅行に行き、これこれの地方へ講演に行きます」というアレである。つまり私には書くべき何の事項もない問合せなのである。私は今さらながら自分の貧作ぶりを思い知って憂鬱になったが、「ええい、勝手にしろ」と考えて「今年中に短篇をひとつ仕上げるつもりです」と書いた。それから、これではあんまり情ない、という気がして来たので「そのために三河の鳳来寺山へ登ります」と書き加えてしまった。今になって考えて見ると、あの時私はいつの間にかH老T翁の暗示にかかっていて、思わず筆がすべってしまったらしいのである。

鳳来寺山には九月の下旬に登った。そしてまったくひどい目にあった。登りはじめて最初の十分間が過ぎる頃、上から下って来た数人の女子高校生が私に眼をつけて「頑張れ、頑張れ、オジさん頑張れ」と歌うように云った時、私は自分の顔付きが相当みっともなくなっていることに気がついた。それから少しすると石段の刻みが不規則なのは「甚だ怪しからん」と癪にさわった。そして先きを行く娘を呼び戻して、洋傘の先きを引っぱってもらった。途中で遂にシャツをぬいで醜体をさらし、「どうせ上まで行ったところでロクなものはないにきまってる。何だ、石段ばかりこしらえやがって」と憤慨した。T翁の小品文に千四百三十二段と明記してあったが、「いったいどういうつもりでわざわざ数えたんだろう」と怨めしく思った。「仏法僧などラジオで沢山だ」と、今それが居るわけではないがと思った。私の禿頭から汗が吹き出して流れ落ちるのを、不思議そうに娘が見て「まるでトタン屋根に雨のようだ」と云った。とうとう私は平坦な横道にそれ、磯丸歌碑の前にしゃがんで、これ以上登ることをあきらめることにした。「何分かかった」ときくと「四十分」と娘が答えた。

数日して、私はT翁に会ったので「話しがちがうようですぜ」と云うと、「そうかなあ、そんなでもないでしょう」と冷淡なような得意のような顔をされた。それから二、三日して今度はH老の所謂《いわゆる》若いNさんに報告すると「そりゃHさんはたしかに頂上まで登るには登りましたよ。しかし何しろあの御老体でしょう。はじめから石段をひとつ上っては休み、又ひとつ上っては止まり、二時間半もかかって行くんだから。いっしょに歩く僕なんか却ってくたびれちまいました」と真相を曝露した。何のことだ。これではT翁の言も当てにはならない。

私はいつかこの二人を誘ってもう一度鳳来寺山に登ろうと決心している。誰が一番健脚を証明するであろうか。それは多分私にきまっている。

（昭和三六・一一）

素朴ということ

一昨年の正月にはU翁を無理に説き伏せて字を書いてもらった。

帰命無量寿経

俳人のU翁に、しかも芽出度いお正月に、しかも私が仏様を信じていもしないのに、何故こんなものを頼んだかというと、弥陀に帰依しそれを自己の人格形成の根幹としておられる翁にとってこの六字こそ年の初めに最もふさわしいにちがいないと思ったからである。と云うのは実は表向きで、本当は、俳句だと遊び半分に書かれるおそれがあるけれど、この六字だけは絶対に本気で筆を下ろすにちがいないと確信したからに他ならない。

以来ときどきこの軸をかける。そしてその度に「なるほど下手な字だ。本人の云うとおりだ。謙遜ではない」とつくづく眺める。「だが気持ちのいい字だ」と思う。

つまり上手にも下手にも、これ切りなのである。つまり中味だけなのである。いやに肩を怒らせても居なければ、愛想笑いもして居ない、包装なしである。

私は所謂禅僧の書というのが大嫌いである。丸を描いて下に空などと意味あり気に大書したり、無とか夢とか、さも悟りすましたような文句を景気よく嫌味たっぷりに書く。その人に就いての噂さなどである程度尊敬していた禅僧の書をどこかで見て急にそれまでの敬意を取り消したくなるようなことが何度もある。あんな型にはまった、身振りだけ大げさで、従ってそれだけ俗っぽい字を書く人が本当に優れた坊さんであるはずがないと思うのである。

稚拙の美というのがある。子供が一生懸命に、お手本そっくりに上手に書こうとする。しかし肝心の手が動かないから、似ても似つかぬタドタドしい字ができあがる。それは無邪気でいかにも美しい。感服した大人が、自由自在に動く手でそれをまねる。すると所謂稚拙の味のある字ができあがる。それは子供っぽさの愛嬌で見る人に好意と微笑を呼び起こす。それが人を欺《あざむ》く。

この二つ、格を離れて自在の天地に遊ぶと思い込んでいる禅僧の書や、小児の天真爛漫を学んだと思い込んでいる書を、よく世間ではひとくちに「素朴」だと云って珍重したりする。

しかし私はそれは間違っていると思う。それは始めから人工的に味だけを狙っているものだ。それはその人の本質中味でなくてただの包装にすぎないだろう。それが如何に天真爛漫に見えようとも、稚拙や奔放を意識的に狙えばもうそれは素朴とは反対のものだ。つまり最初から必然的に第二流品だ。中野重治が、素朴とは「中味のつまっている感じ」だと云ったけれど、うまいことを云ったものである。また或る人が、言葉の効果をよく知った文士の俳句と形の効果に通じた画家の書は、しゃれているけれどどうしても形骸だけでつまらないと云ったが、これもなかなか鋭い批評である。

と、ここまで書いて来て実は困ってしまった。この次に始めに戻って「そこでU翁の字は」となるのが当然の順序なのだが、そうなると自然の勢で翁は九天の高きに昇らざるを得ないことになる。それでは本人にも迷惑をかけ人をも欺くことになるので、最後にありのままを述べて、別に疑念を持つ人には私の所持する実物を御眼にかけることにしたい。

U翁からいただいた書は、下手である。ただ糞真面目なだけである。そのために出る味も何もない。しかし言葉のそのままの意味で素朴である。私は大好きである。

（昭和三七・二）

日記

二〇六三年九月一日
午前六時起床、こう毎日暑くては閉口であるから涼しいうちに散歩を試みるつもりで釣竿をかつぃで浜名湖に出かける。ゴジラを供に連れて行く。約五分で弁天島到着、餌はモスラのウジのぶつ切りである。昨日孵化したばかりであるから充分新鮮なはずなのにいっこう獲物が食いつかないのでフト思いついてガイガー計数管を近づけてみたら案の定ひどい放射能の減りようであった。これでは魚が寄らないのも無理ない。明かにウジの母体たるモスラ蛾の栄養不良が原因である。そう云えば私自身この二、三日身体がだるく脚がむくみがちで全身脚気《かっけ》症状を呈している。現に弁天島まで徒歩で五分もかかるというのは不審である。おそらく血液中の白血球が倍加しているのではあるまいか。僕はかたわらにぐったりと巨体を横たえて休息しているゴジラの方をかえりみた。彼のものう気にのばした長い首のあたりにはいかにも弛緩した気配がただよっていた。
「もはや我が家の食物餌料に含まれる放射能の不足が限界に達しつつあることは明瞭である。このままで行けば一家全滅のほかはないであろう」

私は慄然《りつぜん》として釣竿を放り出すと、だるい身体に鞭打って新居の裏山に駈けのぼって行った。途中で私の九本の脚のうち四本がまるで麻痺したように働かなくなっているのに気がついてゾッとした。百米ばかりうしろからゴジラが小さい頭をのばし懸命な眼色を浮かべてノタリノタリと私を追って来る。彼も多分良人たる私の意図を察しているにちがいない。やがて行手の広い谷の底にマタンゴの大群が簇生《そうせい》しているのを私は発見し、歓声をあげてその真っただなかに飛びこんで行った。ゴジラが一声高く吠えて私に続いた。マタンゴはさんを乱して四方に逃げようとするがもともと茸の化物、植物性の彼らに機動力はない。私たちのじゅうりんにまかせるのみである。私たちはできるだけ小型の、笠のひらいていないマタンゴを選んで手当り次第に口に放りこんだ。みるみる体内に活力がよみがえって来る。新鮮な放射能で皮膚は青白い蛍光を発しはじめ、ゴジラの吐く息にも生臭いウラニュウムの香りがほのめいて来た。安心すると同時に疲労がどっと出たのでゴジラの首を枕にぐっすりと眠る。

われわれが核エネルギーを完全に善用してから今日でちょうど三十年になる。百年前に始まった人類の核エネルギー支配は止まるところを知らぬ乱用に乱用をかさね、浜松は一寸の土地も一尺の川も残さぬ高層建築の森と化し、地球上にあふれた人類はレクリエーションの場を月や火星に求め、空気は一リットル数万円で売買され、しかも最後の悪疫癌も原子力によって征服され、人類は死の幸福から見放されかけていた。私は出鱈目を云っているのではない。私の書架の片隅にある「浜松百撰」という百年前の小冊子にはもっともっと恐ろしい想像が、あたかも愉快きわまる百年後の未来の映像のように書きならべられている。もっとも彼等は彼等の空想がわずか五十年後に完全に実現されようとは夢にも思わなかったろうし、そしてその実現された空想の都市が百年後には全滅して今日のような有様になっていようとはなおさら考えてもみなかったろうけれど。大英雄ケネシチョフが出現して地球上の全原子爆弾を破裂させたのは今から三十年前のことである。この日から人類は総数千人になった。この一撃によって北氷洋の氷の下からゴジラやラドンやアンギラスが解放され、アルプスの谷底にはマタンゴが増殖し、南極の地底からはモスラが飛来して地球は原始時代にかえった。生物の数も必要とするヴィタミンは放射能となり、癌細胞は積極的に育成されて人体に移植され有用不可欠の手足などインスタント食料となった。私は目下腰部に九本のこの種の脚を育てつつある。幸福なるかなわが人生。午後八時、日没とともに床に入る。腹がへったので右脚を切って食い、明日の活力にそなえてストロンチウム90を十錠飲んで平和な眠りにつく。

（昭和三八・九）

壜の中の水

湖にちかい小都会の一隅にうつり住んで十五年あまりになる。年は満五十七であるから、もう断じて青年ではない。このごろ私は老人ぶることに決めた。

私は医師であるから、まず患者にむかって自分のことを「わし」と云うことにした。よぼよぼの年寄りに対しても同様である。すると、その瞬間から、不思議に自分が彼等の仲間入りをしたような気分におちいり、威厳が増したことを自覚した。次にできるだけ服装をダラシなくした。髭は気のむいたときに剃り、外出の際にもセーターやカーディガンを好きなだけ重ね、あつい靴下を二枚くらいはき、無帽にサンダル履きということにした。

その結果として、現役意識みたいなもの、なんとなく社会に責任があるような変な気分から釈放されてせいせいした。そうしてこれが私にとって消極的健康法であり、また精神的自衛手段でもあることをさとった。幸運にも三十歳前後から薄くなりはじめた私の頭は今はほとんど完全な丸禿げと化しているから、客観的印象としてもまた六十以下に見られる恐れはない。

子供の時分、大人というものは何と嘘つきだろうと苦しかった。何故ていねいな言葉をつかって会話するのか、それにさえ不信の念をいだいた。学生時代には、自分は社会のことは何ひとつ解りはしない、自分の正しいと思うことはすべて観念的非実際的でどこにも通用しやしない、という想念に悩まされた。社会生活に身をひたさず、働いて金をとることをしらぬ自分には、なにを判断する力も、なにを主張する権利もありはしないと考えた。このことが、私を左翼運動におしやろうとする内部の欲望にブレーキをかけた。唯物弁証法があらゆる現象を説明しうるということ自体が私を疑念に追いやり、それを駆使してらくらくと私を裁断する同級生たちに強く反撥した。こういう最も幼稚な頑固さが、私の生来の怠惰な性格とむすびついて、マルクス主義理論を学ぶことから私をしりぞけた。私は後悔と劣等感とに苦しみながら、しかしただ目前のささいな出来事にたいして、感傷的な正義感だけで衝動的に同感したり反撥したりしながら、青年時代の大部分を過ごした。

そして医者になり、医局という、個人の利害関係の最初の萌芽をふくんだ集団にはいり、それから勤務医となって社会にでて行き、やがて戦争にまきこまれ、地方の開業医となり、そうしてうやむやのうちに生まぬるい人間関係のなかにとけこんだ。

そこで見掛けだけは正常な生活をいとなみ、患者にむかっては世間が解ったような口をきき、挙句の果てに何もかも嫌になり、自分にも嫌気がさし、今こうして老人ぶって、あっちこっちを一人で放つき歩いているのである。

二人の子供は大学にはいって東京に居るし、妻は去年やった手術が失敗したので一年後の正月にふたたび入院して再手術をうけた。手術は四時間あまりかかり、一時は血圧が六〇粍《ミリ》にさがって脈も触れなくなったが、辛うじて恢復《かいふく》し、結局は成功におわった。その後の病状に心配はない。平静な心を抱き、うす汚いふうをして外出しうる幸福を天に感謝している。

このあいだは珍らしく暖く風もなかったので、街はずれの丘の辺りをしばらくぶらついてから、藪をぬけてせまい谷を見下ろす斜面に腰をおろして弁当を食った。

頭上の枝に山鳩がきて含み声でみじかく啼くのが、艶っぽく魅力的であった。谷のむこう側の低い雑木の山の裾をめぐって伸びている小道を眼で追って行くと、そのさきに湖の一部が白くキラキラと光っていた。

道のこちら側は一面の黒い田圃で、すでに春めいた湿り気と香りとが、土の表面から立ちのぼっていた。

田を貫く細流の一個所が灌木におおわれていて、そこから一本の中くらいのモチの木が抜けでているが、これは天正のむかし築山殿《つきやまどの》が殺された位置をしめす標識となっている。

家康は、自身生きのびるために、信長の命によって長男信康を殺し、つづいて駈けつけた妻をもここに待ち伏せて殺したわけである。彼は晩年日課念仏を書いて彼等の後生を仏に願っていたというが、しかしものの本によると、臨終の際には、枕頭《ちんとう》の脇差を家臣にわたして罪人の試し斬りをさせ、よく斬れたと聞くと「それならそれを神体にしておれを祀《まつ》れ」と遺言して死んだということである。

もっとも、この世で、彼だけが残忍だったわけではない。築山殿の廟はこの近くの寺にあるが、太平洋戦争では直撃弾をうけて土壁は飛散し、墓も真二つに割れた。今は背中と周囲とをべったりとセメントで固められ、ちょうどギプスに締めつけられた不具者のような醜形を呈してうす暗い墓地の中央に立っているのである。

私はむすびを食いおわり、煙草をくわえてぼんやりしていた。眼のしたの矮小《わいしょう》な裸木が、連翹《れんぎょう》らしい蕾を満身につけていた。むこうがわの雑木山から二、三羽の鳥が舞いたって来て、水の浸みでた田圃に下り、いかにも気のなさそうな様子で餌をあさっていた。

しばらくすると、背後の藪のなかをガサガサと歩きまわる音がして、鳥打帽をかぶった背の低い男があらわれ、「やあ」と云って降りてきた。宍戸《ししど》であった。彼とは、前年の冬のはじめころ、識りあいの家ではじめて出会った。このとき彼は、自分の家に古い壺が沢山あるから見に来ぬかと私を誘い、それ以来ときたま顔をあわせる程度のあいだがらである。偶然にも今日またここで出会ったわけである。

宍戸は土蔵の潰し屋をやっている。

戦災をまぬがれた湖の奥の旧家の片隅に、今はただ場所ふさげの邪魔ものと化して残った土蔵を潰すのである。厚い壁と、それに塗りこめられた太い骨格を解体する術は、現代の大工にはもう失われているから、この男のように敏捷で果敢な老人をたのんで、一戸前いくらと請け負わせるのである。勿論たえず要求があるわけではないし、職業として独立したものでもないし、また専門の修業というようなものがあるのでもない。ただ少数の人にしかできぬ仕事であるから、割りのいい小遣いかせぎにはなるのである。

そこで潰すときめて、持主がまず古物商を呼んで土蔵の中身をひと倉いくらと二束三文で売り払うわけだが、そのとき、取りこわしの下検分にはいった宍戸が、古物商の捨てて行った水《みず》甕《がめ》とか種壺の類をひろって家に持ちかえる。それがたまっているから見に来い、と云ったのである。

これらの、大きいばかりで値段のない壺類は、煤《すす》けたり欠けたりしたままで、たいがいは蔵の片隅か庭の端か床の下かに転がっている。多くは室町時代から桃山または江戸初期に常滑《とこなめ》あたりの窯で焼かれたものであるが、そういう誰も相手にせぬ駄物に私が惹きつけられ、一個あたり三百円から六百円どまりで蒐《あつ》めだしてから約十年になる。はじめて宍戸と出合ったのも、向こうは向こうの商売、私は私の物好きで訪問した、或る山持ち農家の庭先きでのことであった。そのときも彼は古びた鳥打帽をかぶり、地下足袋をはいていた。すべてに寸づまりの小男で、年のころは六十五、六か、縁先きに腰かけて振舞いの茶碗酒を飲んでいたが、こちらを見る眼つきに、齢と風体に似ぬ剽悍《ひょうかん》で捨鉢めいたような色がただよっていた。しかしそれは人に向けたものではないらしく、話しかけるとすぐ穏かな表情に変わった。

彼は主人を呼び出してくれ、主人は私の患者であったから私たちはしばらく病気の話を交わし、それから三人して家の裏手へまわった。

うす暗い土蔵の軒下に、大小四個の壺が一列にならべられてあった。うち小型の二個は高さ約四十糎《センチ》、一見して桃山期をくだるものとは思われなかった。褐色のあらい肌、無愛想な乾いた表情は、いかにも常滑らしかった。丸くふくれた肩から胴にかけて、帯白オリーヴ色の自然釉《ゆう》が、ぶ厚く強く雪崩れ落ちていた。

他の一個は、これらを倍大に引きのばした大型の水甕であった。むしろ、より古いかと思われた。丸々と張った腹部がせまい底面にむかって急にすぼまり、平坦なコンクリートの上では辛うじて平衡《へいこう》をたもって立っているにすぎなかった。それは軟かな自然の地表の凹所に据えられて水を満たされていた昔の姿にふさわしかった。その大きさと重さのために窯中でゆがみ、口縁《こうえん》は不規則にねじれ曲っていた。

他の一個は、高さ一米にちかい、長大な蓋付茶壷であった。技術はすすみ、内外ベタの黄褐釉におおわれ、さらに外側の肩口から底辺にかけて数条の濃褐釉がかけられていた。鈍い色調は志都呂窯をおもわせたが、裾に捺された「民二」という刻印は、作者が瀬戸の名工「民吉」の一族にちがいないことを語っていた。全体の姿に気品があふれ、しかし私は他の三つにくらべると段ちがいに劣るとおもった。美しくても、訴えてくるものの種類がちがっていた。それだけをのこして三個を千三百円で買った。

ひろい台所の土間を抜けてもとの庭にもどるとき、宍戸が

「あんなものが金になるなら、僕のとこにも沢山あるから見てくれ」と云った。

「いつがいい？」

「いつでもいいが、五、六日は駄目だ」

追いついて来た主人が

「そう云えば息子さんの容態はどうだね」

「今朝死んだ」

と他人ごとのように云った。主人が驚いたような、嫌な顔をして

「今朝？」

と問いかえすと

「死ねば同じことだ。もう誰も本人とは関係ない」

と云った。べつに衒《てら》っているふうでもなかったが、ひとを馬鹿にしたような感じもあって、私はいい気はしなかった。

やがて初冬の日が見る見る暮れはじめ、私と宍戸は湖面から吹きつける強い風のなかを、バス停に向かっていそいだ。私の前屈した背中には荒縄で括りつけられた大壺が、食いこむような重さでぶら下がっていた。壺は膨れた腹の或る一点だけでしか私の背に接触できないので、歩をすすめるたびに背骨のうえを転がり動き、私の身体はたえず動揺しつづけた。そのうえ、私は両手の指先きに更に二個の壺の口を摑みささえていた。二百米も歩かぬうちに私はヘタバって道路の中央に立ち止まり、脳貧血を起こしかけた洞《うつ》ろな眼で、遠ざかって行く宍戸の後ろ姿と、近づいて来るバスの光芒を眺めていた。宍戸は振りむいて「間に合わんぞ」と叫んだが、戻ってきて手を貸そうとはしなかった。

彼は、私がやっとの思いで車の昇降口にとりついたとき、奥の方から冷やかすような大声で
「あんたは欲張りだ」

と云った。

厚いオーバーの背に異様な大甕をしばりつけて入口を這いあがる私を、乗客がいっせいに見た。私は最後部の宍戸の隣りの席に荷物を押しつけるように下ろし、息をついて窓外にひろが

る暮れがたの湖を眺めた。広漠とした鉛色の水面が風でふくれあがり、鈍い灰白色の波がつぎつぎと沖から寄せてきて、低い石垣状の堤にくだけて道路に散っていた。

やがて一時間ほどで宍戸は降り、私は眼を閉じて、バスが暗い河をわたって凹凸の多い道をうねうねと台地に登って行く動揺に身をまかせていた。まばらに減った乗客はもう私にもの好きな眼を向けはしなかった。老人らしい快い気分が私をつつんだ。

こういうものがいい、というようなことを私は繰りかえし考えていた。こういう死物が自分を自由にし、勝手な空想に遊ばせてくれる。誰も気にせぬ無用の器物が、無責任な美しさで自分を魅惑し、かつてそれを不可欠な家具として左右においた平和な人間の姿を宙に描かせる。私の退化した頭と身体に、現代というものに圧倒され困憊《こんぱい》しきった不快の情がつまっている。そしてそれに挑み、何かを解決しようとする青年の力が消え失せている。青年のころ、ベエトウヴェンの磨り減ったレコードを聞いただけで、窓外に立ちならぶ樹木の梢が統一されたリズムをもって揺れていると感ずることができた。そういう摑みかかるような貪欲さと、柔軟な感受性とが、もう私から去っている。

不意に、頭上の暗闇のなかで、バスを圧し潰し低空を引き裂くような金属音が轟いて過ぎた。ここから約一粁《キロ》の台地の中央に自衛隊のジェット基地がある。土曜日曜には、小学生、中学生、婦人会、観光団の大型見学バスがむらがり、所属の女ガイドがマイクロフォンを手にして案内してまわる。若いパイロットたちは立派な身体をもち、他から区別され、最高の食糧を供され、厳格な規律を課せられ、私のしらぬ使命感に燃えている。私はたびたび彼等を私の診察室で治療するが、彼等は一様に頭がよく、眼は鋭く澄んでいる。それは、かつて戦争中に私が接した沿岸基地特攻隊の青年将校たちの眼と全く同じように、私を圧迫し、たじろがせ、何となく気恥かしくさせる。彼等を見るたびに私は、解放されたはずのかつての日本の軍港に原子力潜水艦が寄港し、戦闘艦が常駐し、ジェット機が待機し、そしてそれらが戦争を求めてどこかに出撃して行くと思う。彼等がこの事実を自分たちの運命に結びつけてどう思っているのか、訊ねてみたいとおもう。そうしてやめてしまう。

そんなことに苛々し、彼等がそれに対して何かできると思い、或いはできないと想像することが、私自身の精神の健康にとってどんなに無益有害なことか、私は知っている。

私は老人らしく分をまもって、彼等の眼の機能だけを観察していればいい。私の識っている言葉と手続きだけで構成されている医学の世界で、壷を眺めるように彼等を眺めていればよい。そうすれば彼等は見掛け以下でもなく、見掛け以上でもない。

——宍戸とは、その後二、三回会った。彼の方で私を訪ねてくれたこともあったし、私が彼を訪問したこともあった。この間に、彼からは三個の壷をゆずり受けた。

彼の家は小さな半農の荒物屋であったが、実際に商売をしているのは、彼の妻君と長男夫婦であるらしかった。彼は家族から明らかに軽蔑され、邪魔ものとしてあつかわれていた。住まいの裏手のせまい中庭をはさんで、片方に納屋と物置き、片方に台所と便所とが角がたに突き出した、型どおりの町家の、その物置きの方に畳を敷いて、彼はひとりで寝起きしていた。部屋のぐるりに、壺とまじって古雑誌が積みあげられていたが、いずれも取り潰した蔵のすみからひろって来たものらしく、戦争まえの「婦人倶楽部」「主婦之友」の類が大部分であった。畳のうえに、大正または昭和初頭の分厚い「改造」や「中央公論」が数冊散らかされていて、その表紙に刷りこまれた吉野作造、高田保馬、河上肇などという文字が、一種のなつかしさで私の眼にとまった。

中庭にひろげられた蓆《むしろ》を巻いて納屋にかたづけていた妻君が、終わりしなにジロリと私の方をみてから、宍戸に向かって捨てぜりふのように

「毎日ひとの店にはいりこんで新聞を読むのはやめとくれよ。外聞のわるい」

と呟いて背戸へはいって行った。

私にむかって声をかけながら藪のなかをおりてきた宍戸は、二米ばかりの釣竿の先端に、目のこまかい金魚網をしばりつけて、肩にかついでいた。右手にぶらさげた馬穴の底に、五、六枚の枯葉のしたに半分かくれたようになって、一匹の縞蛇が、寒そうにトグロを巻いてちぢん

でいた。

「近所の病人にたのまれたんでね」

と彼は云った。

「いくら薬でも臭いだろう」

「いや、結構うまい。皮を剝いで乾《ほ》し固めておいて、すこしずつ端からちぎって付け焼きにして食うんだ。今日は少し早いかと思って来てみたが、具合よく見つかった」

「這い出しゃしないか」

「まだそんな元気はない」

笑いながら
「いま時分だと、土蔵ひとつ潰せば土台下に二十匹や三十匹はかたまって眠ってる。手摑みでとれるんだが」

と云った。

「どうしてわざわざこんな遠くまで来たんだ」

「どういうもんか、毎年こっちの、町に近い方が早く出るね。気候がいくぶん温いんだろう」

宍戸が馬穴をぶら下げたまま
「じゃあ」

と云った。私はふと思いついたことがあったので
「俺も行くよ」

と答え、二人は雑木林をぬけて畑中の小道にでた。

三月はじめの穏かな午後の陽射しが、青い麦と私たちの背中を暖くてらしていた。私は、五、六歩まえをゆっくりと歩いて行く宍戸のうしろ姿を眼で追いながら、(満洲帰り臭い)というふうにボンヤリ感じていた。分厚い撫で肩から徳利のように伸びた赭い首筋に数条の横皺が入り、丸刈りの短い白髪が鳥打帽の下からのぞいていた。動作や口のきき方に、何となく田舎ばなれした独立不羈《ふき》なところがあるのだ。

「帰るんならいっしょのバスで行こう。適山の和尚さんに紹介してくれないか」

「ああ」

と彼は云った。

われわれは町の入口でバスに乗り、やがて宍戸の住む村の入口で降りた。田圃ひとつ引きかえした道沿いの丘のうえに崩れかけた黄檗《おうばく》の寺があり、門前のながい石段をのぼった左手の急斜面の藪が古い窯跡になっている。半年ばかりまえから私はそこを掘り起こしてみたいと考え、住持の許可をとる機会を待っていたのである。古い時代の焼きものが、どういう具合にして生まれてきたのか、その現場を自分の眼で確かめておくことは、私にとって意味があった。

私はバス・ストップわきの雑貨屋で名刺がわりの酒を一本買った。そして宍戸が五、六軒さきの農家へ入って行ったので、その家の軒下まで行って待っていた。なかは薄暗かったが、宍戸が中土間の奥の方で何か云うと、すぐ三十年配の女が現われて、彼の手から馬穴を受けとって、チラと私の方を見ながら背戸へ引っこんだ。顎の張った平べったい顔と剝き出した二の腕の生白い皮膚の色が印象的であった。

（蛇を注文した女だろう）と私はおもった。

寺の高い石段をのぼりつめた山門わきの狭い空地一帯に、半年まえ私が見たときと全くおなじ状態のままで、茶褐色の匣《さや》の破片が散乱していた。白い小石の嵌入《かんにゅう》したあらっぽい素地に、ロクロ目が強くのこされ、平底には糸切りの線条が同心円状にあざやかに刻されていた。

私は藪に踏みこみ、くさった竹の葉の堆積のあいだから黒い光をはなつ陶片をひろいあげ、親指の腹で表面をぬぐってながめた。断面の固く焼き締まった白土と、見込みに厚くたまった黒釉と、口辺にのこる溝状の凹帯と、特有のかたちに削りだされた高台と、すべてが瀬戸天目の系譜をひいた茶碗の一部であることを語っていた。私は破片をポケットに押しこみ、一升壜を拾いあげ、宍戸に従って山門をくぐった。

急に空が曇りはじめてあたりが薄暗くなり、風がでてきた。荒れた石畳みを歩いて行くと、両側の高い樹立ちのあいだを、尾長の群が圧し潰したような声で啼きながらさかんに飛びかわしていた。私たちの前後を低く飛んで横切るのもあった。

本堂に近づいたとき

「宍戸さん、こっちだ」

と大声で呼ばれた。見まわすと、正面の卍格子の扉の隙間に住職らしい男の顔がおしつけられ、笑いながら

「裏があけてある」

と云った。裏手にまわると、数本の長い材木が、低い崖を支点にして傾きかけた軒をささえ、蝶番《ちょうつが》いのゆるんだ潜《くぐ》り戸が半開にひらかれていた。暗い堂内に踏み入ると、埃と黴の匂いが鼻をつき、足もとの磚《せん》を敷きつめた土間から、強い湿気を含んだ寒気がはい上ってくるように思われた。右手の高い壇上に等身金彩の二十四天像が一列にびっしりとつめこまれていた。明末の亡命中国僧によって開かれ、彼に同行した中国仏師の手で刻まれたこれらの像の表情は、眼が馴れるにしたがって、私に一種異様な、生ま生ましく醜い印象をあたえた。

丸首セーターの上に古オーバーを羽織った住職が

「土台は今さら仕方ないが、雨漏りだけでも何とか安くあがらんかな」

と宍戸に云った。

「むつかしいな」

「先きだつものがないからな。田圃をとられたうえに檀家がないじゃしようがない。この分で行くとこっちの顎の方がさきに干あがるな」

それから
「とにかく出よう。寒いでしょう。お話の件は承知しました」

と私に云って、痩せた長身を先きにたてて外へ出た。

崖上の広い方丈《ほうじょう》に上がって私たちは持参の酒を飲みはじめた。正面に等身極彩の開山坐像が祀られている。ペッタリと首の上まで撫でつけられた河童頭の毛端がパーマをかけたように巻き縮れている。

「珍らしいから売れという道具屋があった」

と住職が云った。

「窯跡を掘るのは少しも構いませんが、ひどい藪だから大変ですぜ。鍬《くわ》と鎌《かま》くらいは用意して置きますが」

「ついでに手伝ったらどうだ」

宍戸がすすめると
「土曜か日曜なら手伝います」

と彼は云った。彼は近くの高校の体育の教師をし、かたわら奥さんの百姓仕事も分担して活計をたてている。

「黄檗の修業というのは、他にくらべて辛いですか」

用事はすんだと思って私は訊ねた。

「他は知りません。しかし私は親のあとを継ぐ身分だったから、別に辛いとはおもいませんでした。戦争の方が嫌でした。私は中隊長をやってました。坊主のくせに本家の支那で人殺しの指揮をしたんですから」

早いスピードで杯を重ねていた宍戸が
「辻潤曰く、はじめに間違いありき。フフフ」

と笑った。急に酔がまわったように見えた。案外酒に弱いな、と私はおもった。彼は不意に顔をあげて
「禅は無門関一冊あれば沢山だ。それも百則どころか、一則だけでいい」

(何を云ってるんだ)、と私は思った。住持が「おはこが出たな」と笑った。宍戸がからむように私を見て
「何とかかんとか云ったって、あれは要するに実在と認識の関係をいろんなふうに説明してるだけだ。な、そうだろう」

と云った。住持が

「でたらめ云うな」

とわきを向いた。すると宍戸が急に彼を睨みつけて苛々した調子で
「若僧ッ」

と怒鳴った。それからゴロリと後ろにひっくり返った。住持が燗壜《かんびん》を持って立って行った。

すこし酔った頭で、(辻潤)、と私はおもった。(宍戸はニヒリスト崩れだったのか)。

私の脳裡に、ぼんやりと、或る時代の私の故郷の町のすがたが浮かんでいた。

――ブリキ屋の民ちゃんは、私の小学生のころアナキストになって東京からもどってきた。東京からみしらぬ奥さんを連れてきて、私の家のとなりの綿打屋の納屋の二階に住んでいた。納屋のしたでは一日じゅうブーン、ブーンというようなものうい綿打ちの動力器械の音がし、まわりの庭木や生垣は一面にこまかい綿屑でうっすらと白く覆われていた。民ちゃんはたいがいは家にこもって本を読んでいたが、ときどき、黒く長いオールバックの髪を頭の上にふりあげるようにして首を振りながら、汚れたニコニコ絣の肩をいからせて裏通りを散歩したりすることもあった。一週間ばかりつづけて、その裾長の着物のままで、実家のブリキ屋の仕事場にすわり、茶箱の内貼りのハンダづけを手伝ったりすることもあった。そういうとき、私たちは学校の帰り道、その前にしゃがんで、彼の意外に器用な手つきを飽かず眺めたり、ハンダの切れ端をもらったりした。「あのお内儀さんは、友だちから盗んできたんだそうな」と私の母た

ちは噂していた。そのひとは、乏しい髪をひっつめに結った小柄な弱々しいひとで、ほとんど外出することはなかった。民ちゃん自身は、ときどき不意に数日間消えた。東京へ行って、どこからか金をゆすって来るのだと云うことであった。ピストルを持って金持ちの玄関にすわりこむそうだという人もあったし、新聞記者のようなことをして口留め料をかせぐのだと云う人もあった。人々は彼を遠巻きにし、子供らが彼に近づくことをいましめた。警察が眼をつけているという噂も流れた。そして彼は、何かえたいの知れぬ危険な空気を周囲に残したまま、半年ほどすると奥さんをつれてどこかへ、多分東京へ去ってしまった。

――私は中学生であった。兄が名古屋から買ってきた一冊の詩集を私は読んだ。それは小型の、ざらついた黄色っぽい麻布で装幀された「ダダイスト新吉の詩」という本であった。刺戟《しげき》的な片仮名の散乱する、放恣《ほうし》な詩句が、未熟な年少の頭に、なにものとも知れぬ異様の世界をのぞきこむ不安と喜びとをあたえた。しばらくたって私はおなじ作者の長篇小説を安売り本のなかから見つけて買った。その「ダダ」という本は、青い函にはいり、白い表紙にパラフィン紙をかぶっていた。作者自身が狂人となり、乱暴をはたらき、無意味で猥褻な言葉を吐き散らし、巡査に殴り倒され、留置場にぶちこまれるという小説であった。まったく理解できなかったにもかかわらず、腸をさらけ出すように露骨で無反省で自棄《やけ》っぱちな行動は、やはり強く私を惹きつけた。作者が遊廓に登楼し「下腹に浸み透るような長い性交をした」という個所が、思春期の私の記憶に強くやきついて離れなかった。
燗壜を盆にのせて戻って来た住職が
「この人も若いころは主義者で、それから奥山で二、三年修業したとか云いますが。昔のことで私の知るずっと前のことでしょう」
とこの近くにある禅寺の名をあげて云った。(やはりそうか)、と私は思った。

次の日の明けがたの夢にブリキ屋の民ちゃんがあらわれた。彼は昔どおりのニコニコ絣の着物を引きずるように着て、だらしなく開いたふところに二、三冊の本をいれてふくらませていた。夢の醒めぎわに、このふところの中身がとぐろを巻いた蛇に変わり、歳甲斐もなく私はうなされた。

まえの晩の眠りぎわの鈍い頭で、私は宍戸が酔っぱらって云った(実在と認識との関係)という言葉をおもいうかべ、それは観念的にはただの堂々めぐりに過ぎないとも思い、また実証的にはまるで解決されていない分野に属するだろうというようなことを考えていた、それがそのまま夢になったのだ。

夢のことは忘れてもういちど眠りなおし、それから起きて洗面朝食をすませ、午前の診療の時間を待って煙草をふかしていた。そのときまったく突然に、私の脳裡に、私が戦争末期に経験したひとつのはなはだ稀な症例が蘇ってきたのである。

私は海軍火薬工廠の病院に勤務していた。そして患者である五十歳の寡婦は、その朝起床と同時に急に自分が失明しているのに気づいたと訴えて、近所の人につきそわれて私の診察室を訪れたのであったが、しかしいくら調べてみても、本人の自覚的主張以外に、眼科的にはただひとつの病的所見も発見することができなかったのであった。そして考えあぐねた私が彼女を暗室に放置したままで他の患者の診療に没頭していたとき、不意に、なんらの予告なしに、窓の外から「空襲、総員退避」と叫んで走り去る水兵の声がし、つづいて病院裏手の高射砲陣地からケタタマシイ機銃の発射音が爆発するように起こった。そしてハッとした私がなにか叫びながら机上の鉄甲をさらって廊下に跳び出そうとした瞬間、私の横をすりぬけて、暗室から、その盲目のはずの寡婦が走りだし、たった一人で室外に逃げ去ったのである。

私はこの幸福な偶然によって一挙に診断をつけることができた。つまり彼女はいわゆる眼のヒステリーだったのである。

私は予診をとる際、彼女が「一人息子が昨夜ふいに軍隊から帰宅した。今日の午後にはまた行くさき不明の戦線に出発するため帰営せねばならぬ。だからこまる」と訴えたのをきいたにかかわらず、それを診断の役にたてえなかったのであった。この寡婦は、短時間のあいだに強度の喜びと悲しみの混合した衝撃をうけ、一度眼のまえに置かれた息子をふたたび奪い去られたくないという内心の願望にかられた結果、母親である自分が重病におちいったらあるいは彼との別離をひきのばし得るかも知れぬという無知な妄想をえがき、同時に抜きさしならぬ外部の状況の存在を拒否し抹殺したいとねがい、そしてこの潜在的欲望が、翌朝めざめたとき、盲目という主観的事実となって彼女の肉体にあらわれたのである。

彼女の健全な網膜は、物体からの光をうつし、その光刺戟は視神経をとおして自動的に脳中枢に伝達されているから、物はたしかに見えていたのである。しかし彼女の潜在的欲望は、この刺戟を認識することを拒絶したから、見えなかったのである。つまり彼女は見え、また同時に見えなかった。

——私は煙草を灰皿におしつけ、朝刊を膝にのせたまま、ぼんやりと窓外の霜にちぢれた、ツワブキの葉を眺めていた。(あれもそうだ) というふうに私は考えつづけた。(斜視の人はなぜ複視を訴えないのだろう)。

両眼の視線が一点に集中しなければ、物は当然ふたつに見える。そこでこの場合は、曲っている片方の眼だけが勝手に見えないフリをしているのだ。その方が都合がいいから、眼がその主人を欺すのだ。

そして、これと全く正反対のことが、おなじ眼で行われていることを、われわれは中学の教科書で教えられている。人間の視野の中央からわずかに離れたところに、縦楕円形の、見えない一点があり、それを盲点というと書いてある。眼底に視神経繊維束の侵入する入口、そこに網膜はないから、光はあたっても感ずる道理はない。従ってこの部分に物の影がはいりこんだ瞬間、そのものの姿は消える。それなのに、われわれは自分の視野の中心に近くいつも存在するこの暗黒部を認識しない。見えないはずのこの個所には、いつでもその周囲と同一のものが見えている。多分ここも囲《まわ》りの延長であろうという経験的常識が、われわれに見えないものを見せている。

われわれは、自分の経験または恣意によって、実在にたいして常に認識を修正し、捩じ曲げ、自分を欺瞞している。

——(ああ嫌だ)、まるで習慣に呼びさまされるような具合に、私の胸に、いつもの自己嫌悪の情が湧きあがってきた。また俺は地べたをはいまわっている。こういう、一歩も前進しない浅薄な泥臭い考え方をするのが俺の癖だ。問題の本質からまったく離れたところに立ちどまり、手もとにある材料をつかって初歩的な理屈をこねまわしてシタリ顔をしている。何も解決せず、しかもただ自分を締めつけることで最小の満足を得ている。それが何の役にもたたず、何の結果ももたらさないということを、俺は充分心得ているはずなのに。(何て馬鹿々々しいことだろう)と私は思った。すると、もうひとつの、同じような自分の顔が、私の胸に浮かびあがってきた。

——私は小学一年生であった。夜、家の前の道路に近所の人々があつまって、私の家の大屋根を見あげて「人魂《ひとだま》だ、人魂だ」と騒いでいた。屋根の棟瓦にくっついたり、はなれたり、また瞬時かくれたりしながら白く鈍く光る球体がフラフラと動いていた。私はだまって家の裏手にまわり、塀からよじ登って、星明りの広い屋根瓦をわたってその方に近づいて行った。そしてそれが瓦の隙間に糸をとられたゴム風船であることを知り、ひきちぎって棄てた。数日後先生が皆のまえで私の実証的精神を褒め、私はシタリ顔をした。

(何てくだらない)私は、私を褒めてくれたその若い教師の顔をも軽蔑をもって、想い起こした。

——診察室のむこうの待合室の方角から相当数の人声がきこえはじめ、扉をあけたてする響きや、看護婦の患者と応対する口調がやや性急になっていた。(だいぶ待たせた)と思った。(とにかく、お前は自分を老人だと云っているし、また実際老人でもある)、私は腰をあげながら、気をとり直すように思った。(それなら老人らしく、何事も愉快にやらねばならぬ)。

だが、私は思いきり悪く、もう一本煙草をくわえ、(宍戸は)とおもった。(彼奴は楽しそうにやっている。——彼奴がニヒリストなら、実在も認識もいっしょくたに否定しているにちがいない)、羨望の念が一瞬私をとらえた。すると同時に、彼に対する嫌悪の情が私の胸に湧きあがって来た。

十日ほどした土曜日の午過ぎ、私は玄関に休診の札を下げ、空のリュックを背負って、バスに乗って例の寺にむかった。ひろい境内のはずれにある別の明治期の窯跡の附近をしらべることが目的であった。山門下の石段のまえを素通りし、山に沿ってぐるりと西にまわった谷間《たにあ》いに、その窯跡はある。

前夜の雨で水の増した細流をわたり、霜除けの薦に巻かれた蜜柑の苗畑を横ぎって丘の前面に立つと、枯草の斜面におびただしい数の煉瓦と大型淡褐の陶片が散乱しているのが見えた。この原の中央が登り窯の崩壊した跡で、崩壊の凹みがそのまま登り道となっている。私はほぼ完全な匣や、半分ほどに欠けた摺鉢や、底だけを残した丼《どんぶり》などを、手当りしだいに拾ってリュックに放りこみ、それから頭上の柿園にのぼって周囲を見まわした。

眼の下にひらけた広い田圃の向こうに灰色の湖が平たくつづき、はるかな対岸の低い山なみが、頂上に重い雲をまとって連なっていた。

せまい柿園の反対側の崖下は竹藪になっていて、そこから巨大な山桃の樹の上半身が黒く抜きでていた。

この崖を私は目指してきた。前日住職にあたえられたヒントから、私はそこに山門周囲と同時代の古い窯跡があるらしいことを予想し、雨で洗いだされた露面からいくつかの破片を探しだすことができるかも知れないと考えたのである。

しかし私の期待はまったくはずれた。その場に行ってみると、崖は斜面の部分をほとんど直角に削りとられて、ただの高い石垣と化していた。垣に接する竹藪が、かつて斜面のあった個所に当たるらしかった。藪に接して朽ちかけた廃堂があり、そのまわりのじめじめした小空地に、農具小屋と椎茸栽培用の原木の列が、捨てられたようにならんでいた。

私は竹藪の周囲を歩きまわり、のぞきこみ、時々ステッキの先きをのばして竹の下草を未練たらしく掻きわけてみたりしたが、何の収穫もなかった。窯土も陶片も、おそらく何からなにまでとうの昔に切りとられて、どこかの埋土に運び去られてしまったにちがいなかった。

私が藪をひとめぐりし、再び崖にのぼり、もういちどあきらめ悪く石垣の間につけられた段をおりて空地に出たとき、私はギクリとした。不意に、農具小屋の前に、宍戸と宍戸の蛇を買った女とが、立ってこちらを見ていた。知らぬまに私は彼等を愛の巣から突つき出したのであるらしかった。

宍戸が嗄れ声で

「何だ、何かあったか」

と云った。しかし勿論彼は歩きまわっていたのが私であることを中から見て知っていたにちがいなかった。彼は薄笑いを浮かべ、昂奮したような、ふてくされたような表情をしていた。密会していたことを隠そうとするふうはなかった。女も、事後の、ややたかぶった眼つきをしていた。散瞳《さんどう》し、黒眼が濡れて光っていた。平たく角ばった青白い顔が、何となく無智な印象を与えた。

宍戸が女に何か云うと、女はチラッと私を見て、それから廃堂のうしろの田圃道の方へ消えて行った。

宍戸が近よってきて
「今日は何です」

と云った。「何です」はこっちの云いぐさだと思い、それで気分がほぐれた。

「この辺に古い窯跡があると教えられたんで来てみたんです」

「そんなものはありませんよ」

うさん臭そうな顔をし
「とんだとこを見られたな」

と笑った。そして
「ついでに六地蔵でも見て行きますか」

と先きにたって歩きだした。

われわれは再び崖の上に出、柿園を横ぎって蜜柑畑に下り、それから谷間の路をすこしのぼってから右にそれて、行きどまりの狭い空地に踏みこんだ。脚下は一面に群生した歯朶《しだ》でおおわれ、正面はぼろぼろに風化した岩壁でふさがれていた。

岩を背にして等身の石地蔵が立っていた。そしてその前にやや小さめの地蔵が、五体一列にならんで坐っていた。

坐像はどれも前方にわずかに身を傾け、胴に比して大きい顔面はやや面長中高で、あどけない幼児の表情を浮かべていた。瞼《まぶた》が厚く、眉の彫りがことさらに深くクッキリしていて、それぞれの顔貌に中国人の特徴がよく現れていた。作者はひとつひとつ違うように思われた。

私たちは、石の供物台に腰かけて、それらを見あげていた。彼等の表情の奥に一種の郷愁が潜《ひそ》んでいるようにも思われた。

風はなく、雲が切れはじめて、周囲の雑木の梢にさえぎられた日光が、私たちのまわりに点点と落ちていた。もの音はきこえず、すべては荒廃し、静かであった。

「人が死ぬと、みんなが死顔をのぞきこんで（ああ仏さんになった）と云うが――うまく云ったものだな」

呟くように宍戸が云った。密会のあとの充足と虚脱感とが云わせるのか。死んだ息子のことが頭に蘇っているのか。しかしそうではないらしかった。私は、彼の顔の深く割れたような縦皺と、死ぼくろと、しみに覆われた黄色い皮膚をながめた。

「あなたの生活の根拠はニヒリズムですか」

「ニヒリズム？」

嘲《あざけ》るような光が彼の眼にただよった。

「そんなイズムが現実的にあり得ますか。所謂ニヒリストならあるかも知れないが。もっとも、それもあるとしたって詩人的ニヒリストだけだ」

それから
「僕は詩人じゃあない。だから地獄に落ちたも同然ですよ」

私が黙っていると、しばらくして微かな笑い声をたてた。

「僕の生活の根拠は居候ですよ。禅寺へ転げこんだのも居候が目的だったし、いまは女房と長男の居候です。彼等は僕のことを無頼漢だと云ってますが、まったくその通りです――それでも食いついていれば死に水はとってくれますからね。それが日本の家族制度のいいところですよ」

私は、吐きすてるような言葉を彼に投げつけた彼の妻君の酷薄な顔を思いだした。

「そうして、死んだらおだやかな仏さんの顔になるわけですか」

「ええ、そうです」

若い時代にのめりこみ、そのまま進歩することなく固定した思想の毒が、彼をとらえて離さない。年老いて生活の手段を持たず、放埒《ほうらつ》な肉体的欲望と、それを果たす力だけが、みじめにも彼の手足に残っている。

嫌悪と同感の、いりまじった情が、私の胸を徐々に浸した。自分はそういうふうには生活して来なかった。しかし反射的の自己嫌悪を否定することはできなかった。

「この分なら明日は大丈夫だろう」

宍戸が供物台から腰を浮かし、空を見あげて云った。明日の日曜に門前の窯を掘ると決めて彼に通知してあった。都合を確かめるために寺と彼とを訪ねて帰るつもりでもあった。

「どうかな」

二人は歯朶の叢をパリパリと踏んで、寺の方へ引き返して行った。


翌日の空はふたたび低い雨雲に閉ざされていた。バスにのって郊外の台地にかかると、いつものように特有の赭い酸性土壌の痩地が窓のそとに平たく展開した。十糎ほどにのびた麦畑のところどころに、霜除けの莚をかぶった蜜柑畑が散在し、葉先きのちぢれた茶畑がそれを区切っていた。この冬の異常な寒気が木をひどく痛めていた。台地の周囲の山々は頂きを垂れこめた雲でおおわれていた。

バスを降り、すこし歩いて寺の石段の下に立つと、山門の前にしゃがんだ二人の姿と、割烹着をきてそばに立っている大黒の姿が見えた。宍戸は巻ゲートルに地下足袋をはき、住職はカーキ色の将校用ズボンに黒の乗馬靴をはいていた。

住職が待ちかねたように煙草を捨て、鎌と鉈《なた》を拾って両腰にはさみながら
「どの辺をやりますか。天気が怪しいから早くかかりましょう」

と云った。

私はリュックを下ろし、出がけに駅前の弁当屋で買って来た駅弁の束と一升壜を大黒にわたした。それからあらかじめ見当をつけておいた左手の藪のなかにゴム長の靴を踏みこんだ。十五、六歩すすんでふり向くと、もう雑木にへだてられて二人の姿は見えなかった。まわりは椿や杉や山桃でせまく閉ざされ、樹立ちの密度は意外に厚く、木の幹はおもったより太かった。

「その辺でいいのか」

宍戸がすぐにピシピシと枯枝をふみつけて近づき
「こりゃ無理だ」

と云った。

「和尚さん、どこかにマシなところはないか」

「西へ下ったところの杉を三年ばかり前に切ったが、そこらはどうかね。欠けらもだいぶ散っていたようだ」

宍戸が細い竹につかまってすべるように下りて行き、私も無器用に彼の後ろにしたがった。

二坪ほどの短い笹におおわれた急斜面に、杉の切株が三つ首を出していて、ほぼ中央に若い椿が一本だけ立っていた。濃い臙脂《えんじ》色の花をこぼれるようにつけて、厚手の落椿《おちつばき》が笹の葉にとまっていた。ハッとするほど美しかった。笹の根の湿った土に、黒褐色の陶片が半ば埋まって散っていた。

軍手をはめタオルを首にまいた住職が、シャベルを杖にして横手から斜面をまわって来て

「仕事になりそうですか」

と云った。それからまたすぐ引きかえして鍬と鋸《のこぎり》を持ってきてわれわれに渡し

「竹は鉈で削ぐと足裏を踏み抜くで、引いて下さい」

と云った。そして自分は腰から鎌を抜いて笹を払いはじめた。

宍戸が鍬で笹の根をむしるように起こして行った。私は反対側から鋸で細い竹の根もとを引いて行った。そして、形をそなえた陶片が眼にはいると拾いあげ、親指の腹で釉面をこすって眺めた。

簡単な整地は一時間ばかりで終わった。私たちは刈りとった茨や笹をかかえて樹立ちの奥に放りこみ、杉の切株に腰をおろしてひとまず休んだ。

大粒の雨が、頭上に厚く枝をひろげた椎の木の葉に、時雨《しぐれ》のような音をたてて落ちてきた。

「まずいな」

私が舌打ちすると、宍戸が空の方をすかして見て
「なに、たいしたことはない」
と云って立ちあがって鍬をひろって
「下の方からやろう」
と土を起こしはじめた。
鍬先きにかかった土塊から、パラパラとほぐれるように、数個の小陶片がこぼれ落ちた。宍戸が股の間から落とす土塊を住職と私は移植ゴテでほぐし、めぼしい破片をひろいわけて椿の根元にひろげたリュックの口に次々と放りこんでいった。そして宍戸のつぎに住職、そのつぎに私という順で、三人は手を替えて上方に掘りすすんで行った。
見事に発色した黒釉の天目茶碗の一部、大型の徳利の首、ロクロ目を強くのこしたその下半部、摺鉢の破片、厚ぼったく粗野な土皿、ほぼ完全な薄手黒釉の小皿——そんなものが窯具の欠けらにまざって大量に採集された。私たちは偶然にももっとも濃厚な埋蔵個所を掘りあてたらしかった。
「よく出ますな」
と住職が満足気に云った。宍戸が手を止めて中腰のまま
「こんなクズばかり掘って何になるのかな。働く方は楽じゃない」

と冷やかすように私を見上げた。

「この人は人使いがあらいからな。しかし今日は欲張りの頭に神宿るだ」

「そのとおりだ」

と私も答えた。私には体力がなく、宍戸がほとんど一人で掘っていた。そのねばり強くはげしい動作を私は驚嘆の念をもって眺めた。彼のやり方は、鍬の刃の付け根のところを短くにぎり、小刻みに急ピッチで、笹の根もろとも土を落として行く。蛸足のように深く土中にのびた木の根を鉈で叩き切り、鋸で引き切り、その合間に、完器にちかいものの端があらわれると手早く竹ベラをつかって周囲の土をこそげて抉《えぐ》りとって私に手渡す。

途中何回かの小休止を含めて三時間あまり、私たちは作業をつづけた。雨はときどき小やみになったり劇しくなったりしながら、しかし降りつづいていた。葉末をつたわって落ちる雨水で、いつのまにか私たちの上衣はかなり重く濡れていた。寒さはまったく感じず、反対に毛シャツと素肌とのあいだに汗がたまり、それが気味わるく胸や背中の皮膚を這いまわった。

急に何も出なくなり、キズ物の捨て場、専門でいうモノハラがここで終っていることを知った。私たちは一服したのち方角を変えて整地の反対側の下端からふたたび発掘をはじめた。

比較的軟弱な土中から、より輪またはトチと呼ばれる径五糎ばかりの泥輪が、十数個かたまって現われた。粘土でつくねた平紐を結んで乾かし、皿と皿との間にはさんで重ね焼きをするための道具である。焼台としてもちいるツク、茶碗を納めるための匣、そういう窯具がつづいて出土し、私は私たちが窯自体に手をつけはじめていることを覚った。

こまかい陶片の群はまったく姿を消し、かわって、線条の深く粗い古風な擂鉢や、生焼けの柿釉大皿のほぼ完全な破片が、散発的にあらわれた。まわりの欠け失せた匣の底から順に上へ、トチ、腰の抜けた天目茶碗、厚手の土皿、トチ、と欲張って積みあげられ密着した大塊《たいかい》が、鍬の刃にかかって転がりでたりした。

大皿や擂鉢にかけられた褐釉の土臭い味が私を惹きつけた。釉薬は手近の赤泥と灰とをまぜ合わせて作られたものと思われた。リュックに入れようとして、濡れた椿の花をもいで表面をぬぐうと、花弁が割れてかすかに蜜の香がした。

不意に
「ひゃッ」

と叫ぶ声がし、住職が鍬を放りだしてよたよたとうしろへ下がった。

「蝦蟇《がま》が寝てやがる」

彼はてれくさそうに
「気味のわるいやつだ」

と云った。腐った笹の葉の堆積の下の小さな空洞のなかにピンポン用ラケット大の蝦蟇が凝《ぎょう》然《ぜん》とうずくまっていた。彼は土を頭からかぶり、二、三度まばたきをして僅かに身じろいだが、別に逃げようとはしなかった。

　宍戸が
「横着なやつだ」

　と云った。そしてシャベルに乗せて二、三度振ると下方の椎の木の根元に放り投げた。蝦蟇は幹にぶつかって落ちると、その場で鈍く動いて身体をたてなおし、二、三歩ずるようにしたが、すぐ動作を止めてしまった。

「凍えやせんか」

「なに、もうシーズンだからな。夜になれば自分でどこかへ這いこむさ」

　と宍戸が云った。

「この分だと蛇も出そうだな」

　灰まじりのボクボクした土が現われはじめた。表土一尺ばかりの下は、湿った木灰のかたまりと、崩壊した窯の天井の変質した土で、やわらかい海綿空洞状の筒をかたちづくっていた。そして筒の内部を掻きだすように掘り起こすと、ムッとするような、生温い春の土の香が鼻をうった。側面の壁の一部が煎餅状のあつい残骸となって赭く固くのこり、そのあいだを山桃の太い白い根がつらぬいていた。片面がこまかい気泡で黒くコークス様に固まり、片面は濃緑オリーヴ色のビードロを垂らしこんだような複雑な美しさに輝いている土塊が、灰にくるまれて埋まっていた。

雨音がはげしくなり、私たちはかなり疲れていた。空はほとんど絶望的に暗さを増していた。宍戸が被っていたタオルで顔から頭をふきながら
「どうする」

と私を見た。住職が
「これくらいでどうです」

とうながすように云った。

「そうだな」

大体はわかった、と私は思った。

「五年ばかり前にそこの石段をつけ替えたとき出て来た茶碗がひとつとってありますから、それでよければあげます」

うち切るように住職が云った。

重くなったリュックサックをひきずり、道具をかかえて、私たちは山門の庇《ひさし》の陰に引きあげた。あたりは薄暗く、ながい石段の下のバス道路のむこうの田圃に水がたまり、雨にたたかれて白く光っていた。住職が段のなかほどの左手を指さして

「いま云った茶碗は、そこの樫の木を掘り倒したとき細根にからまれたままポッコリ出てきたんです」
と云った。
「ここの窯は徳川初期ですが、戦前道路工事で西の崖を崩したときは山茶碗の欠けらがだいぶ出ましたから、この山は古くからの窯場だったらしいですな。云い伝えではそこの」
と門内の畑をさして
「土をとって焼いたことになっとります」
と云った。
すぐに私は樹の間を抜けてそこまで走った。麦畑の土は黒く、しかししゃがみこんで注視すると、黄色い粘土の粒は雨に洗いだされて畝土の表面に無数に浮いていた。拾いあげて指頭でつぶすと軟かくぬめった。ふたたび走ってもどると住職が私の指先きを見て
「ええ、これが乾くと白っぽくなるんです」
と云った。宍戸が
「御苦労さまだな」
嘲るように
「何が面白いのかな」

「人間よりは面白いさ。あんたは人間が面白いかね」

「面白くないからこうして土掘りをつきあってるんだ」

と笑った。

石段のしたに大きな洋傘をさした男があらわれ、私たちの方を見あげると
「××先生」

というふうに大声で呼んで段をのぼってきた。住職が
「ああ」

と呼びかえし、私たちに
「同僚です。社会科の先生です」

と教えた。

青年教師が加わると住職は彼の洋傘にはいり、私と宍戸は強い雨脚にうたれながら背中を丸めて石畳みを庫裡にむかって走って行った。庫裡の土間に、私は陶片でふくれあがったリュックをおろし宍戸は持てるだけかかえこんだ野良道具を放りだした。ひどく息が切れ胸が苦しかった。

教師と住職がもどり、われわれは大黒の指図で板の間に濡れた上着とズボンをひろげ、オーバーだけ羽織って炬燵《こたつ》に足を入れた。やがてとなりの方丈の真鍮の大火鉢にあふれるほどの炭

火が盛られると、私たちはそちらに移って酒を飲みはじめた。宍戸も私も駅弁を肴にグイグイと杯を乾した。厚ぼったく綿のはいった白い常衣に平ぐけの帯を締め、首から懐ろに駱駝の襟巻きをまきつけた住職が、あたらしい銚子を持ってきて

「お疲れさんでした」

何ともつかず笑った。教師は飲めぬらしく、つがれた杯を食卓のはしにおいて煙草ばかりふかしていた。

筋肉をつかい共同の仕事をしたあとの陽気な親和感が私たちを支配していた。さもないことに笑い、私は得意になって柄にない窯の説明などを試みた。——窯がこの寺の什器だけを焼いていたこと、天目茶碗はもともと中国禅寺の米の計量器であること、作品は開山によって指導されたにはちがいないが技術は徳川初期の瀬戸系のものであること、現在の寺に当時の陶器がひとつも伝世していないのは不思議であること。

「そう、そう、約束のものを忘れていた。しかし不器量なもんですよ」

住職が脇床の下の袋戸棚をあけて、紐で括ったボール箱を出して私のまえに置いた。

なるほど中身はひどいハネ物であった。口縁は楕円形に歪み、高台は半ば底部にめりこみ、しかも高台裏には半欠けのトチがくっついたままなので、卓上におくと茶碗は傾いた。白かるべき素地は火度不足のために鈍く黄褐にとどまり、黒変するはずの天目釉はただ渋紙色にあつ

く碗の内外をベタリとおおっていた。見込みの茶溜まりの一部と胴下の釉溜まりだけが不完全に黒化しているばかりであった。

私は茶碗を掌に乗せ、うち返して眺め、まんべんなく撫でまわして見入っていた。いくら見ても飽きなかった。酒のせいで執固《しつこ》くなっているのかも知れなかった。不思議な丸味が眼からも掌からも伝わるように思われた。それはいかにも不器で泥臭く、しかしいかにも温かく平和であった。

「馬鹿に嬉しそうだな」

と宍戸が云った。大黒が丼鉢に山盛りに盛った漬物を持って入ってきて食卓の上におき、火鉢のわきの住職のうしろに坐った。そして明けはなしたままの襖の方へ首をのばして、無精な恰好で居間のテレビを見ていた。何という番組みなのか、小柄で口の大きい坊さんの顔がうつり、若くて美しい女アナウンサーが横顔だけ見せて話の相手をしていた。

「管長さんは、若い学生さんやBGの方などに現代的な言葉でわかりやすくお話をして下さるということで、皆さん大変尊敬申しあげているようでございますが」

そんなことを云っていた。

「いや、仏教というものはもともと科学に立脚しておるものですからな。若い人に話していても無理というものがない。禅の大衆化と云いますか、私もつとめて現代にマッチした表現を心がけてやっとるつもりです。しかしむつかしいもんです」

声を出さずに笑った。

「何云ってるんだ」

いつのまに見ていたのか、宍戸が吐きだすような口調で云った。

「禅の大衆化なんて無意味だ。禅はもっと高級で一人きりのもんだ」

酔って蒼い顔をしていた。

「禅というのは第一に宗教じゃあない。禅宗とはちがう。そうだろう？」

住職にからむように云った。住職がはぐらかすような、しかしやはり不快な顔をして
「テレビで禅の講釈を聞くというのは妙な気分のものだな」

と呟くと、テレビがかまわず
「このごろ流行の新興宗教の方なんぞから私どもの方へ移ってくる人もだいぶございます。病気をなおすの金を儲けさせるのといくら引っぱられても、人間というものは結局は無の境涯に入らなければ安心できないものです。従ってすこしでも考えの真剣な人は、天然自然に、水が低きにつくように私どもの方に流れ寄ってくるのでしょうな」

と云った。

「天然自然に流れてきてたまるか」

宍戸がまた住職を睨んで、からむように云った。大黒がいやな顔をして立って行ってスイッチを消し、そのまま台所へ行ってしまった。

その晩、いつもどおりの一人きりの冷たい夕食をすますと、私は炬燵に入り、寺から頒けてもらってきた天目茶碗と、採集してきた陶片の五、六個を炬燵板のうえに持ちだして眺めていた。陶片は、帰るとすぐ風呂場で洗った。盥《たらい》を持ちこんで湯を満たし、浴槽を出たり入ったりして身体の冷えをふせぎながら、スポンジでみがいて新聞紙のうえにならべた。せまい割れめに固くこびりついた粘土は、浴槽から半身だけ出して釘の先きやたわしでこすり落とした。

――(この茶碗だって無だからな)、というふうに私は思った。するとあの口の大きい坊主の、自足し落ちつきはらった、無智な顔が胸によみがえった。彼は若いアナウンサーに向かって子供をさとすようにやさしく答え、助平たらしい眼つきで彼女を見た。それは宍戸にも似ていた。俺にもそれはある。

(しかし宍戸は何故あんなに禅にこだわるのだろう)と私はおもった。

彼はニヒリズムに中毒したと同様に、或はそれの日本人的延長として、禅に中毒したのであろうか。そうして禅に於いてもまた核心を得たと思いこみ、それに固執し、そこで発展をとめたのかも知れない。たしかに彼の中で禅とニヒリズムとは手軽く結びついているように私にはおもわれた。

しかし一方で、彼の時々もらす片言のようなものが、奇妙に私を惹きつけ、私の頭の奥にひっかかっていた。そしてその度に私は何となく苛々するのであった。彼の説明ぬきの、断定的な云いかたが、私に彼の言葉を追及し掘り起こそうとする意志をくじけさせ、そのために私は苛々するのかも知れなかった。

他方で、彼の考え方は何となく浅いという感じも私にはあった。彼のもらした言葉と彼の顔とを思い返していると、それがコツンといった感じで止まり、何の結果もともなわずにまたもとのところに戻ってくるように思われた。彼の態度には、自分の一度飲みこんだ観念を発展させ、どこか広いところへ放とうとする気配がまったくなかった。

(俺は宍戸にたいして漠然とした嫌悪をもっている)と私は考えた。それは勿論彼の罪ではない。(俺は俺の中に彼と同じような考え方を持っているにちがいない。それが彼によって呼びさまされるとき、反射的に俺は不愉快になる。そして彼がその考え方に満足し、それを押しつけるようにもらすとき、俺は苛々するのかも知れない)。

私はニヒリズムにも禅にも意識的に惹かれた覚えはまったくなかった。だとすればそれは長いあいだに、まるで澱《おり》のように、怠惰な私の頭の底に蓄積されてきたのであろうか。

私の脳裡に再びあの自足した坊主の、どこか人を馬鹿にしたような顔が浮かびあがった。すると、あるデパートの展覧会場で見た現代高僧の書というのが鮮かに記憶によみがえった。真中に一筆で丸が描いてあった。そしてその下に力んだ字で「無」と書いてあった。そこには本当に何も無かった。

宍戸の方がよっぽどましだと思った。ある親近感で彼のズングリした姿をおもいうかべた。やがて春になり、怠けものの私の診察室も徐々にいそがしくなりつつあった。私は通いの看護婦を相手に毎日はたらき続け、月がおわると、はじめの数日間を、夜おそくまで保険診療明細書の作成についやしていた。

部屋中にカルテを散らし、足し算しかできぬ算盤《そろばん》をはじき、こまかい数字を決められた欄のなかに書きこみ、また算盤をはじき、ゴム印を捺し、またその下のところに自分の判を捺して行く。おぼつかない指先きでこよりをつくり、組合ごとにわけた明細書を綴じ、それからまた算盤をはじき、別の紙に書きいれる。

そういう、およそ医学を志したとき予想もできなかったわずらわしい作業が、いまの私の活計をささえている。そしてこの作業を私に強制しているのが、本当は、おそろしく物質的で無智で嫌らしい世論というものであることをよく知っている。

もちろん、現在の私は、今の境涯に満足している。多少の皮肉をこめて儲かっていると云ってもいい。この作業のおかげで、子供二人を東京の大学にやり、妻を入院させ、そのうえ余裕をもって食っている。すすんで老人となり、それらしくふるまっていれば、私は不合理に責任を感じなくてもすむし、単調な夜なべ仕事はむしろ私にふさわしくもあり、従って精神の平安を呼びおこす手段にもなる。

五月半ばのある日曜日、私は若い姪夫婦といっしょに、湖の北岸にそびえるKという五、六百米の山までドライヴを試みた。

姪夫婦はいわゆる共稼ぎの教員で、この町の周辺のべつべつの小学校につとめている。夫の方が最近に自動車の運転免許をとったというので、ドライヴクラブの車を一日かり、借り賃は私負担という約束で、同行を私から申しでていたのである。K山の中腹に平安初期の密教寺院の址がのこっていることを、その方面に熱心な夫から聞いていたので、そこが見たかった。また往路の途中からちょっと曲りこんだ松林の中にたっている結核療養所に、入院中の妻を見舞うのも私たちの目的のひとつになっていた。

妻は、病棟のごく近くまで車を乗りいれた私たちを、廊下の籐椅子からたちあがって迎えた。よくふとり、髪の毛にも何となく艶がでてきたように思われた。手術後の経過が順調で、前途に希望をもって毎日を送っていることは、私にとって何よりであった。療養所の空気は、私が長い年月にわたっていく度となく出入していたころとは、あきらかに一変していた。人々の表情には活気があり、手術をすませて何ヵ月かたった患者たちは、おたがいの病室を訪問しあったり、娯楽室にあつまってテレビを見たり、または二、三人つれだって、シャツのうえに短い浴衣をきた彼等特有の恰好で、庭を散歩したりしていた。

妻もまた、そのようにタオルの寝衣のうえに短い羽織をかけ、子供っぽいお下げ髪を両肩に垂らしていた。それは年にそぐわぬ奇妙な風体であり、私にとっては何となく気恥かしい眺めではあったけれど、同時にまた可憐なおもむきをも含んでいるようにも思われた。

部屋の前に貧相な竹林があり、しかしそこのまばらな竹の間からは、おどろくほどの栄養に満ちた太い筍が数本のびていた。下半身はあざやかな新緑の若竹、上半身は斑点をちらした褐色の皮に包まれたままで、高く天を衝いていた。

一時間ほどして病院の安静時間の鐘がなると、私たちは妻をのこし、ふたたび自動車にのって、湖の東岸ぞいの道路を北に向かってすすんで行った。

広々とした浅い水面に、春の午前の太陽がキラキラと反射し動いていた。岸にちかく沈められたこの地方特有のフシ漬けの頭が、散乱する光と緩く弱くうちよせる波のなかに、点々と黒く浮かんでいた。山の歯朶を刈って束ね、浅瀬に沈めて、葉のあいだに集まる小海老をひきあげてとるのである。

私たちは湖に突きだした雑な桟橋に腰をおろしてジュースを飲んだ。小学生らしい女の子がふたり紙ばさみをひろげて熱心に画をかいていた。のぞいてみると、それは写生ではなくて、まったくの抽象画であったので私は驚いた。ふたりとも見られることに平気で、自信のあるふうであった。それぞれ全然べつの色や形で画面を塗りつぶしていたが、しかし本人としては、それぞれ一種の写生画として描いているらしかった。

栈橋の突端にしゃがんで水底をのぞきこむと、うす濁りのした生温い水の下にウミウシが数匹かたまってじっとしていた。そしてそのまわりをヤドカリやハゼの仔が動きまわっていた。

「あれでも写生というのかな」

車が動きだし、子供らの姿が遠ざかったとき、私は誰にともなしに呟いた。

「写生じゃないわよ」

姪が助手席から身体をねじまげて云った。

「それならどうしてあんな所に絵具なんぞ持ちだしてるんだ」

「それはね、ひろびろとした空気と暑い太陽のなかに身をおいているということが、あの子供たちの画をかく動因になっているわけよ。そういう環境があの子らの個性にぶつかって反応するでしょう。その感動を表現しているわけ。だからひとりひとり違う画ができてるのよ」

（ねえ）、というふうに、彼女は隣りの席でハンドルをにぎっている夫の方を見た。彼は黙って笑っていた。彼女の云ったことは、どうせ教育雑誌か何かの受売りにきまっていた。しかしうまいことを云う。これが教育のマヤカシというものだと思った。しかしどういうわけか腹はたたなかった。私はこの美しくない姪を子供の時分から可愛がっていた。

「景色なんか問題にしないのよ」

「フーン、妙だな。それなら昔の、習うとか倣うとか、つまり真似るというやり方は今どうなってるのかな」

「そんなのは亜流をつくるだけよ」

「だからさ、俺のいうのは、すすんで亜流になることを怖れない、そんなことで消えちまうような個性ならない方がましだという、そういう芸術習得方法のことだよ。——だいいち俺は変な個性なんか大嫌いだ」

（あんなこと云ってる）、と云った表情で姪がまた夫の方に顔を向けた。

「おじさんくらい我儘《わがまま》で我の強いひとはないじゃあないの」

「俺のは個性なんて高級なものじゃあない」

「とにかく変ってるわよ」

と彼女が笑った。

車が湖の岸をはなれて山のあいだにはいると動揺がはげしくなった。新しく切り開かれた林道の、かなりな急勾配をいく曲りしながら、私たちは次第に高くのぼって行った。国有林にはいると急に檜の樹立ちが美しくなり、頭のそろったその梢ごしに、数個の入江に縁どられた湖が静かにひろがっていた。遥かの目の下には、入りこんだ谷間の部落が小さく寄りあってかたまっていた。そしてやがて私たちは林道の終点に着いて車から降り、そこからやや平坦な、しかしひどく荒れた道に入って行った。

目的の寺院址は、しばらく歩いた山の中腹の眼下にあった。湖は屏風のようにめぐらされた外輪山にへだてられて、もう見ることはできなかった。摺鉢の底のような場所であった。

背後を見あげると、高さほぼ五十米の大岩壁が雑木の若葉にくまどられてそそり立っていた。近くに滝音がし、絶えず小さな落石があるらしく、カサカサというような音が雑木の間から洩れていた。

脚もとの広い急斜面は茨の原で、そのあいだに大小無数の落石が、牙のように、曝《さ》らされて白く露出していた。原の下の方を指さして、姪の夫が

「あの辺の空地が寺の址だと云われているところです。この斜面一帯にも勿論あったんでしょうが、それはみんな、いつの時代かに大地震か何かあって、落石のために一度に埋められて亡びてしまったのじゃあないかと云われていメす。記録がないのでわかりませんが」

と云った。

「寺は新羅の帰化人が建てたという説もあります。そんなことで、日本後紀に出ている弘仁十一年の大規模な遠江新羅人叛乱はここを根拠にしたという想像をしている人もあります」

「あなたはちがうと云ってたじゃあないの」

姪は二、三歩はなれたところで、手をかざして遠くの方を見ていた。

「ちがうと断定はしないよ。しかし証拠がないから賛成もできないさ」

私たちはジュース罐や握り飯や魔法壜のはいったリュックをかつぎ、大きな落石のあいだをすべるようにして、斜面を降りて行った。セーターやズボンが茨にとられて、ひどく歩きにくかった。ブヨの群が湧くように出て来て顔にまつわりついたりした。私は茨のとげにひっかけられた指を何度となくなめながら、我慢して若い二人の後を追って行った。

せまい、明らかに人の手で整地されたと覚しい平地がそこにあった。そして彼に指摘されて見まわすと、私の眼にも、それらしく一定の間隔をたもって置かれた粗末な礎石の群は、枯れた薄《すすき》と茨のあいだに、点々と発見することができた。すこしはなれて斜面にかかるあたりから、数段ずつにわかれたふたつの石階がはじまり、その頂点に、ほぼ三角形の帯緑蛇紋の巨石が、一種奇怪な印象で、転がっていた。基底はたたみ二畳敷きほど、高さは三米ばかり、ひとつだけ他の落石とはなれてそこに孤立していた。

「こいつが、ここにあったお堂か何かを圧し潰した元凶なのかな」

「ええ——しかしことによると、僕はこれだけはちがうかも知れないと思うのです。こんな立派な石段があるのに、肝心のところには礎石らしいものがひとつも残ってないでしょう」

彼は考えこむような眼つきをした。

「ここには始めからお堂なんかなかったのかも知れない。ただこの石だけがあって、祭られていたような気がするんです。つまりここに寺を開くときの守護神です」

「地の神様か」

「ええ、密教にはよくあるんです。むかしこういう山奥まで入って来て、ひとりで何かやろうとすれば、やはり怖ろしかったんじゃあないでしょうか」

「そうだね」
(フム)、と私は思った。そしてあたりを見まわした。
私はふたりからはなれて、樵夫道《きこり》を渓《たに》の方へ歩いて行った。渓ははるか上方の大岩壁の両側にそって滝のように落下し、この摺鉢の底のような山懐をごうごうたる響きで満たしていた。汗ばむほどの強い正午の太陽が、白い落石と茨の原いっぱいに降りそそいでいた。

千何百年かまえにここに入りこんだ密教の僧が、同じ風景を見ていたと思った。すると私はほとんど恍惚とした感慨におそわれた。

ふと、私の頭に宍戸の影が浮かんだ。彼を誘って来ればよかったと思った。ひさしく会わないような気がした。自分がいま何となく幸福な状態にいるせいかも知れなかった。彼が私のことを「人使いが荒い」と皮肉ったことや、さっき姪が「我儘だ」と非難したことを、苦笑とともに思い起こした。

私たちは渓をうずめている大きな石のひとつに腰をおろして弁当をひらいた。姪はさかんに沢蟹をつかまえてジュースの空罐にためていた。ひどい近眼の彼女は、水に沈んで紅葉した定家葛の落葉を、蟹とまちがえて摑んだりした。沢の周囲を覆っている雑木の森はおもに樫、楢、椎、樅などからなりたっていた。その間隙《かんげき》をミツマタ、野葡萄、ウツギなどが埋めていた。沢の岸に接して、湿った腐葉土とそのしたの赤土が荒っぽく掻き散らされていた。

「猪がミミズを掘った跡でしょう」

と姪の夫が云った。彼は二、三年まえまで、ここから十数粁はなれた山奥の分校に勤めていた。そこでえた智識らしかった。幼い樫の若芽が食い欠かれているのは、鹿か野兎の仕業だなどと説明した。

やがて私たちは帰途につき、私は車の借賃のほかにいくらかの小遣をわたして二人にわかれた。夕食までには時間があったので、私は行き馴れぬ喫茶店にはいり、コーヒーを注文してぼんやりとレコードに耳をかたむけていた。店の少女から積極的に無愛想なあしらいを受けても気にならなかった。それは老醜にたいする肉体的反撥をしめす未熟少女の当然のしぐさと思った。

私は自分が一日じゅう姪夫婦にたいして老人らしく自然にふるまい、彼等にいくばくかの小遣をあたえたことを、満足の情をもって思いかえした。そして物わかりのいい叔父になりさがった自分をうれしくおもった。私が子供だった時分、トルコ帽をかぶって白髯をたらした薄汚い近所の隠居が私の掌に厚い二銭銅貨をのせてくれた。

ひと夏が過ぎようとしていた。それまでに宍戸とは一回か二回くらい出会ったか、ある暑苦しい午後の暮ちかく、彼は二個の壺をさげて訪ねてきた。

「酒代が欲しくなった」

と彼は云った。

「酒ならうちにある」

飯どきだったので、私はすぐビールを出し、ふたりはコンビーフを肴に飲みはじめた。

「いったい、こんなもののどこがいいのかな」

宍戸が、私が彼から受けとって床の間の隅にならべておいた壺の方を見ながら云った。

「どこがいいのか、つまりよくわからないところがいいんだ。ほんとうは自分でもわからないんだ」

「変なことを云うな」

彼は、食卓のうえの、私が灰皿につかっている茶碗をもちあげて

「じゃあ、これもわからないところがいいのか」

と云った。それは寺からもらってきた、あの焼き損ないの天目茶碗であった。

「そうだよ――ことによると、あんたの好きな無みたいなもんだから、いいのかも知れないな」

「それなら、そこら辺に転がっている石コロと同じことじゃあないか」

「そうかもわからない」

――私はたしかに何時もこういうものに惹かれている。それは、この茶碗にしろ壺にしろ、私を誘いこむ美しさを持っているからにちがいない。しかし、かと云って、どこに美しさがあるのか、それを自分に説明することはできなかった。ことによると、本当は美しくも何ともないのかも知れなかった。

「もともと何もないんだから」

と私は云った。

「だからどうにでも見えるんだろう」

私の頭に、ときどき展覧会や、ひとの自慢で見せられる、志野とか織部とかの古い陶器の姿がうかんだ。どれもこれも、はじめから「ここを見てくれ」と、ポイントを指してこちらに押しつけてくるような美術品であった。たしかに美しくはあった。しかし、そこを見てしまえば、それでもう終わりであった。ある志野の水指しの温雅な肌と色合いとが、私を魅した。しかし私は、それを割って欠けらだけにしてしまったら、遥かに純粋で美しいにちがいないと思った。

そのうえ、あるものは醜くさえあった。戦国武将らしい豪壮さの具現だと解説されている黒織部沓形茶碗など、そこにあるものは、ただの無智と、空疎なハッタリだけだと思った。

「だいたい、すべて何もないほうがいいんだ」

すこし舌がもつれていた。

「押しつけがましいやつは大嫌いだ」

宍戸が、ちょっとびっくりしたような表情をし、小声で
「そりゃ、そうだ」

と呟いた。空腹に入れた二、三本のビールが、いやに手軽に私を酔わせていた。自分でそれを意識したが、愉快でもあった。宍戸が、何となく中途半端な、飲みおくれたような顔付きで、黙ってコップを傾けているのが気の毒でもあった。

宍戸が、しばらく我慢したあとで
「パチンコでもやって帰るかな。金はもらったし」

と腰をうかした。

「俺も行くよ」

私は勢よく立ちあがり、二人は外へ出た。どこかでもう少し飲んでわかれようと思った。

街はまだ暮れきっていなかった。昼間の暑さが歩道にのこり、私は浴衣の胸をはだけただらしない恰好で、宍戸のうしろから歩いて行った。

パチンコ屋の手前まできたとき、むこうから自転車に相乗りした若い男が、せまい歩道をゆっくりと近づいて来た。彼等はゴム草履をはいた長い両脚を垂らし、交互に地面をずりながら、クニャクニャとかじをとってやってきた。私たちは商店の軒に身を寄せてそれを避けた。

彼等はふたりとも揉上げの毛を長くのばし、斑に焼け剝げた顔に黒眼鏡をかけ、一人は白のランニングシャツ、一人は赤い袖なしシャツから痩せた黒い腕を出していた。いかにも型どおりの与太ものに見えた。私は、彼等の顔をぼんやりと眺めながら、彼等の車の行きすぎるのを待っていた。

不意に、私のまえで自転車がとまり、短い赤シャツを着た方の男が寄ってきて
「爺さん、なにか俺に用でもあるのか」

と云った。(アッ)、と思った。自分の迂闊さにたいする後悔のようなものが、一瞬胸をかすめた。無意識に周囲を見るとパチンコ屋の自転車番が、箒をぶらさげてこちらに注意していた。

「俺の顔がそんなに可笑しいか」

肩を軽く突かれたが、私はよろけた。怖れと屈辱で、顔から血がひいて行くのがわかった。みじめに殴り倒されて這いまわっている自分の姿と、追従笑いをうかべて頭を下げている自分

の姿とが、二重写しとなって私の頭の奥をよこぎった。私はモジモジした。

しかし次の瞬間に、私は宍戸の手でうしろから肩をつかまれ、乱暴にわきに押しのけられた。小さな鳥打帽をかぶった宍戸が、道端のゴミ箱にたてかけてあった三尺ばかりの竹の棒を摑むのが、チラッと眼にはいった。

棒をつかむと同時に、宍戸は無言でそれを先頭の男の頭に打ち下ろした。コッという音がして、男が折れ曲るようなふうに、頭をかかえて舗道にしゃがみこんだ。すると彼は上から同じところを二、三回力まかせに殴りつけた。それから、自転車をもって立ちすくんでいる連れの男にむかって
「どうする。やめとくか」

と云った。男が固い青い顔を無理に笑うようにして
「まあそうムキになるなよ」

と云った。すると宍戸はまた黙ったまま、男のサドルにかけた片手の甲に棒を打ち下ろした。男が苦痛に顔を歪め、身体をねじるようにして膝をついた。

宍戸は、棒をにぎったまま、私をうながすように見て、歩きだした。動物のような狂暴な眼つきをしていた。

私たちは通りをひとつ越して裏側の路地に入って行った。そこに行きつけのおでん屋があっ

た。前を歩いて行くずんぐりとした宍戸の厚い撫で肩や、そこからのびている徳利のような首を、私は感謝と屈辱の念で眺めた。野蛮な、生命力のようなものがそこにあった。自分の卑怯で非力なざまを嘲笑しているように見えた。

おでん屋の中はすいていた。

「若僧」

腰をおろしながら、彼はすこし笑って呟いた。それから竹の棒を椅子の下にころがして私の方を見て

「あやまって置けばよかったかな」

と弁解するように云った。しかし眼はまだすわっていて、頰のあたりはこわばっていた。

「しかし爺さんと云われちゃあ、あんたも引っこみがつかんでな」

とつづけて云った。それを聞くと、私の心がすこしゆるんだ。

「僕は思い切ってあやまろうと思ってたんだから。くやしくても到底かなわんからな。しかしおかげで恥をかかずにすんだ」

「馬鹿に神妙だな」

彼が親しそうに笑った。

彼は荒々しい飲みかたをした。やはり神経がたかぶっているようであった。そして私もおな

じように乱暴な飲みかたで盃をかさねた。

一時間ばかりしたとき、宍戸が急に顔を寄せてきて、意味ありげな微笑をしてみせた。そして小声で、誘いこむように
「××に行かんか」

とささやいた。××というのはもとの赤線区域で、いまはまたステッキガールの集会所に利用されている町であった。

「ウム」

私の酔って半ば麻痺している頭の奥に、何か固体的に感じられる抵抗が生じた。そして同時に、その抵抗を抹消しようとする努力を自分が試みていることを自覚した。(面白いな)というふうに、弾みをつけて考え、それに乗って行こうとした。(こんな時でもないと——)と思ったが、そのサモシサをさほどには頭が受けつけなかった。平生の抑圧が半分くらい除かれていると感じた。そう感じることに満足を覚えた。

宍戸が腰をあげると、うやむやに私も立ちあがっていた。そして、暮れて間もない中途半端な人通りの街を、私たちはふらつきながら歩いて行った。

××は、街の北端の坂の上にあった。小さなバーや薬屋などにまじった、木造三階建ての一軒に、宍戸は入って行った。せまい玄関の下駄箱のわきに、埃をかぶった傘が二、三本たてか

けてあった。五十年配の女が顔を出し、宍戸が
「部屋はあるか。ステッキを呼んでくれ」
と云うと
「お酒ですか。お酒ならありますが」
それから念をおすように
「ステッキはうちで呼ぶわけにはいきませんよ。お連れさんなら、わたしの方は関係ございませんが」
と云った。
「わかってるよ。部屋は別々だよ」
ふたりが玄関にあがると、女がすぐ私たちの靴と下駄をぶらさげて奥へはいった。それからすぐ出て来て二階へ案内しながら
「ふたり口をかけるんですね。お酒ですか、ビールですか」
ときいた。宍戸が
「若いのを頼むよ」
と云った。
床の間も何もない、箱のような四畳半に胡坐《あぐら》をかいて、私は待っていた。客は他にはひとり

もないらしかった。背中のところの押入れをあけてみると、そこは奥行き一尺ばかりの、ただの凹みで、ベニヤ板の壁に浴衣が一枚ぶらさげられていた。立ちあがってカーテンをひき、硝子戸をあけると、外は崖で、その下のむこうは暗い広い田圃につづいていた。遠くの空でときどき弱い稲妻がまばたいていた。そのたびに、地平線のわずか上のところで、雨雲が鈍く、白く、帯状に光った。雷鳴はきこえなかった。

私は小さい食卓のまえにもどって、煙草に火をつけた。酔はもうさめはじめ、気持ちはしらけていた。

襖がひらき、背のひくい、小ぶとりのステッキが、ビール一本とコップひとつを乗せた盆をもって入ってきた。十八か十九くらいの色白の小娘で、たぶん女工からの転業であろうと思われた。流行の円筒形にのびた髪を結い、円筒のなかほどのところに緑色の蝶型の飾りをつけ、赤い短いワンピースを着ていた。

彼女は盆を置いたついでに私の横に身を寄せて坐り、ビールを一杯つぎ、

「旦那さんはどこ？　××？」

と近くの町の名を云った。

「いや。あんたはここかね」

「×××よ」

二十粁ほどはなれた小工業地の名をあげた。

「×××にもステッキはあるだろう」

「あることはあるけど、生まれた土地じゃあやれないわよ」

「そりゃそうだな」

娘が窓ぎわの方へいざって行って、部屋の隅に二、三枚重ねてあった座蒲団を一枚ひっぱりよせて、ふたつ折りにしながら
「これでいいでしょう？」

と云った。丸い白い膝小僧と太腿の一部が出ていた。

「いや、俺はいいよ。ビールだけ飲んでかえるよ」

性慾と云えば云えたようなもの、助平な老人のもの欲しさというようなものが消えていた。或は、自分で無意識におさえようとして、それが自然にうまく成功していた。しょせんは性慾の薄さによるものであるにしても、満足ではあった。

娘が手持ちぶさたなような顔をして黙っていたが、急に思いついたように
「おじさん、お風呂にはいらない？　いいことしてやるから」

と云った。たぶん老人向きの何かを意味していた。友だちにでも教わったか。

「いいよ。ビールをついでもらうよ」

——不意に、この場面の醜さにたいする、いいようのない自己嫌悪の情が、私の胸に湧きあがってきた。私は、自分が片輪のようなものになっているのを感じた。自分がいま身体を動かせば、どう動いても、必然的にそれは醜悪な片輪者の動作になると思った。

娘が、あわれむような、誘うような眼をして

「おじさん、ねえ、どうする？」

と云った。

宍戸の分とふたり前の勘定をすませて、私はひとりで外へ出た。坂を下って行くと、ようやく涼しくなった道で、まだ子供等が遊んでいた。

(俺にはああいう否定的場面は我慢できない)、と私は考えていた。自分がそういうネガティーフな環境に居て、しかも精神的にも肉体的にもネガティーフな冷静さを保っていたという、片輪者的な醜さがやりきれなかった。

むかし、自分はああいう、何も生み出さないような場面に入りこんでも、それに反撥し、またはおぼれこみ、またはやけくそになることで、精神的には反対に膨れあがり豊かになったと思う。そういう経験をかさねることによってますます膨れ、次々と何かから解放されて行った。(しかし今はまるでちがう)、と私は思った。(何かから解放されるためには、俺は自分自身を

縮小して行くほかない)。

できるだけ現実一般から退却し、周囲とのあいだに空隙をつくることによって不快から遠ざかり、(たとえそれが幻想にすぎないとしても)ともかくも自分を自由にする以外に方法はない。そういう頽齢《たいれい》に自分がふみこんでいることを自覚し、自覚を逆にとって自分を気楽な状態に解きはなつという方針の正しさを改めて認め、実践して行かなければならない。それが何より実利的でもあり、健康的でもある。

——あの箱のような家のなかに残っている宍戸の姿が、私の頭にうかびあがった。いまごろ彼は、私の知らぬ小娘をおもちゃにしているであろう、と思った。(彼は否定をバネにして生きている)と私は思った。(そして俺は自分で最小限の肯定の世界をつくりだして息をついている)。


秋が来て、冬が来て、年がかわり、冬が終わろうとするころ、宍戸が交通事故で急死した。その状況はこうであった。

宍戸は土蔵潰しを頼まれ、現場の下見に行って馳走になり、その家の若い主人に送られて、軽四輪で帰ってきた。主人が運転していた。

この男は、所有の山林の一部がダム建設で買いあげられ、多量のアブク銭が舞いこんだので新式の住宅を新築しようとしている成金の一人であった。運転もまだ不馴れであったろうが、酒もかなり入っていた。それで、恐らくもっと飲むつもりで、宍戸の家の前を素通りしてそのまま私の住んでいる町にむかって走って来たのである。

そして、湖の岸の凸凹のバス道路を過ぎ、町に入って舗装道路に乗ったとき、制限以上のスピードを出し、まえの車を追い越そうとして中央線を突破した瞬間、反対側から走って来たダムプカーと正面衝突したのであった。

現場近くの八百屋で客を応対していた主婦が、「キーッ」というようなダムプの急ブレーキの音を聞いて「アッ」と思ったとき、そのダムプの下方に開いている顎のような隙間に、宍戸の乗っていた黄色い軽自動車の半身が、吸いこまれるように消えた。

ダムプは停止したが、そこから誰も降りて来なかった。(実際は、このとき運転手は肋骨を折り、助手は前歯五本を折って動けなかったのである)。

八百屋の主婦が、呆然と立ちすくんでいると、反対に、ダムプの下の車輪の間から、宍戸が両膝で歩いて出て来た。それから二米ばかりはなれた道路の上に落ちていた自分の鳥打帽をひろってかぶり、キョロキョロあたりを見まわした。そして彼女が「よくも助かった」と思った瞬間、ごろりとうつぶせに転がって動かなくなった。後に解剖したところでは、両下腿は潰れ、腹腔内は、内臓破裂で血の粥のようになっていたとのことであった。

宍戸の死のしらせを、私は次の日の朝早く適山の住職から電話でうけた。葬式は彼の寺で今日の午後に行なわれることになっている、と彼は云った。

しかし、私が午前の診療を早めにすませて宍戸の家に行ってみると、もう出棺の後で、片づけられた店先きには誰もいなかった。私は裏手の台所で皿小鉢を洗っている留守番のお内儀さんから、宍戸の死骸は寺に運んで引導を渡された後、夕方になってから村の火葬場に送られる予定だということを聞き、香典だけを托して適山へいそいだ。

雲ひとつない、穏かな午後であった。私はやや汗ばむような陽射しのなかを、田圃ひとつ越し、やがて高い石段をのぼり、荒れた石畳みのうえを本堂の方へ近づいて行った。低い読経の声がそこから聞こえていた。

二十人ばかりの会葬者が、おくれて入って行った馴染のない私の顔を、もの珍らしそうに眺めた。宍戸の妻君も私を認めたが、ほとんど何の表情も示さなかった。ひさしぶりに明けはなされたと思われる堂内には、やはり平生の冷気が濃く浸みついていて、それが忍びこむように私の脚もとに流れてきた。私は端の方の床几《しょうぎ》に腰を下ろし、オーバーを膝にかけて経を聞いていた。

感慨というほどのものは、あるにはあった。しかし、私には彼の死に様がさほどに異常なものであるという気は起こらなかった。何となく、それは彼にとって自然だというように感じていた。あるいは齢のせいかも知れなかった。私は、彼が何時か「人が死ぬと、みんなが（仏さんになった）と云うが、うまく云ったものだな」と呟いたときの顔を思い出していた。眼の前の棺のなかで、いま彼はどういう顔をしているか、と思った。

経が終わり、住職の両側に向き合って立っていた三人の雇われ僧が、単調な音で太鼓を鳴らし、続いて鐃鈸《にょうはち》の、野蛮な、鋭く不安な金属音が、堂内いっぱいに、空気をふるわせて鳴り響いた。規則的な間をおき、何度も磨り合わされ、打ち合わされ、執拗にくりかえされた。すると私には、それが、その異様な、耳を聾するような金属音の連続が、眼のまえの死者の魂を、まったく隔絶した無縁の空の世界に送りこむための、合図の儀式のようにおもわれた。この音に突き飛ばされるようにして、宍戸の魂と肉体が、まるで觔斗雲《きんとうん》に乗って天空はるかに走り去って行く悟空のように、みるみる縮小し、豆粒のようにこの生者の世界から遠のいて行き、ただの記憶の世界に消え去って行くのを感じた。

私は、庫裡での食事の接待をことわって門前にひきかえし、バスに乗って反対の方へ、湖の北の方へ向かって行った。二十分ばかりの湖の岸の宿屋で食事し、夕方まで休んでから寺へ戻って火葬場に同行するつもりであった。

山裾に腰かけるような具合に建てられた小さな宿の二階の廊下の椅子に坐って、ぬるい酒をチビチビ飲みながら、私はぼんやりと湖の方を眺めていた。

平べったく光った、おだやかな水面のはるか向こうに、鴨の大群がおりていた。遠くから見ると、それは中央の膨れた黒っぽい紐のように見えたが、じっと眺めているうちに、それが実はかなりの速さでこちらに近づきつつあることがわかった。徐々に紐の輪郭が呆やけ、色調が薄まった褐色に変わり、粒だつような感じとなり、一時そこで停止していた。ときどき群の上空を二、三羽が、淡い点のように飛んで哨戒していた。

やがて、急に端の方の塊りの一部が消え、鴨の群はそこを起点として、大きなゆるい螺旋を描いて、湖の空高く舞いあがった。そしてそのまま横すべりするような具合に遠ざかり、視界から消えて行った。

――彼の死によって、ある重圧のようなものが私から去ったことを、私は感じていた。しかし私は、同時に私自身の一部が、私の内部から失われたという気持ちのようなものも感じていた。それは私にとってもっとも嫌なものではあったけれど、またつねに一種の郷愁を誘う何ものかでもあった。

食事をすませ、暖かい炬燵に下半身をもぐりこませて仰臥《のけふ》していると、ひどい眠気におそわれた。

一時間ほど眠ったろうか、風の音で眼をさますと、外の風景はすっかり変わっていた。わずかのあいだに雲がひろがって、この地方特有の強い西の季節風が吹きはじめていた。廊下に出て見ると、広い湖面が泡立ち、その一部が、雲の移動につれて、急に白く輝いたり、鉛色に翳《かげ》ったりしていた。もう鴨の集団は見えず、それらしい黒い影が、波の間に点々と散って浮かんでいるだけであった。たまに、二、三羽連れだって低く舞い、すぐまた波間に没した。何のためか、そのちょっと上のところへ、鳶が早い速度で岸から飛びたって行って、またすぐにもとのところへ引き返していた。

私は、もう火葬場への行列に加わるのはやめようと思った。寒い風のなかを山陰の焼場までついて行って、そこでまた立ちん坊のまま読経を聞いても仕方がない、それより自分の健康の方が大事だと思った。後ろめたさは感じたが、結局私は炬燵にもどって、もういちど眠ろうとした。そして実際に眠ってしまった。

日暮れに近く、私は宿のまえからバスに乗って街に帰ってきた。終点につくと、電灯のついた停留所には、制服に重い鞄をさげた学校帰りの女学生が、列をつくって群がっていた。彼女等のあいだのせまい隙間を抜けて行くとき、そこにたまっている空気が、彼女等の発散する体温と稚い息の香りとで、あたたかく籠められているのを感じた。彼女等はまったく林檎のような頰をし、のびのびとした脚をスカートの下から剝きだし、お河童や二つに編んだお下げの頭を振りうごかして、お互いに喋舌りあっていた。そして私の肩が触れそうになると、喋舌りながら機敏に身をかわした。

私はゴマ塩の無精髭をはやし、オーバーを引きずり、オーバーの上からだらしなく襟巻きを首にまきつけ、腰をまげるようにして歩いて行った。

私は、自分が半分はわざとこういう恰好をつくっていることを自覚していた。そしてそれが何となく気にいっていた。私は、自分が老人の魂をもとりかえしたことを感じた。女学生の跳びはねるような美しさを、淡い羨望の念をもって生き生きと感じ得ることを幸福に思った。そして一人きりになって、屈托なしに、この夕暮れの街を歩いている自分に満足した。

家につくと、私は通いの家政婦のつくっておいてくれた夕飯をことわり、茶と菓子だけをもらって、炬燵にもぐりこんだ。そして、やがて家政婦が戸締りを終え、風呂をわかして帰ってしまうと、ゆっくりと時間をかけて夕刊を読みはじめた。それから三月ばかり溜めておいた眼科の雑誌をひろい読みし、それに飽きると、思いついて、適山から採集してきた陶片を分類函からとりだして炬燵板のうえにならべ、拡大鏡で土や釉薬の具合を調べはじめた。ときどき仰向けに寝転んでぼんやりしたりした。

壜のなかの水に灰をとかしこんで机の上に放置しておくと、時の経過によって灰は自身の重量にしたがって徐々に沈み、水は本来の透明と静かさを得る。私はそのような状態に落ちついて行く自分を望んでいたが、しかし実際には水は動揺しつづけ、沈静は得られなかった。動揺の原因のなかに私は宍戸を想定し、まるでヒステリーのようにそれに反撥してきた。しかし、彼が死に、彼の一部が私のなかにも住んでいたことを否応なし思いしらされた今、自分のそういう受けとりかたが如何に浅薄でくだらないものであったかを知った。そしてたった今読んだ二、三枚の夕刊によってさえも、自分の頭のなかの灰の水は動揺しつづけているのである。

私は勢をつけて起きあがると、板のうえの陶片をかたづけ、風呂場に入って行った。私は、改めて私の脇腹だけがズンドウにふくらみ、手脚が細くなり、その内側だけが剝いだように痩せたるみはじめていることを認識した。その部分を、タオルに石鹸をふくませて丹念に撫で洗った。そして風呂を出て、部屋にもどると、障子をあけたとたんに、煙草の匂いにまじって、私自身の残して行った饐《す》えたような皮膚臭と、老人特有のアセトンの混じた口臭とが、私の鼻をうった。それは、これまでに自覚したことのない、自分の確実な老化の証しであった。私はもう強いて老人ぶる必要なんかなくなっていた。いつのまにか本当の老人になっていたのであった。

習慣となっている睡眠薬の数粒をのみ、床について湯タンポの位置をあっちこっちと変え、しまいに裾の方に蹴り出してしまったりしているうちに、私はうとうとしはじめた。(俺にはもう肉体的精神的の弱者として自由に生きる権利がある)、そんなことをくりかえし考えていた。(何もできもせず、また考える力もない人間が、くだらぬことに苛々するのはみっともない。ひとりで、気儘に陶器でもいじくって生きて行く方がよっぽどいい。——そうだ、明日からは左手で食事をすることにしよう。むかし戦争中に、ある学者が新聞で、左手で箸をあやつると、飯でも何でも少ししか摑めないし、また口まで運ぶのに時間がかかるから、乏しい食糧で有効に栄養をとることができる、と云っていた。俺は老人だから、そうすればますます物臭《ものぐさ》な老人らしくなれる)。

——いつのまに眠っていたのか。私は、玄関の硝子戸がはげしく叩かれ、

「今晩は、今晩は」

と呼ぶ男の声を、夢うつつに聞いていた。(また喧嘩か)、舌打ちするような気持ちで、首のまわりに夜着をひきつけ、身をすくめるようにして黙っていた。

近くの河岸にならんでいる屋台店で、しょっちゅう客同志または客と酌女との喧嘩があり、怪我人が、その相手や仲間につきそわれてとびこんで来る。彼等は一様に泥酔していて、ほとんどの場合治療費はうやむやになる。外傷の程度がひどく、被害者が強硬であれば、翌日警官がきて面倒な診断書を書かされ、料金はやはり責任者不明のまま私の手には入らない。表の声は十秒ほどやんだかと思うと、また続き、それから止み、また執固くくりかえされていた。

もうすっかり眼はさめていた。私はあきらめてのろのろと身体を起こし、どてらを羽織ると、我ながら不機嫌な顔をして玄関へ出て行った。戸外にそれらしい気配はなかった。

しかし、私が電灯をつけ、表の方をのぞこうとしたとき、私は思わず身を引いた。せまい タ

タキの土間のむこうの硝子戸に、両手の指で左右に開いた黄色い尻の穴が、ペタリと圧しつけられていた。そしてそれが尻の穴であるということを私が認めた瞬間、それは消え、人の走って行く草履の音がきこえた。

すぐ飛び出してその方を見たが、誰もいなかった。私は土間にもどって鍵をかけ、冷えた寝床にもぐりこんだ。煙草をのもうとしたがやめた。何とも云えず病的で生ま生ましい後味が、私の胸を悪くした。


翌朝になっても、むかつくような醜悪な印象は、私の頭を去らなかった。

診療室に入り、患者がやや途絶えたとき、私はその一人に前夜の出来事をくり返した。

「そりゃ先生、オカマの悪戯ですよ」

と笑いながら彼は云った。(ウム)、と私は思った。

ひと月ばかり前に、家の近くにゲイバーができた。私の医院の前の淋しい通りは、彼等の通勤道路になっていた。ハイヒールにハンドバッグを下げたり、つけ睫毛に浴衣のような白っぽい着物をきた彼等が、酔っぱらって流行歌をどなって歩いたりするので、迷惑に思っていたところであった。

「つまり奴等にしてみれば、尻をみせびらかすのは、淫売が前をまくるのと同じつもりなんでさあ。先生、ことによると奴等に惚れられたのかも知れませんぜ」
(フム)、と私は思った。苦笑いで自分の顔が歪むのを感じた。何かが私を嘲弄し、私にしっぺ返しをしているような気がした。そしてそれは、ことによると、この期に及んでも自分を追いかけてくる現実というやつかも知れなかった。

田紳有楽

七月初めの蒸し暑い午後、昼寝を終えて外に出た。

台風の前触れで、時折りの晴れまはあったが俄雨《にわかあめ》と突風の夕方になっていた。庭木の枝が飽和点まで水をふくんで項《うなじ》を垂れ、重くたわめた身体を左右に緩く揺すっている。いつもは二階の窓の半分をふさいでいるユーカリの大木が今は視界全体をさえぎるほどに膨脹している。庭に降りると小枝まじりの葉が一面に散り敷いていて、拾った掌で揉むと特有の芳香が鼻を刺した。黒い小粒の固い実が無数に落ちてあたりの泥にまみれている。

ユーカリの花は九月すえ十月はじめ秋の入口に咲く。枝という枝の先きに、葉と同色の小人のトンガリ帽みたいな固い蕾が群がりつき、やがて淡黄に変わり、そして帽子の部分がすっぽり抜け落ちると、ちょうど鞘をはずした筆の穂先きのように圧迫され縮んでいた白色の雄蕊《おしべ》と、中心に突出する淡緑の雌蕊《めしべ》とが、露出し飜転《ほんてん》して花弁の如くいっせいに開くのである。やがて雄蕊は羸弱《るいじゃく》し、綿毛となって間断なく高い梢から地上に舞い、池の表面をも閉ざす。反対にコップ状の萼《がく》は肥大しながらいったん濃緑に戻ったのち、徐々に腐蝕され乾いて、結局は黒胡麻のようになって散るのである。

辞典を見るとユーカリはオーストラリア原産で春に花咲く常緑の巨木だと書いてある。だから日本の秋に咲くのか。雛の羽の抜け替わりのように、葉は暑くなればしきりに降り寒くなれば艶っぽい柔葉が光る。――彼は土着した今でも、皮膚の記憶に順応することなく、深く長い種族の記憶にうながされて行動するのか。智識がないからわからない。

ユーカリの硬い葉はかたわらの二坪たらずの浅い池にも沢山散りこんでいた。二、三分眺めて再び二階にあがると、いつのまにか書斎のまんなかに白シャツを着た小男が汗を拭きながらキチンと坐って待っていた。

「僕は昔で云えば与力の手下の岡っ引きの、もひとつ末端の下っ引きと称する階級に属するスパイで滓見《かすみ》と申すものです。これから僕の処世術を、僕の副業とする骨董《こっとう》品の買い出しになぞらえて教えますから、どうか参考にして下さい」と云ったので感謝した。

「僕みたいな職業のものは第一番に話し上手で押しが強く、掛け引きに長じていなくては成功いたしません。第二番に買い出しの時期は相手方に小遣銭の不足している季節に集中し、他のときは『流し』の心得でゆるゆると広範囲をまわり歩かねばなりません。わかりましたか」

と念を押したので「わかりました」と答えると機嫌よくうなずいて「第三番」とつづけた。

「雨の日や風の日は相手方が身を動かすことを大儀に感ずるものですから、多くを望まず万事遠慮がちにふるまわねばなりません。また反対に天候がよくても日曜祭日または村祭りなどのある日は、相手が落ちつかぬからできる話もできずに終わることが多いと御承知ください。今日はこれで失礼します」

彼が立ちあがったので送って玄関を出て池のところまでくると「では」と云ってボチャンと水に飛びこんで潜って消えてしまった。この池には鯉と鮒と駄金にまじって、今年は二十日ばかり前に近くの田圃でとってきた泥蟹一匹、殿様蛙二匹、泥溝《どぶ》蛙二匹、それと食用蛙の蝌蚪《おたまじゃくし》五匹が入れてある。蛙や蟹は容易に姿をみせないが、蝌蚪は避寒用に沈めてある土管の上に何時もならんで凝《じ》っととまっている。普通のおたまとちがって体長が二倍ちかくあり、頭は角張ってゴツく大きく、黄色味がかった背中が胡麻をまいたような斑点で覆われている。ちょっと不気味なところがある。田螺《たにし》も十粒ばかり入れてある。

十日ほどした日曜日に周智郡森町旧飯田村地内の高平山に登った。道端に「村松梢風生家跡」とペンキで記した杭棒があり、太田川との間はせまい茶畑になっている。十うねばかりの茶の木のあいだには生薑《しょうが》が植わっていて、そのむこう側の一棟の雞小屋では黄色っぽく汚れた雞が濁った声で啼きながら絶えず首を上下に動かして餌を食っていた。その後ろに屋根のずれた荒壁二階建ての物置小屋らしいものがある。これが崖ぎわで、もひとつ後ろにあった梢風の生家は河川改修の際に削りとられてしまったから消滅しているのである。

道の反対側を少し入って登ると高平山の頂上のせまい平地に出る。見下ろすと一方は丘つづきの茶畑、二方は広く青い田圃、一方の眼下に太田川が流れ遥かに遠く磐田原の台地が展開している。空地の正面に四角い本堂があって、なかに若い妊婦が坐っていて、住持が灯をともして太鼓を打って安産の祈禱《きとう》をしていた。他に子供虫封じ、諸〻病難除けの札がかかっている。「高平山遍照寺、真言宗智山派」という札もさがっている。境内とは不釣合いに大きい五、六メートルの青銅露仏の大日如来座像が本堂のわきに据えられていて「県下一の大仏」という札がさがっている。手前に「諸〻病難除け遠州札所十一番観世音」と書いた木札を柱に打ちつけた小堂と「山名神社」と書かれた堂がある。役《えん》の行者の石像も弘法大師の石像もある。

横手に松と杉でかこまれたせまい墓地があって、そのほぼ中央に高さ一メートルほどの破れた堂がたっている。格子のなかに石塔がふたつ祭られていて一方には「元禄六癸酉七月八日法主当山開基木食秀海上人」一方には「正保二年開山法印秀海上人」と彫られている。「参詣致す人頭痛及腰より下の病治るべし御願果しは煙草を奉納すべし」という額がかかっている。私は別に拝んで治ったわけではないが、今日は数日まえからの腰痛が軽くなって出かけてきたのだから、ハイライト一本に火をつけて堂前の石のうえに置いた。せま苦しい墓地の最奥の一郭は柵にかこまれた神道の墓所で「太郎姫」とか「美津子姫」とか刻まれた石が十数個ならんでいたが、他の墓石は三分の二以上が桔梗紋の村松姓であった。梢風のそれは並みよりやや小ぶりで右に「梢風居士」左に「淑徳院醇風清国大姉」と二行に彫られ、夫人の徳を表現していた。側面に「村松義一昭和三十六年二月十三日歿」「そう昭和三十七年五月十一日歿」とあるから夫人は一年長生したのである。

梢風は楽しかったであろうし、夫人は最後の一年間楽しかったであろうと、空想しながらぶらついていると、槙の小垣の隙間をくぐって向こうから滓見が歩いてきて

「今日はこちらの方へ山出しに来たのですが、あいにく太田川の河原のブラ凧揚げで騒がしいので諦めました。これから先日の続きを申しあげましょう。第四番からでしたな」

と云ってかたわらの墓の土壇に腰を下ろした。

「おおよそのところ、田を主とした村には品物が少なく、畑を主とする山間の村には獲物が多いと思ってください」と彼は云った。「この場合『部落はおとすとも家はおとすな』で、一部落全体をまとめて見過ごすことはあっても、自分で本日はここと決めた部落に入ったうえはその一軒一軒に余さず顔を出して探りをいれなければなりません。自分ぎめの見当で家を選ぶような無精は禁物、むしろ何かあり気にみえる家にはたいがいすでに同業者の手がついているものであります。つねに旧道を歩き古地図町村史あらば残らず目を通して土地がらの研究を怠ってはなりません。――わかりましたか。では」と頭を下げると身を飜《ひるがえ》して梢風の墓の下に潜っ

ていった。

八月の終わりになると池の食用蛙の鰓《えら》の下の方に後肢が生えてきた。冬寒くなると女の児は両方の脇の下に両手首を丸く曲げ入れて暖める、ちょうどそういう恰好におたまの肢先きが可愛く内側に曲がっていた。もう土管の上でなくて底の青ミドロのところに貼りついていて、時時まっすぐに水面までのぼってきてパクリと空気を飲みこんでまた斜めに沈んで行くようになった。九月中旬には先端に水掻きができてそれを不器用に動かしはじめ、続いて首の辺に前肢の芽らしい小疣《こいぼ》が生まれた。やがて死に絶えたのか一匹も姿を見せなくなった。

十月はじめ外出から戻って書斎に入ると、また滓見が坐っていて「御無沙汰しましたがお変りはありませんか。今日は第五番から申しあげましょう」と云った。

「買いだしの日の持ちものは先方の納屋床下を探索するための懐中電灯と金です。小銭の用意は当然ながら、いざ交渉にはいった際の見せ金には一枚の一万円札より十枚の千円札の方が有利なることも忘れてはなりません。先方座敷の床の間に据えられた品は、たとえ偽物なりと看破しても『これは最高の芸術品ゆえ手前は遠慮いたしましょう』と褒めあげて手早く相手の趣味を察し、彼の眼のとどかぬ一番手はわざと粗末にあつかったのち『せっかく故これを頂戴して帰って少しばかり儲けさせていただきましょう』と二束三文に引きとるのが秘訣です。なお廃井の底に思わぬ優品の沈んでいることも間々ありますから、くれぐれも懈怠《けたい》は禁物と御承知ください、わかりましたか」と云った。
彼の後から玄関を出て「またやるのか」と思っていると彼は「ではこれで」と云いながらピチャンと池に飛びこんで消えてしまった。彼が消えたあたりに鉢植えのまま沈めてある睡蓮の朽葉を根もとから引き抜こうとして手を漬けると、葉のあいだから死んだと思った食用蛙が二匹跳ねだしてきた。前後肢とも完全に生えて力強く、体色の褐味は黄色に近く変わり、背中の斑はまばらとなり、頭は凹凸を持った蛙の顔となっていたが気のせいか滑かにつるつるとした幼さを残していた。見た瞬間何となく異様な感じがしたので、彼等が再び浮いてきて葉の端に両手をかけたところを見ると二匹とも尻尾だけが太く肥えたままの状態で残っていた。長さ三センチちかく、短かい後肢のあいだからニューと別物のようにそれが伸びているのを見ると、私は不意に道鏡の少年時代を連想したのであった。

私は池の底に住む一個の志野筒形グイ呑みである。高さ約五センチ、美濃の千山という陶工の作で、三年半ばかりまえに私の主人が仕事で多治見へ行ったとき裸のままもらってポケットに入れてきた品である。わりによくできているというので、暫くのあいだひねくりまわされたり出がらしの茶に漬けられたりしたあげく、玄関前の池に放りこまれてそのまま住みついている身の上である。冬のあいだの魚の溜り場としてつくられた水底の窪みに、二枚の皿、一個の丼鉢、一個の抹茶茶碗と同居して沈んでいる。どれも捨てられたわけではない。古色をつけるためにわざと汚い泥の寄るところに埋められているのである。

つまりわれわれはみな中途半端の出来だから、主人はわれわれに値打ちをつけて我をも他をも欺こうとしているのである。それは理屈に合っているし、私も反対ではない。むしろ感謝している。しかし同時に全身が生臭くなってしまったことには閉口している。

ここへ来てふた月ばかりたった時分から皮膚の貫入《かんにゅう》に泥がはいって少しは見られるようになり、テラついていた釉の表面も泥水に揉まれて都合よく荒らびてきたが、これがみな腐った青ミドロと魚の落とす鱗の混合物のせいだから弱っているのである。朝飯時には金魚や鯉が狂いまわるから泥が浮いて池中が一層臭くなる。わざわざ狭い穴までもぐってきてわれわれに腹を擦りつけて行くやつさえある。からかっているつもりだろうが、波にあおられてわれわれの身体は揺れて転がったりぶつかったりする。しかしこれがまた主人のつけめであるということも了解している。

むかしの中国では、贋の銅器を作るとき、部屋の入口にそれを据えておいて家人の出入りするたびに汚れた指や掌で撫でさせる、斯《か》くして三代目くらいになると垢《あか》と膏《あぶら》で天然自然に真物に変容するのだそうだ。これを応用している主人は馬鹿だ。

私の隣りには「柿の蔕《へた》」という滞留十余年の偽茶碗が沈んでいる。彼は余程の才覚があるやつとみえて、円盤状に身体を回転させて水中をのたくり歩いている。ときどき池から姿を消して十日余りも帰らぬこともある。この機動力をどう工夫して得たのかわからない。名前にふさわしい貧相ぶりが増せば増すほど、真物に近づき珍品化するのだから、何時もふてくされたようなことを云っているが案外努力家であるのかも知れない。何のために消えるのかというと、秘密の地下溝を通って日本国中の仲間と交流しているのだということだから、時には本場の朝鮮まで出かけて行って渋がった恰好なんかを見習ってくるのかも知れぬ。生まれてから柿の蔕と決められた以上は他になりようがないのだから、主人とぐるになっているとも考えられる。

二枚の皿は唐津と備前で一個の丼鉢は丹波だ。どれもイカモノだ。どれも一様に大人しく無口であるが腹のなかはわからない。もっとも怪しいのは丹波で、彼はほとんど口をきかず、見るからに甲羅を経た歪み鉢であるが、週に一回くらいの割りで夜明けどきの薄明のなかを不意にひらひらと浮きあがって行ったかと思うと、水面から空中に消散してしまうことがあるのである。夢かと思うばかりで得体は知れぬ。

池は玄関の横手にある。広さは二坪ほど、浅くて四角い菓子折りみたいなものだ。北の端しを不釣合に大きい花崗岩《かこうがん》のつくばいで占領されているうえに、その隣りに睡蓮の平鉢が沈められているから、われわれの住居は北に寄って擂鉢形に掘られた直径僅か八十センチの穴にすぎない。いかに動けない焼ものでも窮屈なことに相違はない。元来同宿の魚は、天竜川で網にかかった尺鯉一匹と、どこかからもらわれてきた小鮒十数尾と、縁日から買われてきた駄金四匹であったのだが、他に食用蛙の蝌蚪、泥溝蛙、殿様蛙、それから田螺も十個ばかり投げこまれてひしめいている。田螺は日中は一列にならんで水面すれすれの壁に吸いついているが、日が暮れると下に落ち、ときどき擂鉢の底にはいこんできて身体を舐めまわされるからむず痒くてたまらぬこともある。それで気がまぎれることもある。

池から少し離れた塀ぎわに、高さ約十メートルのユーカリが傘を大きくひろげていて、太い枝の二、三本がたわんで頭のうえまで伸びている。そこから一年じゅう、半腐れに腐れた粒状の実と樟脳《しょうのう》の臭気をふくんだ硬い葉が散りこんできて水を汚す。田螺はいずれ死ぬだろうし、そうなれば幾分は静かになるであろう。

今日は天気もよく水も温んで暖かいから昼寝をする。半透明灰色の水の彼方、泥をかぶった睡蓮の鉢のはずれに、つくばいの裾が鉄錆色の荒々しい肌を朧《おぼろ》に浮かべている。その立ちあがりの側面が、雄大でおおまかな彎曲《わんきよく》と、水面から空気中に抜けて行く境界あたりに遍満する白っぽく呆やけたような散光の輝きによって、まるで宇宙の涯を区切る壁のようにも見えぬことはない。気のせいか、そこから垂れて溶けこんでくる酸素に満ちた冷水が、眠りに入ろうとする私の枕元まで流れてくるようにも思われるのである。われわれ焼ものは、千数百度の焔によって徹底的に焼き殺され体内の酸素を奪われて生み出されたためであろうか、一様にこの新鮮な清水への已《や》み難《がた》い希求をもっている。いったん失ってしまったそれを肉体の一部として再びわがものとする望みはもはやないが、それをせめて体表にまといたいという慾望はむしろますます強く日常に存するのである。したがって主人が月一回ほどの巡りでわれわれをタモ網でしゃくりあげ、清水で肌を洗って変身の具合を検分してくれたあとなどは、成績の如何《いかん》にかかわらず一同湯上がり気分ではしゃぐのだ。厚い氷に閉じこめられて昼も夜同然の寒中になると、いったん洗われて空気に乾いた全身が氷水に戻されたとたん、皮膚に張裂けるような激痛が走るが、これも数回の経験を経れば却って快感となる。更に細かい貫入が加わる徴候かも知れないし、ゆるんだ古貫入に汚穢《おわい》な泥が浸みこむためかも知れぬ。とにかく両方ともまやかし化の進行を告げる結構な訪れにはちがいないのだから、副作用として望ましいのである。

さて現在の私は分不相応の恋を得て光ある世界のなかにいる。相手は金魚のC子で、その馴れそめの経緯は次のとおりである。

私は彼女が今年の春さき彼岸のころ縁日から買ってこられて、和金二匹といっしょに頭の上にぶちまけられたとき「また増員か、五月蠅《うるさ》いな」と思っただけであった。しかし、いったんつくばいの下に隠れたのち睡蓮の鉢の丸味に沿って泳いでくる小柄で丸やかな女出目金の姿が眼に入った瞬間ドキリとした。そして彼女が赤い小肥りの身体をしなやかにくねらせながら、あたかも新入りの挨拶でもするかのような愛らしい羞じらいを含んで私の方に近づいてくるのを見たとき、私はあの極寒の冷水が身体じゅうの亀裂を網目状に走り抜ける瞬間とまったく同じような戦慄《せんりつ》を覚えたのである。

もちろんC子の近接は突然の環境の変化に戸惑っての無目的行動にすぎぬ。しかしそれ以来、彼女の赤い短軀は私の脳髄に浸みついてかたときも離れず、彼女が仲間の行列にまじって池の周辺をめぐりあるく姿を追って私はそこはかとない幸福を感じ、なにかのかげんで列を離れ、向きをこちらに変えて近づき行き過ぎたりすると、私の身体は不意に痙攣《けいれん》して傾くのであった。彼女のつくり出した波が伝播《でんぱ》して私の平衡《へいこう》を失わせるのではなかった。たしかに私の発情の念力が私の肉体を持ちあげ、私を横転させるに相違なかった。

この状態は十日余りも続いたであろうか——するうちにやがて、私は彼女が行列からわざと後れてみせたり、列の輪から少しくそれて意味あり気に私の横たわっている穴の方角に向きを変えたりするようになったことに気づいた。そしてその度に、あたかも感応するかのように私の胴から尻にかけたあたりが生暖く熱発して振動するのであった。たしかにC子は大胆になり、愛嬌にうるむ出目を据えて私を凝視した。時には思いきってすり寄ってきて、柔軟な尾の先端をそよがせて私の腹をひと撫ですることさえあった。このひと撫でに出会うと私は耐え切れぬ快感に襲われ、その度毎にかすかな呻きとともに二、三センチは浮きあがるのであった。

このような奇妙な経験を数回くりかえすうちに、一方で私の心の片隅にひとつの微かな疑念が浮かび、浮かぶと同時にそれが突飛な妄想となって急速に生長し膨れあがってくるのを私は感じていた。つまり私に自力で動く可能性が生まれつつあるのではないかということであった。無生物に与えられた運動機能欠落の運命がかならずしも不可変のものでないことは、柿の蔕や丹波の例をみれば明かだ。そして私の身体にもまたその可能性の兆《きざ》し、または芽が埋没していると考えたって別に不思議ではないであろう。それがあるとすれば、私はC子からの刺戟によって浮上するという現在の他力の状況を、自己本来の内なる自力によって顕現《けんげん》すればいいわけである。——柿の蔕か丹波がその方法を暗示してくれるであろう。

そして或る台風の夜、私は決心をかため、水面を打つ雨音にまぎれて柿の蔕の寝所にすり寄って自分が彼の境涯に一歩ちかづいたことをうち明け、私の臆測と希望を告げた。彼は前の日の夜おそく瀬戸川水系の旅から帰ったばかりだということで酷く疲れているように見えた。宇嶺の滝の直下までやっと溯って行ったところで体力がつきて引き返したのだと云って一日じゅううつらうつらと眠っていたのである。彼は私が身体をすり寄せると、さも不機嫌そうに薄目をあけて、茶渋の浸みこんだ汚らしい口を歪めてみせたが、私の頼みを耳にしたとたん

「てめえは一体ここへ潜って何年になると思ってるんだ」と毒づいた。それから

「じゃあ、そこで動いてみな」

と呟くと同時に、わきを向きながら素早く円盤状の身体を翻すように半廻転させ、彼の手足

とも云うべきギザのついた口縁《こうえん》で、私の横面をひっこするように殴った。こめかみのあたりから全身を裂かれるような痛烈な衝撃が走り、私は逆転して倒立し、ぶわついた生臭い泥滓がぶくぶくと私の内腹深く浸入したのであった。

C子が私に対する自発的愛情をもつようになったきっかけは、この夜の私の屈辱的敗北の姿をかいまみたことにあったということだ。その日までの媚態は、発情産卵期の狂熱のおあまりとして私に配給された揶揄または挑撥にすぎなかった。のちに私と彼女とがお互いの愛を告白しあったとき、彼女はそれをうちあけたのである。

「わたくしは、あのときあなたがでんぐり返しをうったなり、まるで大根の切れ口みたいな白いお尻を出して沈んで行ったお姿を見て身うちの血が逆流しましたのよ。それがわたくしの胸に真の愛情を芽生えさせたという次第なのです」

あのとき彼女は、睡蓮の鉢の陰に身体を潜《ひそ》めて水面に射込まれる激しい風雨とユーカリの実を避けながら偶然にあの光景を遠望していたのだった。

「それはわたくしだって、あの春さきの生暖かい季節になれば身内がうずいて耐《たま》らなくなってきますから、男のおさかなさん方なら相手かまわず尻尾で巻かせて狂いまわりもいたしますし、卵も沢山ひり出しますわよ。けれどお湯呑みさんのあなたは別でしたの。信じてね」

と彼女は云った。彼女の言葉に嘘はない。なぜならば、彼女はこの種族的発情の季節が過ぎ、台風期が去って池の水温もさがり気味となった沈静の季節になってから、むしろ前より積極的に私の穴の周囲を泳ぎまわったり私の身体に触れたがるようになったからである。そして私にもまた、近くで接する彼女の美しい姿が、見るに従って艶《あでや》かさを増してくるように思われたのである。

C子は今年四歳になる出目金と和金との混血児である。背部の体色は余り見事とは云えぬ朱色であるが、それが腹のあたりでいったん白く呆けたのち滑かに張り切って銀光を呈し、この部に赤色円形の斑紋が境界鮮明に現れて魅力のポイントをなしている。眼を近づけて眺めるとこの斑は、あたかも象嵌《ぞうがん》されたように周囲を雲母様に光る細かい鱗片でキッチリと埋めこまれているのである。ここから半透明の腹鰭《はらびれ》が八の字形に短く垂れ、急に細まった尻の先きに三叉の尾が紅葉の薄葉のように朱色に染まって軽やかに開いている。そしてやや才槌《さいづち》状に角張った頭の両側から、機敏にうごく眼球が斜め外上方に向かって方角ちがいに突出しているのである。

C子はいま、彼女と同時に放された二匹の雄の和金とそれから先住の雌の和金との合計四匹で一家をつくっている。つまり二夫二妻の乱交一族である。今年の春に彼女がはじめて産んだ卵からは十数尾の仔が孵ったが、彼等はまだ灰色の稚い身体で、ある日の夜明け、尺鯉のために全部のみこまれてしまった。そして私にとって思いもかけなかった事態は、この悲劇が引き金となって起きたのであった。その夜おそく彼女はひとり抜け出して私を訪ね、私に身を投げかけて悲しみを訴えているうちに、次第に昂奮の度が増して意外の狂態を演じるにいたったのであった。

彼女は一ミリも動こうとせぬ私の不甲斐なさに焦れて、頭の角で私を突ついて揺さぶったり転がしたりした。そして何度も何度もあの滑らかな腹部としなやかな尾で私の胴を締めつけ締めつけしているうちに、突然それが性の衝動に変って、驚ろいたことには数回も続けざまに噴卵して絶頂にたっしたのであった。そして挙句の果てに煙のように噴卵しながらとうとう私のガランドオの胴腹のなかに全身を没入させ、私の内壁にぬらつく卵塊を擦りつけ擦りつけて竜巻き様の回転運動をくりかえして狂いまわったのである。そして私はそれに伴ってひっきりなしに振動し顚倒し、隣りに眠っている備前や丹波に頭をうちつけた。そうして最後には体表から何物かが放射されあたりに散って行くのを感じながら、かつて経験したことのない快感に酔いしれて意識のうすれを自覚したのであった。

現在C子と私との愛の生活はすこしのゆるみもなく続いている。私はある晴れた日の午後彼女に連れられてつくばいの根元まで散歩を試みたことさえある。私にとってはむしろ新婚旅行と云ったほうがいいかも知れぬほどの遠出であったが、このあいだじゅう彼女は才槌状の硬い額をつかってまるで乳母車を押すように私の胴を押し進めたり、尻尾で優しく私を打って転がしたり、やわらかな腹に私を乗せては持ちあげて、放り出すようなふうに水中を泳がせつつ前進させてくれたりしたのであった。

やがて私たちは睡蓮鉢と頭上はるかの水面にひろがる睡蓮の葉陰に覆われた暗所に入り、彼女の鼻におされて泥深い池底を過ぎ、半透明の光に揺らぐ水底を転がって、とうとう目的地のつくばいの脚下に行きついた。ただ遠望し憧れるにすぎなかった存在を目前に見る歓喜は云うべき言葉もなかったのである。私はC子と身を寄せあってその硬くざらついた鉄錆色の岩面に触れ、額の上方に眩しく輝きながら細かく震えている水の膜を眺めた。岩壁に沿って絶えまなく落ちては池にとけこんでくる酸素に満ちた冷水が、旅に痛んだ皮膚の擦り傷を癒すように思われた。

「僕らもこんなところに新居を構えることができたらなあ」

と私は嘆息した。

「そうね、そうね」C子はさも痛まし気に私を眺め「それでもここはわたしたち金魚の溜り場になっているんだから――まさかここでねえ」

そう云いながら笑をふくんだ表情で私の眼を直視した。そしてそのまま身体を浮かすと倒立して私の腹の空洞に頭を入れこみ、いつものように全身をくねらせて私を刺戟しはじめた。私の内部の厚い皮膚が反応しエロチックに膨れてC子をくるみこむように律動しだした。

「子供を生め。子供をつくろう」

と私は叫んだ。C子がそれに和して叫んだ。
「山川草木悉皆成仏《さんせんそうもくしつかいじょうぶつ》、山川草木悉皆成仏」

私は主人から朝鮮生まれの柿の蔕《へた》と呼ばれている抹茶茶碗で、十数年まえ京都の万山という陶工の手でつくられたものである。彼は私を窯から出すと、焼け工合を仔細に検分したのち庭隅の枯木をどけたあとの穴に埋めた。そして私は二年間地虫や蚯蚓《みみず》に舐められたのち、一年間漬物入れとして台所で使用され、なお一年間を工房の轆轤《ろくろ》台の後ろの棚に、無造作に、しかし参考品として意味あり気に乗せられていた。そしてある日、自称陶器気違いの主人の眼にとまり、買いとられてこの池底に放りこまれたものである。
「おや、珍しいものがある。こりゃあ柿の蔕じゃありませんか」
とそのとき主人が云うと陶工は
「さあてねえ。それにしちゃあ肌がちと粗すぎやあしませんか。ほかにも怪しいふしがあっちこっちにあると思いますがねエ。なにしろ出どこがわからないんで、私も半信半疑といったところで手元においてあるのです」
と如何にも気のなさそうな刺戟的返事をした。主人もとぼけて
「じゃあ研究してみましょう」

と三千円つかませて持ち帰り、手伝いのパートタイマーの女に
「今日は掘出しもんをしてきたぞ」
と告げてから
「修業して真物に生まれかわれ」
と呟いて私を水に沈めたのである。ここは金魚や鯉がまわりを泳ぎまわって少々やかましいが、まずは気楽で、景色もわるくない。一等地でもないけれど四等地でもない。ねぐらとしてはもってこいだと云ってもいい。
きのうは二時間ばかりの暇をみて浜名湖を一周してきた。私も五年ほどまえまでは新幹線なみのスピードを持っていたのだが、どうした加減かこのごろ体力が衰えてひどく疲れるようになった。頭の働きも鈍麻したらしく、水源近くの地下で網の目みたいに分枝している暗黒の水脈に入りこむと、道に迷って幹線道路に出そこなったすえ逆戻りしたりするようにもなった。
それできのうは、池の出口の下水管を伝わって新川に入り、そこで再び下水道づたいにいったん佐鳴《さなる》湖に出てから反対側の昔の運河をのぼって浜名湖に入った。入ってみると私のねぐらなみの臭さで、楽しみにしてきた銭湯がわりになど到底ならないので失望した。鯔《ぼら》やキスなんかは季節で相当集まっていたけれど、蝦蟹《えびかに》の類などになるともうさっぱりした顔をしているやつなんか一匹も見あたらなかった。途中で、養鰻池から流れてきた半腐れの鰻の死骸十匹ばか

りと行きあったが、なかの一匹が
「おれの今度の生まれかわりは熊切村の杉の木だとお釈迦さんに云い渡されたから楽しみにしてるんだけれど、その後の手続きなんかどうなってるのかなあ。こうしているところを鳶にでもさらわれて山へ運んでもらって、それから水になって地面に浸みて根から吸いこまれるという寸法になるのかなあ」
とぼやいていた。念のために一周したが馬鹿らしくなって戻ってきた。それで帰りは、今切から遠州灘に出てひと息ついて身体を清め、天竜川馬込川とのぼってもとの新川から地下を帰ってきたのである。天竜の河口では旧知の大鰻に出会って、ちょっと彼の穴倉に寄って雑談してきた。去年の冬からときどき浜名湖まで行くと云うので「おめえもいよいよ呆けてきて生きのいい小魚は手に合わなくなったとみえるなあ」と冷かすと
「こっちは生きるために行くんだ」
と云って嫌な顔をした。
彼とは以前冬の天竜中流の淵でよく駄弁《だべ》った。そこには、まるで生簀みたいに無数の鰻が一個所にとぐろを巻いて集まっていた。二メートルちかい、鰻だか何だかわからないように肥って、腹の黄色くなったのもいた。秋になって弱った鮎が落ちてくるのを待ちかまえていて、かぶりついて食うのだ。この鰻はだんだん身体が効かなくなって、仲間から誘われて河口に移っ

てきたのである。河口には、そこまでたどりついたが海に出ることなく年を越し、また春になると川上にのぼってゆく鮎が住みついている。そういう弱ったやつを食うためだ。

「それならいいじゃないか」

「鮎が減ったんだ。だから去年から水母《くらげ》になったんだ。うまくも何ともねえ」

彼は吐き出すように云った。近くの海岸に原子力発電所ができたので、放出される大量の冷却水の温みで何十万とも知れぬ水母が発生し増殖して押し寄せる。その一部が逆流する潮にのって湖に入り、寒さで凍《こご》えて、浅い岸辺の水底に半分死んで沈んでいる。半透明の寒天のようにかたまりかけた傘の縁を底のゴロタ石にひっかけて、傾むいたままじっとしている。昼になって陽が深く射しこむと少しは動くやつもある。ごくたまには、弾力を恢復したやつが水面に浮かんで、ゆっくりと傘を開き、それから力を入れて素早く後方に閉じるようにしながら、のろのろと泳いでいたりする。そういうのを狙って食うのである。

「楽でいいじゃあねエか。味はやっぱり煮こごりに似てるか」

「まあ例えて云えばすきとおった消しゴムと云ったところかな。とても食えたもんじゃあねエ」

とまた嫌な顔をしてそっぽを向いた。

その夜私は池にもどって、グイ呑みや備前や丹波の寝姿を眺めながらもの思いにふけった。私は偽物として生まれ偽物として育ってきたこの十五年を楽しく思いかえしていた。おかげで私は円盤状物体となって走りまわる能力も得た。いつかの夜、主人が酒に酔払って客の坊主にカランでいる大声を耳にして、ほぼ安心立命の境地にも達することができた。こんなことを云っていた。「あんたはさっきのお経じゃ山川草木悉皆成仏とか云ってたけれど、いつもの説教じゃあ悪人は馬や虫ケラに生まれかわるし善人は贅沢しほうだいの金持ちに生まれかわると云ってるな。それやあ随分ひとを馬鹿にした話じゃあないかね。本当は輪廻の順番には善いも悪いもないんだろう。そんな心掛けとは関係なしに万物は流転する、おまえも来世は石コロになるかも知れんし泥水になるかもしれんからよく覚えとけ、生物も死物も悉皆成仏だというのが、お釈迦さまの本音だろう。あんたの説教は紙芝居だよ」

私は億山のところに出入りするイカモノ師や商売人をいやというほど見てきた。地底の世間を渡りあるいて魚や虫のこすからさを五万と経験した。私は偽物だから、何時でも彼等に全面的に同感した。もちろん主人も尊敬している。

「あの人はもうすこし智慧《ちえ》がつけばものになる人だ。私の同類にもなれる人だ」と私は思った。そして「そうだ四、五日身体を休めたらあいつのところへ行ってみよう、会うのは五年ぶりだな」と私は思った。

天竜を上って伊那盆地に入ったところで峯川にそれ、高遠から三千メートルの仙丈岳の麓までつめ、そこからは沢と滝、そして細かく分枝する伏水の脈をたどって地底を白根山地蔵岳と順に山の腰をまわった。そしてやっと釜無川の支流に出て太陽を拝んだ。五年まえ、赤石岳から大井川の上流に出ようとして潜行した地下道で逆の方角にそれ、迷いに迷ったあげくこの釜無川に出てしまったことがある。ままよと思ってでたらめの伏水に突っこんだところ、おそろしく深い池の底に穴が開いていていて、冷たい淵に吐き出された。それが今度の目的にしてきた阿《あ》闍梨《じやり》ケ池で、私はそこではじめてあいつに出会ったのであった。

蛇体の阿闍梨は淵の奥の岩屋のまた奥にとぐろを巻いて、金色に光る眼でこっちをうかがうように見ていた。私は途中の山で用意してきた蝦蟇《がま》の皮剝《かわむ》きを彼の鼻先きにぶらさげて

「御無沙汰しました。私です。滓見です」

と挨拶した。これは先度の帰りぎわに阿闍梨が勝手につけてくれた名前であるが、彼は忘れたとみえて、なお警戒の目つきを解かず、じっとして動かなかった。

「私です。滓見。偽茶碗」

「なあんだ」と彼は息をついた。「おどかしやがる」私の手元をのぞいて「まあそこらへ坐れ。うまそうなものを持ってきたな」

と云った。手元といっても私は茶碗だから、蝦蟇は私の身体のまわりに皮を剝かれた桃色の四本の手脚をだらりと垂れて乗っている。彼は厳《いかつ》い首をのばして素早く蝦蟇の脚を口に引っかけ、後ろの岩棚に叮嚀《ていねい》に安置した。

「このごろじゃあ、この辺の百姓も余り餅米はつくらんとみえて、毎年のこわ飯の分量が減るばかりだ。やっぱり政府の方針で休耕田がふえたせいかな」

年一回の秋の祭りになると部落の青年が小舟を出してこの淵に十櫃《ひつ》あまりの赤飯を沈める。翌朝浮きあがる空の櫃の数で水神の御機嫌の善し悪しを占うということになっている。大蛇は年に一度それを食えばそれでいいのである。しかしこの大蛇は実は偽物だから始終腹をへらしているのである。

弥勒《みろく》は釈尊滅死五十六億七千万年のちに兜率天《とそつてん》から下りてきて、釈尊救いもれの衆生《しゆじよう》のために説法をする。これは誰でも知っている。そこで鎌倉時代の修験道の院敷尊者という高徳の阿闍梨が、このありがたい説法を聞きたさに身をこの池に投じて大蛇となって永世を策した。

――ところがそれから七百年を経た日本敗戦の一年ばかりまえの秋のこと、食料めあての疎開先きで野菜泥棒をやって追い出された挙句乞食となってここまで迷いこんできた黙次という男が、人間の姿に帰ってうっかり池の端を散歩していた院敷を撲殺して大蛇になりかわり、その権利を奪って住みついてしまったのである。もともと水利水害の支配者でもない院敷尊者自体が偽物であったのである。空巣の池におさまったうえ、云ってみれば水神気取りで百姓から食料を欺しとっておいて自分だけ極楽詣りをしようという悪人だったのだ。だから、むしろ旱魃《かんばつ》の苦を知っている疎開崩れの現阿闍梨のほうが適格と云った方がいいくらいのものだ。部落民も、放生《ほうじょう》した鯉や鮒が年々減って行く理由について首をかしげないほうがいい。それは弥勒の説教を聞く気もない二代目黙次が赤飯の足しまえとして取って食ってるのだから。

私の訪問の目的は、だからはっきりしている。機嫌をとりながら彼の経歴を匂わせて脅迫し、人間にも大蛇にも、木にも草にも、土にも水にも、万有に変身する方法を吐き出させることにある。つまり輪廻の相を一身に体現して、万有すべてが偽物であるということを証明してみせたいのである。そしてそれをぼつぼつと、易しく噛みくだいて私の大好きな主人に教え、処世の助けともしてやりたいと願っているのである。勿論本音はその奥にある。私だって変身によって弥勒下向まで生きのびて成仏永世したいのだ。出羽の三山にはミイラになって待ってる連中が埋まっているそうだが、そんな野暮は御免だし、さりとてこのまま汚い泥のなかに浸って五十億年も我慢していられるものか。うまく行ったら偽阿闍梨黙次にとってかわって三代目となり、手近い魚をたらふく食いながら弥勒さんを待つくらいの腹づもりはしているのである。

蝦蟇の皮剝きが思いのほかに彼の気にいったのは満足であった。偽阿闍梨が話の合間に何度となく後ろをふりかえっては食い気をこらえていることは私の眼にも明らかに見てとれた。

「阿闍梨さんよ。あんたが院敷さんを殺したときの様子をくわしく聞かせてくれませんかね」

「まだ早い。まだ早い」

「そんなことを云ったって、あんたも何時まで生きているというわけでもあるまいに」

「おれはまだ五十六億五千万年は生きてるんじゃあないのかねえ」

「冗談云っちゃあこまりますよ。自分で知ってる癖に」

「そんなことくらいちゃんと心得てるよ。お経は読めんが」

「それならなおのこと阿漕《あこぎ》を云わずにさ」

「そのうちぼつぼつとな。――まだ早い、まだ早い」

「仕方がない。皮剝きでも持ってせっせと通いますかね」

「それがいい、それがいい」

私は脈があると見当がついたから、その日は穏かに話しを変えて引きあげた。今度は五年まえの道を通って釜無川、富士川と流れに乗って下り、駿河湾から御前崎の鼻をまわって遠州灘に出て、呑気に水面をすべりながらわが家に向かったのである。

私が最後の下水管を伝わって池の底に出たとき、水中では奇妙なことが起こっていた。無数の灰白色の微塵子《みじんこ》のような物体が池じゅうに散乱し、そのひと粒ひと粒が、おりから中天に達した青い十五夜の光を浴びて暗黒のなかにチカチカと浮游しているのであった。それらが明かに生きものであるということは、運動の方角がまちまちで、あるものはほとんど静止に近い状態でわずかずつ移動しているのに、あるものは直線的に素早く走っていることから容易に判断されたのであった。

しかし眼を凝《こ》らしてくわしく観察すると、彼等は何という奇妙でグロテスクな形をしていたことか、それに気がついたとき私は一種異様な嫌悪感に襲われたのである。それは全体としてはぶわぶわと丸まっちくて、しかしリューマチで変形してつるつるに光り膨れた人間の指の関節のようでもあり、偽足をのばしたアミーバのようでもあり、畸形を呈した猿の腰掛けのようでもあった。そして彼等は一様に身体の周囲に薄い半透明のビラビラの殻を被って、それをそよがせるように動かしながら浮いたり沈んだりしているのであった。

睡蓮の鉢の平たい葉の間から泥溝蛙が頭を出し、眼を閉じて眠っていた。水中のつくばいの脚もとや、苔の生えたコンクリートの岸の隅に、田螺と魚たちが死んだように身を潜めて凝っと沈んで眠っていた。微塵子は隙間なく彼等を囲繞《いにょう》して浮游し池を満たしていた――そして備前と丹波が沈んでいる穴のあたりから、私の耳に「見ろ、見ろ、みんな動いてるぞ、あんなに動いてるぞ」というグイ呑みの圧しつぶしたような呻き声が、低くこもってとどいてきた。私は縛られたように凝っと身体を固くして壁にはりついていた。微塵子の群は私をとり囲み、かすかに私の全身に触れてはまた離れて浮游して行った。――やがてしばらくすると、グイ呑みの呻きは徐々に歓喜に満ちた高い叫びに変わって行った。

「万物流転生滅同根。万物流転生滅同根」

「ああっ、ああっ」

と私は思った。それがグイ呑みとC子との間に生まれた仔たちであることを私はさとった。あの穴の底で、C子は彼の胴腹に身体を巻きつけて、生物と死物との結合の成果を懸命に噴出しつづけているにちがいないのであった。恋愛の勝利を誇示し愛する恋人を鼓舞激励する彼の必死の呻き声は、また私の信念の正しさを証明してくれる雄叫びのようにも思われた。「何という未来の明るさ」と私は思った。

——突然「スポン、プクプクプク」というかすかな物音がそこから伝わってきた。ちょっと間をおいて再び

「万物流転生滅同根」

というグイ呑みのだみ声が響き、続いて突き刺すようにそれに和するC子の歓声が私の耳を打った。

「山川草木悉皆成仏、　山川草木悉皆成仏」

私も和した。

「万物流転生滅同根、　山川草木悉皆成仏。万物流転生滅同根、　山川草木悉皆成仏」。

地中のすべては深い眠りのなかにあった。私は暗い水のなかにかすかにきらめく微塵子の層を通して夜の闇を見上げた。すると闇の奥の更に高い空中から「不生不滅、不滅不増　万物空無」という轟《とどろ》くような威嚇《いかく》の声が私を打ちひしぐように響いてきた。そして次の瞬間、何とい

う不思議、私の身体は急に軽くなり、ふわふわと上昇をはじめたと思うとそのまま水面を切って池のはたにピチャリと投げだされたのであった。そして熟柿さながらに軟化して潰れた私の遺体から黄色っぽい手脚がゆっくりと伸びひろがり、頭らしいものが生え、私は人間に変じて立ちあがると上から池を見下ろしていたのであった。

「滓見だ、滓見だ」

と私は叫んだ。するとそれに答えるように偽阿闍梨のおごそかな声が地底を伝わり池の水を潜って響いてきた。

「蝦蟇を持ってこい、皮剝きを持ってこい」

私は池底の最古参者、丹波焼き、空飛ぶ円盤、直径約二十センチの丼鉢で、本名は滓見白である。

十六年ほどまえ、近くの古道具屋の店先きから散歩帰りの主人に拾われてきてそのままここに放りこまれてしまったが、イカモノであることは主人の判定どおりである。何故かというに、(自分の生まれを何時どこと云ってくわしく知っているわけではないけれど)とにかく丹波出来ではなくて中国出来なことだけは確かだからである。もの心ついた時分にはもう巡礼僧サイケンの内懐《うちぶところ》におさまって内蒙《ないもう》の包頭あたりをうろつき廻っていたということもはっきり記憶しているし、そして最後の最後にはチベット、ブータン、シッキム三国の結び目に聳《そび》えている標高六千七百メートルのザリーラ峠の頂上でこのサイケンの懐から同じくラマ僧に化けた日本密偵の手に渡り、続いて敗戦後内地に引きあげてきた彼のリュックの底から仲間のガラクタといっしょに古道具屋の棚へいったん移動したのち、主人の億山に買いとられてこの池の住人となったというなりゆきまで、それこそ昨日のことのように私の頭に刻みつけられているからである。だが、とにかくこの家の門をくぐったなり玄関までも行かぬうちに水の底に投げこまれたところを見ると、彼が私の素性をはじめから怪しいと睨んでいたことは確かで、この辺は天晴《あっぱ》れ眼力と恐れ入ってもいいであろう。ただ陶器の世界には「わからんものは丹波としておけ」という格言もあるくらいで、私みたいに垢にまみれてバタ脂の浸みこんだ得体の知れぬ顔つきをしていればハナからただの丹波で通せば通るに決まっているのに、そのうえ手を加えようとは。しかしまあ、そんなことはどうでもいいとしなければならぬ。なにしろこの十六年間の彼のやり方を観察していると、彼はあらゆるものを疑って安心すると同時に、あらゆるものは泥のなかに浸けておけば真物に生まれかわると信じているように見えるからだ。そして私はおお根のところでは彼に同感してもいるのだから。

——グイ呑みと出目金C子との合の子騒動も終って秋に入り、池中のあたり十方も静かになった。水が冷えると天然自然に朦朧狂熱もさめた。あれから十日もせぬうちに微塵子同様の化物のおおかたは鮒鯉の餌じきとなり、睡蓮の葉裏にはりついて生きのびていた残りの連中も身内の金魚仲間につつき出され飲みこまれて消え失せてしまった。おかげで水も澄んだ。グイ呑みはもとの穴の泥に埋まって動かず、C子は愛児殺しの一族の行列にまじって艶っぽい尻尾をくにゃくにゃと振りながら四囲を游泳して倦《あ》きる様子もない。柿の蔕はあの事件の当座はまったく異様な昂揚状態に陥ってグイ呑みの腹に茶碗の縁をすりつけすりつけ
「おまえたち二人の実行したことは宇宙の未来に光明を点ずる壮挙であった。おまえたちは巧まずして転生哲理の証明者となったのだ。よくやってくれた。よくやってくれた」
などとほざいていたが、肝心の証拠物件が消えうせてしまうとケロリとなって
「なあんだ手めえのそのざまは。そういう了見だから何時までたってもうだつがあがらず泥かぶりの汚らしい贋物のまんまでゴネてしまうのだ」
と悪たれていた。そのくせ悪たれながらもいやに御機嫌で、秋風のたちはじめたこのごろになると夜昼かまわず頻繁に池から姿を消すようになったのは一体なんのせいであろう。
彼が滓見を詐称し、蟇の皮剝きを囮りにとうとう大蛇殺しの元乞食偽阿闍梨の黙次をたぶらかして人間変身術をわがものとし、時には水脈を潜り時にはジーパン姿のあんちゃんに身をやつしてその辺のバーなんかに出没しているということくらい、私にとっては先刻承知のことで兎や角いうほどのことではないし、まず功名手柄であったと褒めてもいい。しかし図にのった

彼が茶碗と人間、無生有生《むしょううしょう》のあいだをちょくちょく往復してみたり、グイ呑みC子の壮挙に感激してみたりした挙句に、一段進んでこの偽阿闍梨黙次の旧悪に倣ってこれを撲殺して偽倍増の阿闍梨となりすまし、黙次にとってかわって不滅の永生をわがものにしようとたくらんでいるらしいことは、どうにも許す気にはなれないのである。ましてやこの家の主人に智慧をかして御恩の万分の一でも返すつもりだなどと尤《もつと》もらしいことをほざくに至っては、むしろちゃんちゃら可笑しいと云わねばならない。何故なら、彼の内心の奥の奥にひそむ野心を私はうすうす感づいているからであって、本当を云えば彼は五十六億七千万年後の弥勒の出現なんてことをこれっぽっちも信じてやしないのだ。第一あいつが黙次のところに持って行く蟇の皮剝きだって、実は半分は地鼠の皮剝きなのである。あいつは不滅の大蛇に身を変え、お釈迦さんをだまくらかして五十六億七千万年が来ないうちに自分の手で宇宙輪廻の輪を廻わそうとたくらんでいる大泥棒なのである——私がちゃんちゃら可笑しいと云うのはこのことだ。永生だろうと不滅だろうと、一個所に止まってどうなるものか。笑止というも愚だ。

つまりこういう目先きの慾ばっかり追いかけている地潜り専門屋の視界は知れているということである。私みたいに生まれて育つ時分から千古の秘境を往来し、天空を自由に駆けめぐる術まで獲得した苦労者から見れば、柿の蔕は柿の蔕、どう成りあがったって所詮はただの茶碗でしかないという次第。もちろん私だって生まれは同様土だから、彼に対して些《いささか》の同情もないというわけではない。彼は最近しきりに二階の主人の部屋に出入りし、私の姓を詐称して渡世の真髄とやらを吹きこんでいるらしい。私の耳に届いてくるかぎりでは、条々をもれ聞けばもれ聞くほど深味もあり学問的でもあって、あれほどの濃い中身を持った人世哲理は、まず滅多に聞けるものでもないであろう。しかし喋舌るあいつの心掛けがこんな有様では、肝心の真理もへったくれもあったものではない。というのが私の意見なのである。

池のすぐ近くまで腕をのばしたユーカリの大木が、秋の透明な光のなかで、ゆっくりゆっくり身体を揺すっている。夏の終わりの台風で折れた二、三本の太い枝が、赤く枯れたまま幹の途中に逆さまにぶらさがっている。赤味を帯びた軟い新葉が隙間なくふきだし、梢のひとつひとつの先端にタンポポさながらの丸い花がぼってりと群がりついて、白い綿毛のような雄蕊を不断にこぼしている。まだ蜂は寄ってこないが、朝ごとに数羽の鵯《ひよどり》がやってきて飛び交いながらけたたましく啼きしきり、いっときするとまた街家の屋根をこえて消え去るのである。

昨日の午後は、底の抜けたような秋空の青さに誘われて伊豆から富士山のあたりをゆっくりとひと廻りして来た。まず遠州灘に出て御前崎灯台の沖をかすめ、そのまま駿河湾を横断して戸田のうしろ山に尻を据えたが、風は思いのほかに強く吹いていた。右手から突出した丘と左手から伸びている御浜崎の松原に抱かれた部分は何時もながらの深い紺碧に輝いていたが、港外の遥か彼方では浪が白くこまかく斑状に騒いでいた。せまい湾いっぱいに降りそそぐ強い陽射しのなかで、二十隻ばかりの無人の船が、まばらに間隔をとって絶えず頭を上下させたり艫《とも》を左右に振ってゆっくり向きを変えたりしながら浮いていた。この分だと夕方から雲が出そうだなと思った。達磨山の頂上まで浮上して眺めると、沖合いの黒ずんで見えるような深みのあたりに漁船が集まって高足蟹の網をあげていたので、これも学問だと思って近づいた。たしか半月ほど前から解禁になっているはずであった。強い水圧を一挙に奪われ、一節三十センチもある長い脚をぶざまに引っかけて次々とあがってくる半死の彼等の姿は哀れを誘った。あの硬い鎧の内側につまっているのは、水っぽくゆるんだ、みてくれだけの肉でしかないのである。

海上が思いのほかの荒吹きで風圧の変化がひどく、高度を千メートルにあげると身体が揉まれたすえにでんぐり返しをうって墜落しそうになるので、大瀬崎に沿って陸路を迂回して帰路についた。予定の富士山頂はやめると決めて江ノ浦のうえを低く飛んで北上した。実をいうと、私の身体はもともと粘りの弱い土でできているうえに、最初の焼き締めの火度が七、八百度であまり高くなかったので、飛行の術を授かった今でもまだ少々脆《もろ》いという嫌いがないでもないのである。もとが食器だから殊更《ことさら》に部厚く野暮ったくこしらえられているのだろうが、そのための重さと丼型の深い内刳《うちぐ》りのせいで風圧に弱く、せっかく獲得した全身の伸縮弾力性も、胴から生えた五本の方向変化用蛸足も、とかく練習不足のためにナマってきて、こういう急な場合に出くわすとやや難儀するのである。急な風向きの変化を腹に受けて慌てると、とかく失速しがちにもなるのである。

しかし江ノ浦の入江はあいかわらず美しかった。静かでもあった。ここまで入りこむと風は凪いで波のうねりも低く幅広となり、秋の光がすこし膨れたように緩んで海面を撫でていた。私は急に感傷的になって「おれはもともとはこういうところが好きなのだ」と思った。ニセモノでも何でもいいから、このままこの深い海の底に潜ってしまいたかった。ただ主人の手で今のところに放りこまれて以来、おれが本来の姿で帰って行ける場所は三千世界になくなってしまったのだから、ああして腐った金魚の糞だらけの泥をかぶって転がっているだけなのだと思った。落ちつけるところなんかどこにもありはしないのだ。

――だがまあ、そんなくだらない感傷は擦りきずをふさぐ瘡蓋《かさぶた》みたいなもので、掻くと気持ちがいいというに過ぎない。とにかく私は、何時かはしらんが、自動的に池の底から跳ね飛ぶかも知れんし、また他動的に真物となって主人の手から博物館の学者の手にわたり、丹波丼鉢となってケースのなかに納まるかも知れないのだ。まずそれまでは生臭い泥を吸いこんでいる他ないのである。その時は何時来る。そのための策略は何。

あるとき風で舞いこんできて池に浮いた紙屑を裏から見あげると、サヴォナローラという坊さんの話が印刷されていた。この坊さんが「人間の一生はすべて如何に良き死に方をするかということのために存在する」と説教したら、法王が「拙者は『生きた犬は死んだ獅子に勝る』という古いユダヤ人の言葉の方が気に入っている」と評したと。あれが感傷、これが真理である。

富士に近づくとまた風が強く当たって身体が揉まれはじめたので、国道一号線の上空を愛鷹《あしたか》山《やま》の南に沿って西へ飛んで行った。ちぎれた雲が、尾根と谷の凸凹に従って影を落としながら走っていた。

愛鷹は富士山のせいでいやに低く見え、何となくつけ足しのようで世間からは粗略にあつかわれているけれど、実はいく重にもかさなっていて、馬鹿にして登ったやつはきっと殺される。何に殺されるかというと、この連山のほぼ真中あたりに露出している鬼の歯に噛み殺されるのである。かさなりあった前山の切れめから一段さがった奥に、生ま焼けみたいな熔岩の肌が荒荒しくむき出しているところがある。ふだんは暗ぼったく沈んでいるが、時間のかげんでここに陽があたると、鋸状にギザついた稜線と乱杭歯のように深く刻まれた赤銅色の山肌が突然あらわれて人を脅かすのである。まずこんな禿げちょろけた衝立のようでいて、そのくせ現世的でおっかないものは、私の第二の故郷とも云うべきチベットにもないと云っていいだろう。

チベットと云えば、この数日来、池の斜めうえの二階にある主人億山の書斎から、しきりに素っとんきょうな笛の音が聞こえてきて私の郷愁をさそってやまないのである。音律も強弱も何もない、ただ子供が力いっぱい竹の筒に息をふきこんでいるような、短くて甲高い、のっぺらぼうな音だけれど、耳を澄ませて聞き入っているうちに自分の来し方行く末を想いが馳せめぐって、嬉しいような悲しいような、身をむしられるような愁《うれ》いに胸を襲われるのだ。「帰れ帰れ」とそそのかされるようで居ても立ってもいられない、しゃにむに身体がひき寄せられて何が何だかわからないような心境になってくるのである。

私はそれが人間の大腿骨で作られたチベット、ネパール地方の笛からもれ出ていることをよく知っているのだ。長さ三十センチ前後、骨だから丸いと云っても、一部は馬の背のような稜になっているから、切口は三角だとも云える。息を入れる方はもちろん竹筒状だが、息の出る方は骨盤への附着部だから二股に分かれていて、つまり玉を含んだ睾丸みたいな恰好に左右に分かれていて、穴もそこで二た手になって外へ出ている。そして同じ例えで云うと、ここのところを褌を掛けたような具合にヤクの皮や真鍮板でくるんで装飾したのもある。吹き口を銅線で巻いたのもある。新しいのは白っぽくて表面がざらついているが、じきに黄色味が出て滑らかに、笛らしくなる。こんな下手物《げてもの》を主人がどこの古道具屋から捜し出してきたかは知らぬが、ネパールあたりの奥地へ行くと祭りのときなんかにはさかんに鳴らしている。サルナートの大きなラマ廟の聖人様の年忌に行きあったときなど、塀のうえや三階建ての本堂の軒のぐるりにともされた無数のバター脂の赤い灯明の下に集まった群衆が、ブージャン、ブージャンと耳を聾するラマ僧たちの騒音を尚更ひっかきまわすように、滅多やたらにこの骨笛を吹き鳴らしていた。なにしろ息をため、頬を丸く膨らまして力いっぱい、ただプープープープーと吹くだけだから、野蛮で喧しいことはこのうえなしだ。ひとによると材料の骨は処女のそれに限られると云ってるものもあるらしいが、とんでもない話で、私の出会ったかぎり、まるきりそんな区別はなかった。若い娘なら骨も柔くて音もよかろうといったところだろう。第一あの辺では十四、五になれば男を知ると決まったくらいのもので、処女なんている道理はないのである。

私の見たところでは、大腿骨は葬式の三、四日あとになって死骸からはずしてくることになっていた。このへんの一部始終は、私が現場にたちあったのだから間違いはない。前後三回ばかりは実見したはずだ。

はじめて見た場所は青海のドンクルにちかいタングート族の遊牧地帯で、葬式の主は天幕部落の婆さんであった。婆さんと云っても、齢は四十くらいのものだから主婦というべきかも知れぬが、病気は背中のまんなかにテラテラに光って盛りあがったパパイヤ大の癰《はれもの》で、三日ばかりのあいだ夜昼なしに苦しんだあげくに息を引きとった。ちょうど運悪く、私の主人サイケン・ラマのまぎれこんでいた隊商がそこから半日行程の草場に羊とヤクと駱駝を放して幕営《ばくえい》したものだから、主人ひとりが病気平癒の祈禱を乞われて居残っていたのである。

タングートは靴のなかまでさぐると云われるくらいの強慾な掠奪《りやくだつ》部族で、私たちの天幕にやってきて茶を飲んだりするのも獲物の種類や多寡や鉄砲の数をさぐり出すためとわかっていたから、隊長はこのときも彼等が挨拶にやってくるや否や先ず交易用のソーダ一袋とタール大寺の縫針を十本ばかり土産にさし出して機嫌をとったのであった。この縫針は、本当は蘭州方面でつくられる遊牧民特有の針であるが、オーランダバー峠を下った黄土の禿山の傾斜にそってひろがっているタール大寺の名物になっているからその名をかぶされているわけで、つまり遊牧民は、服にせよ靴にせよ、自家製の羊の皮を自家製の太い毛糸で縫ってこしらえねばならんから、こういう、日本で云えば長さは畳針大、糸穴はマッチの頭大という特製の針が必要視されているという次第で、一本が相当量のバターや肉と交易できるくらいに珍重されているのである。

というようなわけで、彼等は縫針をもらっていったんは眼を輝かせた。しかし、間もなく隊商のなかにラマが混っていることがわかると急に様子が変わり、ソーダも針も隊長にかえして叮嚀に礼を云ったあげく、主人ラマには病気退散の祈禱をしてもらいたいと懇願しはじめたのである。こうなればしめたものだから、隊長は得たりや応と、人夫としては半人前の働きもない主人を引きわたして掠奪の難を逃れ、翌朝早々には天幕をたたんで西に去ってしまったのであった。

私がいやいや顔をしながら持ち物をかついでたちあがる主人の懐におさまってタングートの天幕に入って行くと、獣糞の焚火《たきび》に蒸されたような、鼠の腐れかけに鼻をおっつけたような、何ともかともたとえようのない臭気がむんむんとたちこめていた。病人の婆さんは背なかに盛りあがった腫物と瘦せさらばえた黒い手足をむき出しにして、俯《うつぶ》せに寝てうなっていた。主人が鄭重《ていちょう》な見舞をのべると、身体の左右に鉄砲を二、三挺たてかけて胡坐をかいていた天幕の頭爺が機嫌よく笑って挨拶をかえし、ハタクに銀貨一枚を添えて主人の前にさし出した。ハタクというのは絹のハンカチか手拭か風呂敷みたいなもので、挨拶の徴しとして必ず相手の眼のまえに広げることになっているのである。銀貨を囊中《のうちゅう》におさめると、主人はまたも礼を返したのち病人の方に向かって口中に呪文をとなえながら骰子《さいころ》を二個とり出して二回ふってから、懐中のグルムの経典を繰ってまじないの品々を決めた。それから黒砂糖とバターとチーズを出させて手ばやく水でこね合わせ、それでもって人形を十二、三個と団子を沢山こしらえて病人の枕もとにぞろぞろならべ「オム　マ　ニバトメ　ホム。オム　マ　ニバトメ　ホム」と南無阿弥陀仏を称えながら饅頭型の人形に病人の息を吹っかけさせておいて、天幕の外に投げ出して悪魔を払った。続けてありったけの人形と団子を放りだしたから、匂いを嗅ぎつけた烏と犬が寄ってきて入口附近はギャーギャー、ワンワンと大喧嘩になったのであった。こうして同じことを三日つづけると病人は息を引きとったので、主人は早速占って葬式の日と時間と方角をきめ、翌々日の朝に北方約二キロばかりの丘で風葬にしたのであった。

——人間の身体は、地、水、火、風の四つからできあがっていて、死ねば放っておいてもそのどれかに帰するわけだが、自然の風化を促進するために犬、狼、おもには禿鷹に食わせることにしているから鳥葬でもある。

家族六人と若い雇人が棒で婆さんを担いで、低い崖のうえの岩だらけの荒れた墓地に運んだ。主人がお経を読んでから衣類を脱がせて雇人に与え、皆が去って主人と伜《せがれ》だけが居残った。禿鷹はもう心得ていて、近くの岩にとまってこちらをうかがいながら歩きまわったり、滑走したりしていた。私は主人の懐から出されて、弁当といっしょに小脇の岩のうえに置かれてそれを眺めていたのである。

やがて伜が、刃渡り七十センチばかり、そのわりに巾《はば》の広い、重そうな刀を振りかぶって死骸を刻みはじめた。首、腕、脚と切りはなしておいてから、ひとつひとつを棍棒か何かで叩くようにして力まかせに根気よく刻む。腹は裂いて内臓をつかみ出す。つまり鳥が啄《ついば》み易いようなふうに根気よくやるのである。主人の方は沢庵《たくあん》石くらいの大きなゴロタ石をかかえてきて、岩を敷いた婆さんの頭の上へ何度も何度も落として頭蓋骨を砕いて、脳味噌を突つきいいように按配する。二時間近く手間をかけてやっている。この時分になると集まった禿鷹は昂奮して周囲を滑走してまわり、隙をねらっては翼を半開きにしたまま二人の間を走り抜けたりしていた。二人の服の胸から脚には肉切れや脂が撥《は》ねかえって点々とはりついていた。――ようやく作業を終えたところで飯になり、二人はパンパンと両手を打ち合わせて掌にこびりついた脂や肉片を払ってから、伜は銀鉢、主人は私の腹のなかに弁当用の麦焦し粉とバターを入れ、私のかぶった肉片脂もろとも指でよく煉《ね》り合わせてうまそうに食った。

――そしてそれから三日すると再び伜と主人とが墓場に来て大腿骨を一本はずし、石の角でまわりの筋や汚れをこそげ落として持って帰ったのである。

鳥葬に立ちあった二回目と三回目は、廟のある町での葬式だったからラマの人数も多く、この時はラマたちが太鼓を叩いたり鉦《かね》を鳴らしたりで、ドンドン、ジャンジャン、カンカンと大賑いのなかで死骸を料理した。岩のうえにしつらえられている五個ばかりの穴へ頭も胴も手足も何もかも全部入れて石でよく叩きつぶしていたが、三度目の際はなおそこへ麦焦し粉を少し加えて煉ったのち団子みたいにちぎって鳥の方へ投げてやっていた。こういうやり方だと、その場で髪の毛しか残らなくなるのである。

私は夕暮どきの二階から洩れてくる主人の単調幼稚な骨笛の音を聴くと昔のことをあれこれと思いだし、何だか自分が不可解にして不可避の強い因縁《いんねん》に導かれて動いてきたような気がして、そのことがわが身に無限の力を蓄積してきたにちがいないという自信に満ちた気分におそわれるのであるが、またあるときは、自分の存在がこのうえなく悲しく哀れでならぬといったような複雑微妙な感傷に胸を締めつけられたりもするのである。地空を隅なく駆けめぐって宇宙の万法を体得した日本の役の行者あたりに己《おの》れをなぞらえてみたり、また反対に自分が、まるで大津絵の鬼みたいに片方折れた額の角を人目に晒らし、胸にぶら下げた鉦を打ちながら懺《さん》懺悔《げ》と諸国を経巡ぐって歩くピエロかなんかのような気がしたりするのである。

――そしてこの狭苦しい池の呪縛から脱出するにせよ、永久に止まるにせよ、私はここらで、私の存在意義を確立するためにも、私の存在証明を自分で飲みこむためにも、生まれてこのかたの西域放浪と日本渡来のいきさつをたどってみたいし、それはあながち無駄でもなかろうと考えるのである。

さて、私の旧主サイケン・ラマは内蒙古《もうこ》生まれの偽坊主であった。つまりどこの廟で修業したわけでもなく、戒を受けたわけでもないという中途半端な男であった。ラマの経文はチベット語と決まっているのに、書きは勿論読みも喋舌りもまるきり駄目で、片こともなかなかおぼつかないと云ったていたらくだったのである。それというのも、もともと五歳で綏遠《すいえん》の農家に売られたのち、何かの事情で八キロばかり離れた廟に入ってもっぱら炊事場の小僧をしながら上級ラマの男色の相手をしていたという事情による。そして色気の盛んになった十七の春に、チベットへ向かう交易商人一行の駱駝引きに雇われたのを機会としてラマに化け、陰山山脈を越えて百霊廟に向かう途中にたち寄った蒙古部落のパオの近くで獣糞拾いをやらされていると き、口の大きい年上の娘に誘われて童貞を失い、そのまま隊商を抜けてひと月ばかり居ついたのがそもそもの私との主従関係のはじまりだったのである。

彼は綏遠の廟を出るについて可愛がってくれていた老ラマから涙ながらの餞別をもらったの

で、まず上等の靴を二足買った。朝起きてから寝床に入るまで瞬時も脱ぐことはないのだから修理と交互に使うのだ。それからラマ用具一式をととのえた。太鼓と骨笛とガオーと数珠と経典である。ガオーは首に下げるお守り箱だ。そのあとで金をつかんだ嬉しまぎれに革製の火打石袋と、金銀刺繡入りのダーレン（嗅煙草入れ）と、おまけに三十センチばかりの銀細工箸つきの蒙古刀まで買ったので、最後になって肝心要めの椀に使う金がなくなってしまったのである。それで銀のやつを諦めて真鍮製にしようかと思ったが、ここで多少の現金は身につけておかねばならぬと急に心が変わったので、ままよとばかりに廟の本尊に供えられた馬鹿でかい銅椀を懐に入れて出発したのであった。——一方で私のほうは、ものごころのついたこの時分には、もう牧草を追って移動する蒙古遊牧民の食器につかわれて、四六時ちゅう駱駝の背かパオの炉のかたわらに鉄鍋や薬罐《やかん》や皿や俎板《まないた》なんかといっしょに重ねられていたのである。日に何回となく、女たちの手で粟粥を盛られてはアルガリの火にあぶられているうちに、本来の赤っぽい土色はだんだん硬く焼き締まって銅色に変わったうえバター脂と手垢にまみれて古色蒼然たる黒緑のむらむらに彩られてしまったから、土か金属か、見たばかりでは判断のつかぬ相貌《そうぼう》を呈していた。まず滅多なことでは欠けも割れもせぬだけの身体にはすでになっていたというわけだ。

さて、綏遠を離れて交易商人の駱駝引きとなった彼は、齢は十七ながらラマの身分だということで客人として隊長もろともパオの正座に迎えいれられたのであったが、風習どおりに片膝立てた腰の袋から嗅煙草入れをとりだしてパオ主のそれと交換して吸いながら、天候、牧草、国境警備駐屯兵のたちのいいわるいなどのニュースを話題としてくつろいでいるうちに、主婦が煉瓦みたいな磚茶《だんちゃ》のかたまりを小斧でくだいて鉄鍋に放りこんで煮たてたお茶をお客に勧め、客が心得て各自の椀を懐から出してこれを受けるという段となった。お茶といっしょに木箱に入れた炒り栗とバターが出るからそれを茶と混ぜあわせて口に入れると、何とも云えぬ香ばしい匂いが広がって、噛めば噛むほど味が増し腹もくちくなるのである。ところがこのときサイケン・ラマがおずおずととり出した銅椀が他ならぬ仏前からの盗品で例の馬鹿でかい代物であったから、女たちこぞっての大笑いを呼んだのであった。なかにも当主の東側に坐っていた身内らしい肥ったひとりの年増娘が、いつまでもクスクスと笑い声をたてて眼の端から彼を刺戟しつづけているので、とうとう見かねた主婦が後ろに身をねじって鉄鍋のあいだに寝転がってこの様を逐一眺めていた私の口縁をつかむなり腹のなかへペッペッと唾を吐きかけ、垢だらけの袖口でちょっと拭いてから熱い茶をそそぎこんでバターと栗を添えてフェルトの床のうえに差しだしてその場を収めたという次第であった。こういう汚らしい仕草はあちらでは何も格別のことではない。主食の羊肉や団子を料ったり食ったりする合間には同じ脂手で駱駝の糞をつかんでくべるし、手鼻をかんだ指は構わず垢で黒光りの服になすりつける。服のうちそとは蚤虱《のみしらみ》の巣だからぼりぼりと間なしに引っ掻くし、そのうえ主婦ともなればこういう指にいつも六、七個の大指輪をはめこんでいるのである。

その夜は、夜じゅう狼の遠吠えと番犬たちの唸り声を聴きながら、私はパオに眠る年増娘シャンゴーの手にわたってぽっちゃりと膨れた頬に脇腹をくっつけてすごした。シャンゴーの齢は二十一、二歳か、全身くりくりと色白によく肥り、蒙古人には珍しく上下の瞼の開いた黒い大きな眼、艶々とした髪の生えぎわが額をいっそう白くきわだたせて、情の深げな悪戯っぽい表情を持った美しい女であった。(――そう云えば、私はこの池に出目金C子が放されたこの春の午後、肥った身体をプルプルと細かくくねらせながら沈んでくる彼女のエロチックな肢体を見た瞬間、はからずも三十余年まえに出会ったこの蒙古娘をありありと憶いだしてぞくりとしたのであったが)彼女は外が暗くなって食事の片付けが終わると手早く私を摑んで袖にかくし、自分のパオに帰って枕についたのであった。

さて翌朝の東天がうす明るくなると、サイケン・ラマは服を着、靴をはいて外に出て用をたした。二、三匹の番犬が尻の方に大人しく坐って、出てくる御馳走を待っている。部落のパオからは女たちの焚くアルガリの煙がゆるやかにたちのぼっている。用がすむと彼は懐から例の大銅椀を出して水を入れ、口にふくんで少しずつ両掌にこぼしながら顔をこすりつけて洗い、それから一服して前の晩に命ぜられていたアルガリを拾うために草原に出かけて行った。

空は晴れて風はなく、ゆるやかな起伏のあっちこっちに低い灌木の茂みが黄緑色に芽吹き、野兎がしきりにたわむれていた。さて、サイケンがひとしきりよく乾燥して質のいい畜糞蒐《あつ》めに熱中したのち、これでもう役目は充分とみてゆっくり小便をしていると、突然うしろの方から

「ラマ、これから行く方角に向かって小便をすると旅がうまく行かんと云うじゃあないか」

と叫ぶ女の声がしたので思わず見かえると、昨夜の失敗で見覚えのある美女シャンゴーが、ひと晩じゅう寝床で温めた脂垢だらけの丼鉢、つまり私の耳をつかんで頭上にかざして見せびらかしながら立っているのであった。たっぷりと一本に編んだ太い下げ髪を長く頭のうしろに垂らして赤いハンカチを巻きつけ、緑の蒙古服の腰に桃色の帯を締め、とっておきの縫いとり靴をはいてからかうように足ぶみをしている。その誘うような笑顔から察するに下地はすでに充分なりと見きわめたので、サイケンは久しい間の男色のお相手で妄想に妄想を重ねてきた男女合一の極楽境を眼前にひかえて、思わず武者震いをしながら彼女の近づくのを待ちかまえた。そして二人は私といっしょに灌木の茂みの陰にかくれ、そこでサイケンは一人前の男になると同時に、また私の主人公ともなったという次第であったのである。

——だが、こんな因縁話なんか今更どうでもいいような気がしてきた。それが私に何の箔をつけたわけでもないし、落としたわけでもないようだ。とにかく男色で一度ひん曲った私の主

人は、はじめて知った女の味に狂喜してパオに残るや否や、すぐさま逆にこの莫連《ばくれん》娘の飽くことを知らぬ情慾にさんざん痛めつけられて精を抜かれた末、三月ばかりしてやってきたブータン行きの隊商にようやく転げこんで、再びヤク牽きの人間となってオルドス沙漠の西を南下することとなったのであるが、これが同時に彼のインド、ネパール、シッキム、果ては青海までうろつきあるくという、五年余りの半乞食半偽ラマ生活の発端ともなったのであった。そしてこの間二年強をインドで過ごし、あるときはひとり民家の軒下に眠り、あるときは集団乞食の群にはいって二、三の都市を流浪し歩いたのであったが、まもなく仲間の細君である淫売からもらった梅毒で、全身は瘡蓋だらけ片脚は跛《びっこ》という、見るからに正真正銘の乞食坊主となり果てたのである。そしてまた、やっぱり跛になったこの時分からのことだったように記憶するのだが、彼は食事のたびに私を額から頭のあたりに持ちあげて圧しつけたり捧げたりしながら、何回となく「オム　マ　ニバトメ　ホム」と称えながら私の腹の内側を舐め清めたり、ろくに読めもせぬ経本を袋からとり出しては口のなかで長いこと誦してみたり、それからまたお布施を受ける度ごとに商売用とは思われぬ糞真面目な顔つきをして太鼓を打ち鳴らしたりするようになった。いったいぜんたい何を目論んでいるのか、梅毒が頭にまわってきたのか、それとも例のインチキで苦行僧を気取った挙句に真物のラマになりすまして銭儲けでもしようとたくらんでいるのか。とにかく五年近くも蚤と虱と垢だらけの懐に肌擦りあわせ、死人の脂から肉切れまで浴びて鳥葬にたちあってきたこの身になってみれば、好いかげん倦き倦きしてきたのであった。――もちろん、こういう有為転変の身の上が、いつのまにか反対に、彼の頭脳に万有転回万有不変、万物雁仏不増不減という宇宙の大真理を叩きこみつつあったとも推察できぬことはない。何故なら、その証拠には、彼の懐におさまって運ばれ歩くにつれて、つまり私の身体が汚らしくこびりついた羊肉の嚙み汁や脂にまみれたり、にちゃつく彼の長い舌べらにべろべろと舐められたり、垢だらけの指の腹でこねくり廻されたりしているうちに、私の胴腹のうちそとが何時からとも知れず深い深い色調を帯びはじめ、そしてそれが進行するにつれて体表は二重三重と薄層に覆われて複雑微妙な光沢を呈するようになってきたからである。何と云っても土製だから口縁のあたりに欠け損じはできたけれど、それが却って古朴寂然たる趣きを生み出し、脇腹のへんに入った二、三条の罅割《ひびわ》れは、粘りの強い垢で埋められてむしろ柔軟と品格の相を添える結果となった。なにかの折りに赭々と射す夕陽なんかを浴びたりすると、まことにわれながら身内がほてってって、その気もないのに宛先きのないような慈悲慈愛の念が湧きあがってくるのであった。

主人がスパイ山村三量に出会ったのは、流浪生活が四年目にはいった昭和二十一年初秋のことで、このころの彼は乞食の群から抜けだして煙草密輸の担ぎ屋になっていた。カルカッタ方面から入ってくる紙巻煙草を安く仕入れて背中にしょってブータンにはいり、チベットとの国境に聳える標高六千七百メートルのザリーラ峠を踏破したのち、なお二つ三つの山を越えたあたりで向こうの商人に売りさばくという仕組みであったが、苦労の多いかわりには儲けも大きい商売だったから日常の食いものも多少はおごってきたし、好きな酒にもあんまり不自由はしなくなっていた。セルロイドやガラスや陶器でこしらえた腕輪とか骰子とか云った類の安物なんかも少しはあつかった。最初はタングート族やカンパー族のラマと組んでいたのであるが、跛で脚がのろいうえに鼻の障子が梅毒で融け潰れてフガフガになったので、この時分には嫌われて孤立してしまっていた。峠の頂上にはいあがるまでには登り続けで五日ちかくかかる難行苦行だから弾き出されても文句は云えなかったのである。そのうえ例の後生願いがいやに執こく深刻になって、突っ拍子もないときに骨笛を吹いたり鉦を叩いたり、うろ憶えのお経をうなったりして仲間の睡眠を妨害するので半分は気違いあつかいにもされたのである。

——その夜は晴れあがった満月だった。チベット側から登ってきた日本青年ラマ山村三量と主人のサイケン・ラマは、賽《さい》の河原そっくりの、からからに乾いたゴロタ石を積みあげた山頂のオボの脚もとに向かいあって座を占め、私はかたわらの岩に置かれて仰向けに転がって月を眺めていた。二人は少量の干し肉とバターで食事をすませたのち、主人が竹筒につめて腰に下げてきた酒を交る交る竹の管でチューチューと吸っている。脚下にひろがる無限の雲海の彼方、沈黙の暗黒を背景にヒマラヤ連峰が、鋸の歯とも乱雑に打ち欠かれた剃刀の刃とも悪魔の牙とも、また一枚の白い垂れ幕ともつかぬ、異様な相貌を連ねて静まりかえっていた。

主人がひと口吸って落ち凹んだ鼻の奥から
「オム　マ　ニバトメ　ホム。オム　マ　ニバトメ　ホム」

と不明瞭に呟いたのち骨笛をプーと鳴らすと、山村もひと口吸って
「南無阿弥陀仏。南無阿弥陀仏」

と唱和してポンポンと太鼓を打った。そして山村が続けて観音経を誦しはじめると、主人もおぼつかない口を動かして後をつけはじめた。

やがてのことに長い読経が終わると、山村が探るような眼で主人をうかがいながら、口は穏かに話しかけた。

「和尚はチベットに巡礼とお見受けいたしますが、その御不自由なお身体でこのような険路にいどまれるとは。はてさて御奇特なことでございます」

主人は不意をつかれて「いいえ」と云いかけたが思い返し
「はい、できればと念じてやってまいりましたが、まだまだ修業が足りませんので、それと決心もつきかねるといった有様。日ごろの行いにも僧侶たるの資格を欠く次第で、まことにお恥しいことでございます」

「いや、いや、御謙遜ひとしお床しいお方とお見受けいたします。それにあちらにまいれば立

派なお寺も数ございますから、このうえの御勉強にはこと欠きますまい。——してラサに参られたのちはレボン寺、セラ寺、ガンデン寺、この三大寺のどちらに杖をお止めあそばす御予定ですか」

と質ねられて主人はますます狼狽し

「いっこうに不案内で、さようなことにも何かと迷いますばかりで——しかしいずれは不日まいりますことゆえ、うかがっておかねばならぬ心得ごとでもございますれば、これを機会に是非是非お聴かせねがいたいものでございます」

と答えると、山村は嬉し気に

「それならば無礼をかえりみず申しあげましょうが、なに、格別なこともございません。——それぞれのお寺に甲乙はありませぬが、おくにの蒙古ラマの一番多く集まっていらっしゃるのはガンデン寺ですが、ここには蒙古人ばかりの修業班というのがございまして、そこの客引きのような親方が、黙っていてもひっぱりにまいりますからわけなくはいれます。何の御心配もありませぬ」

主人は、そう云われたとて自分みたいな経も読めぬ贋物ではすぐに化けの皮が剝がれるにちがいないと思ったものの、この親切な青年僧にこういうところで出会ったのは、仏の導きかも知れんという気がしきりにして、一段と身にしみてくる寒気にもかかわらず、何とはなしに魂

を揺り動かすような勇猛心が胸の奥に湧きあがってきたから
「まことにお若いに似合わぬ御慈悲に接して、お顔がいっそう尊く感じられ、因縁の深さを覚えずにはいられません。なおこのうえのお願いには、夜どおし貴僧の御高話をうかがって修業の足しといたしたいものでございます」
と頭をさげると、山村は真剣な表情を浮かべてやや考えていたが、やがてのことに思いを定めたらしく、坐り直してキッと主人を見据えて
「それではお言葉にしたがって、思い切って貧僧の存じよりを打ち明けますが、よろしいか」
と鋭く念をおした。
「私は先刻自分の身もとを支那甘粛省生まれのラマだと申し上げましたが、これは真赤な偽りで、実は天皇陛下の命を受け青海チベットの地形政情をさぐる目的をもって潜入した日本国密偵なのであります。甘粛方面に長らく止まっていたことは事実でございますが、これもひとえにラマ僧の身分をとろうがための策略、私は昔も今も——今となってはますます仏教など信ずるどころか、霊魂などと申すものはもともとありはせぬと考えているヤクザ者なのでございます。経文をくわしく読みますれば、釈尊生前の仰せには、地獄極楽や善因善果のおさとしなど一言もありはいたしませせぬ。私は風の便りに日本国が戦争に負け天皇がイカモノの正体を現したときいて、それをこの両眼で確かめるためにこれからどうともして故国に帰り着こうと決心

してチベットを出てまいったのでございますが、さてよくよく考えてみれば、帰ったところでさし当たりどうこうしようという当ても何もないのです」

彼は急にへらへらと卑しげな笑い声をあげた。それまでの山村三量の神妙な顔つきが一変していた。

「習い覚えた鉦でも叩いて乞食でもして廻りますか。いやもう埒《らち》もない。天皇だ日本だチベットだお釈迦さんだと、本当を云えば口から出まかせ。国へ帰ったらあんた方みたいな男のうわまえをはねてひと山あてててやろうと、こうして旅を急いでいるというのが私の本心さ」

彼は脂とアルガリをこねあわせて乾かした燃料を大切そうに頭陀袋からひとつかみ摑みだして火にくべ、両掌両腕でかぶさるように身を屈めて、鼻の欠けた主人の顔を冷やかすようなぞんざいな眼つきで凝っと見あげた。

「私は河北にも河南にもいたがね」

と彼は言葉を続けた。

「あそこらあたりには、三千年もまえに殷《いん》という大帝国があったのだそうだ。ときどき薪を束ねてこういうふうに燃して天の神を呼んだと云うが、祭ったり祈ったりしたところで御利益もなければ罰も当たらないということは先刻承知していたのだそうですぜ。つまり人間には天の神なんかないし、天の神には人間なんかないことが、よくわかっていたらしい。えらいもんだ。

――しかしないものを何で呼んだのかなあ」

私は岩のうえに寝ころがって横目で山村を眺めて耳をすませながら、この男も空気が薄いせいで頭がおかしくなったかと気の毒に思った。

「殷の国の天皇は、山の方に住んでいた羌《きょう》という蛮族を狩りの獲物にしていたそうだ。虎や鹿といっしょに射殺して食用にもするが、多いときは三百くらい生けどりにしてきて犠牲《いけにえ》用に殺したそうだ。天の神とは交通不能で効力がないけれど、もひとつ下の地の神様や先祖や死人の霊には効きめがあったらしい。日本の天皇陛下にも長いこと効き目があったらしいね」

主人が、動かぬ光った眼で、じっと山村の膝のあたりをみつめていた。

「人間は美味いとみえるね。孔子も食っていた。うまいけれど自分の子供がどこかで食われると思うと辛いから今後は食うことをやめる、と論語に書いてある。玄奘三蔵が『この地には善悪なし』と云ってるところをみると、やっぱりこの辺でも近くまで赤ん坊を煮て食ってたのかなあ」

山村は精いっぱいの意地悪い表情を浮かべて、冷やかすように主人の顔を眺めていた。――しばらく口をつぐんで眼を伏せていた主人が頭をあげて

「あしたはお別れでございます。惜しいお別れでございます」

と呟くように云った。それから急に上体を立てて山村をみつめて合掌したかと思うと

「貧僧は御教訓を体して明朝チベットに下る決心をいたしました。このうえは、貧道がこの世で再び尊顔を拝することのできます時節は、五十六億七千万年のち、弥勒菩薩御説教の座においてでございましょう。まずそれまでは御壮健で」

と、頭を膝のあいだに押しこむように垂れて礼拝した。そして静かに立ちあがると改めて四方に向かってうやうやしく合掌し

「オム　マ　ニバトメ　ホム」

と称えておいて思いきり頬を膨ましてプーッと骨笛を鳴らした。山村がそれに和して鉦を打った。

——と、次の瞬間、私の身体は主人の垢だらけの大きい手に攫みあげられた。私の全身を戦慄が走った。私は石に叩きつけられて四散するのか。だが主人はそのまま私を胸にあててもう一度山村を拝すると

「滓見白と申す貧僧の姓名をこの弁鉢に与え、これより後は貧僧になり替って幾久しく貴僧にお仕えいたさせることと致します。貴僧のお供として日本国に渡り、何用たりとも即時即刻に足すことができますよう、この卑しい召使に人間変身術と飛行の力を授けますので何卒御一見下さいますよう。それ飛べッ」

絶叫とともに私の身体が宙に放りあげられた。そして空中にはなたれた私は、風を切って滑

かに回転しつつ遥かの高みに浮かびあがって走りはじめたのであった。

「痛快、痛快」

正面の彼方にカンチェンジュンガ、西に連なってナンガパルバット、ダウラギリ、傾きかける満月を浴びた八千メートル級の聖なるヒマラヤの山々は、今や白く凝結してわが足下に沈もうとしていた。私は右に左に尻を振って舵をとりながら、ふわりふわりと漂流しつつ、この地の涯を区切ってそそり立つ世界の屋根に向かっておもむろに近づいて行くのであった。そして更に驚いたことには、何時のまにか私の身体は水母のようにフニャフニャと軟化し、胴体からは五本の蜘蛛ひとで状の長脚が生えてきて、稀薄な空気の流れを自在に按配しながらこまかい方向転換を可能ならしめつつあるのであった。

翌朝早く私はスパイ山村の懐におさまってザリーラ峠をあとにインドに下って行った。しばらくのあいだは道とも云えぬ石ころばかりの急な斜面を踵《かかと》と尻でズルようにして降りていったが、やっと傾斜がゆるむころになると緑色の笹の葉がちょぼちょぼと姿を現しはじめ、やがて厚い雲から抜け出ると眼下には果てしもない山が続いて前途の遠さを示していたのであった。山々の尾根はまるで青いカーテンを掛けひろげたように、次第に低く重なりあいながら南の方に消え、また東西に波打ってひろがっていた。全体は薄靄《うすもや》のかかったような模糊たる様子であるが、しかし斑らな色彩の変化もある。ジグザグにさがって行く道の左右は断崖で巨大な岩がごろごろしていた。やっと密林にはいったところに家があったので主人がラマから頒けてもらってきたタバコを二、三本出して頼みこむと、木を割っていたおやじがドロドロに掻きまわした豆汁をこしらえて私の腹にたっぷりと盛りこんでくれた。このあたりまでくると真直な大木が伸び放題に伸びて空気も蒸し蒸しと温くなり、私も身体の裏表に汗をかくようになってきた。まわりの山も緑ばかりがまるで入道雲みたいに盛りあがった景色と変った。主人は太さひとにぎりばかりの木を切って杖にしたが、水っぽくて重たいと見えてすぐ捨ててしまった。

——さて、このへんで長々と記してきた私の身上話を終わるとしよう。あれからかれこれ十六年、せまい池中に身を潜めてあたりを仔細に観察し、こし方ゆく末に想いを馳せていると、人間は万事色と慾、思いこみと騙しあい、転生も永生も嘘のつきっこ以外の何ものでもないと見つけたのである。従って衆生済度の成否の眼目は、これを説得する嘘のなかにしかないのである。如是我聞《にょぜがもん》、そしても一度如是我聞、つまりかくの如く大悟したる私自身が斯界《しかい》のオーソリティーの位に就いて彼等を弥勒説法の座に導くほかはないのである。

まことに柿の蔕が二階の主人に試みつつある嘘説教だって、私からみれば調子の低い代物に過ぎないけれど、しかし総体から云えば相手の焼もの哲学に合わせて噛みくだかれた親切適確なものだと評していいし、前にも述べたように論旨も明快で、この限りでは私に云い分はまったくない。しかしインチキの度は足りぬのだ。したがって、よくよく考えてみると、この方二メートル半の壮大な泥池のなかの重大事は、いったい誰が真の救世のインチキ大王であるかということを、弥勒出現以前に解決決定しておくという点にしぼられているのである。――解決とは何であるか。もちろん私自身が阿闍梨ケ池のインチキ尊者を殺して大蛇になり替り、その実績で柿の蔕の機先を制する他にはないのである。本当は人間なんかが弥勒に出会おうと出会うまいと、私たち焼ものの知ったことじゃあないのである。エーケル、エーケル、これが私の本音である。もちろん私が右のような結論のもとに立候補を宣言するに至った動機については、公明正大な理由のほかにも、別に最近柿の蔕と阿闍梨ケ池の蛇身の主との関係に関する一歩進んだ推理と確信を得たという事情も伏在《ふくざい》しているのである。

　何時のころのことであったか、しかとは憶えていないけれど、或る日の昼寝の醒めぎわに、私は人間に化けた柿の蔕が主人に向かって滓見と名乗っていたことを思いだし、またそれがあの偽阿闍梨からもらった名前だと自慢していたことを想起してハッとした、これがそもそもの疑念のはじまりだったのである。そのカスミなる名前を、柿の蔕の不明瞭な身元をからかった阿闍梨の洒落だろうくらいに軽くとって見過ごしてきたのは私のあやまりで、それを音読してサイケンとしたら妙な話になりはしないか、と考えはじめると怖しいような疑団が次ぎ次ぎと芽生えだしたのだ。そして私は結局、あの偽阿闍梨そのものが、チベットに入国しているはずの蒙古人滓見白、サイケン偽ラマそのものだと断定するにいたったのである。

ほかに考えようがあろうか。ザリーラ峠の頂きであれほどにしおらしい決意を述べ、私を山村の手に托して山を下りて行った彼は、再びチベットから抜け出し、何時のまにか何食わぬ顔で日本に渡来してきていたのである。そうして本性たがわぬ乞食に逆戻りして諸国を放浪しているうちに、阿闍梨ケ池を乗取って居据《いすわ》っていた贋の院敷尊者疎開崩れの泥棒黙次を殺害してその後釜となりすまし、実はすでに三代目の阿闍梨となって祭用の赤飯を一人占めにしながら弥勒の出現を待っているのにちがいない。「弥勒説法の座において貴僧に再会いたしましょう」などとほざいて頭を垂れたあのときの挨拶も、実はすでにこの山奥の小湖の存在を見透したうえでの予言であったのか。何という面従腹背狡猾奸智《めんじゆうふくはいこうかつかんち》の瘡《かさ》っかき坊主であろう。——それにしても年一回の赤飯配給では足らず、蟇の皮剝きに涎《よだれ》を垂らして柿の蔕にせっつくところをみると、やっぱり動物蛋白に縁の切れない蒙古生まれの弱点を曝露しているとも私は見るのである。彼はこの生理的慾求と柿の蔕の野心を愚弄する目的から、しげしげと訪問してくる相手に本名から一字削った滓見の名をくれて何度となくこの珍味を釣り出しつつあったのだ。私は柿の蔕が、だいぶ以前のある晩に自慢たらたら人間変身術体得の次第をうち明けたとき「和尚の説教もいいが、あのフガフガ声の聞きわけには難儀する」とこぼしてみせた一件を思いだして、あのときそれを何気なく聞き流してしまった自分の迂闊さが悔まれてならないのである。懐しい旧主人でもあるし、私に尊い飛翔の術を授けてくれた恩人でもあるけれど、その悪賢さ粘り強さには恐怖と讃嘆の念を覚えないではいられぬのである。今は、彼が別れに臨んで「貧僧の姓名をこの丼鉢に与える」と云ってくれた信頼に報いるうえからも、真の滓見白として、偽物柿の蔕の首根っこを圧さえてしまわねばならないが、それにしても彼がうっかり柿の蔕にカスミなどと命名したところから察すると、彼はこの池の底に私と柿の蔕が同居していることにはまだ気づいていないのだろうか。彼もまた老いたのであろうか。そして小心浅慮の柿の蔕は、彼の朦朧たる潜伏梅毒的頭脳から繰り出される真偽とり混ぜ曖昧模糊とした憶い出ばなしを真に受け、自分を泥棒阿闍梨の弟子と信じこんで、二階の主にあんな売り込みをやっているのであろうか。それとも下っ引きスパイだなどと自称して売りこんでいるところを見ると何か勘づいているのだろうか。私は知らない。

私は永生の運命を担ってこの世に出生し、釈迦の遺命によって兜率天に住し、五十六億七千万年後に末法の日本国に下向して竜華樹《りゅうげじゅ》のもとで成道したのち、如来となって衆生に説法すべき役目を負った慈氏弥勒菩薩の化身であるが、今日只今のところモグリ骨董屋に身をやつして街裏の二階屋に日を送っている通称磯碌億山という者である。

――さて秋も深くなると池の水や空気が冷え、青みどろも底に沈んでしまった。庭隅のサツキも葉が透いてあたり一帯の景が貧相になりまさった。食用蛙は半出来のまま知らぬうちに姿を消した。たぶん鯉の餌食となったのであろうが、これで来春の彼等に期待していた、ボーボーという、あの夢幻異様な鳴声を聞く楽しみもおじゃんになった。

昨晩は、一杯やって飯を食ったあと、持病の歯痛で奥歯が少しうずいてきたので経典に目をさらしながらうつらうつらしているうちに、こんどは例の老人性搔痒症《そうようしょう》が頭をもちあげてきた。

これは通常では朝の半醒状態と夜の半眠状態に決まってやってくるのであるが、アルコホルの刺戟にももちろん鋭敏に反応するのである。

定期的には、朝寝の床で意識がやや戻ってくるにつれて、まず頭の皮がムズムズしはじめるから、身体を起こして掌や指先きでゴシゴシと搔きむしると、むしるにつれて痒みは増し、栄養不良の短い灰白の毛が十数本、綿屑みたいに抜け落ちてくる。かまわずこすっているうちに、痒みは背中、両腕の内側、脇腹、それから耳の穴、という順にひろがってくるから、爪で傷をつけぬよう、微細丘疹《きゅうしん》をひっかけて刺戟を誘わぬよう、だましだまし指先きの腹で万遍なくさすり静めるのであるが、とこうするうちに最後の痒みは金玉の皮にまで及ぶのである。これは微風が静かな水面を叩いて縮れ波を起こすような具合に浅くサッとひろがるから、気を転ずる目的で寝台から下りて二、三歩あるいてみるのだが、耐らず金玉のさがりの左右を思わず下からこきあげるともう我慢も圧さえも効かなくなって、結局は遊離した玉の皮の両側をきつく摑んで引っぱり伸ばしたのち、両掌にはさんで渋紙を揉むような具合に力一杯揉みしだきながら部屋じゅうを鶴のように脚をあげて歩きまわるのである。こうすれば同一表面の柔い皮同志がこすれ合うだけだから損傷は残さぬのである。――そののち洗面する。これが朝であるが、就寝時は少し軽く、痒みの順序にもきまりはない。

この苦痛を逃れるためには勿論皮膚科を訪れて薬をもらい、専門書を読み、漢方薬も数種類連用し、食養生も試み、同病仲間からの勧めで薬湯にも漬かったが効果はゼロであった。専門書を読めば原因は湿疹、ホルモンの不均衡、心因性などといくらでも記してあるけれど、湿疹ホルモンなるものがもともと正体不明なうえに、結局は心因性などという曖昧模糊たる逃げ場までつくられてあることからも明かなように、適応する薬は、つまりないのである。副腎皮質ホルモンが百発百中の即効あることは自分で試して確実だが、こんなものは症候の一時圧さえであるうえに、終局的には恐しい全身の破壊力を持つことが明瞭である以上、治療薬ではない。要するに私の搔痒症は文字通りの老人性であって、生理的皮膚乾燥現象に過ぎないのだから根治しようがないのである。

釈迦の信頼に応えるべく、完全を期しての状況偵察を目的として早々に下向してきたにかかわらず、到着以来わずか千年余りのうちにこうまで急速に身心が枯渇しはじめるとは。水が変わったせいか、それとも人間の毒気にあてられたせいか。不条理というも愚かである。

そのうえ私の声帯は五、六年まえから萎縮しはじめて、今では四六時中ギーギーときしみ、あたりまえの声が出にくくなってきている。喉中鋸木声というのは鋤雲《じょうん》という人の形容だそうだが、まったく私の目下の声はバラックの製材所から漏れてくる音さながらと云っても云い過ぎではないのである。方途如何。しかしそれくらいの悩みは問題ではない。みんな解決済みだ。

美濃生まれのグイ呑み、朝鮮生まれの柿の蔕、丹波生まれの丼鉢、もともとこの連中の呼び名は泥水の底から拾いあげて変化の有無を検査する目安に名づけてあるまでのことで、彼等が邪推したり己惚れたりしているような立派な贋物に仕立てる気なんか私には毛頭ありはせぬ。人体実験も可笑しいが、とにかく私の目的を果たすためのささやかな実験台になってもらっているだけだ。用がすめばビニール袋かなんかに放りこんで手近い道端の危険物集積場に捨てるつもりである。

柿の蔕と丹波丼鉢の身元はもちろんのこと、彼等が滓見を名乗って芸もないやっかみ半分の喧嘩をやっていることなどはなから見透している。阿闍梨ケ池にとぐろを巻いてる大蛇がサイケンラマで、こっちの池にもぐっているのが滓見A号・B号というわけ。つまりどっちを向いても元はひとつというわけ。おまけに私は、人間変身術に驕《おご》ったA号のやつが、四本の手脚をはやすとたんに貝谷歌舞麗という嫌らしい二つ名を自称し、バーなんかに出入して女をだまくらかしていることだってちゃんと承知している。だからお返しに私も骨董好きを看板にかけてA号の人世哲学的掘出し法の講釈を大人しく聞きながら、来たるべき大説法の参考としているという次第なのである。

柿の蔕A号歌舞麗は、昨晩ひと月ぶりで二階に現れた。先刻記したように一杯やって夕食をすましたあと眠気がさしてきたので、脚の冷えを防ぐために腰から下を毛布でくるんで肘枕でうとうとしていると、いつのまにか枕元に坐って毛布の端を引っぱりながら

「先生、億山先生」

と呼ぶ声におこされたのである。

「ちょっと用事があってお近くまでまいりましたので」

と云ったが、ネクタイなんか締めて眼が赤くうるんでいるところを見ると、また例のバーへでもはいりこんでいたにちがいないと思ったから

「なんです今ごろ、どうかしましたか」

と不承不承に身体を起こして訊ねてみた。すると彼は

「なに、あんまり御無沙汰したのでちょっと御機嫌うかがいにね」

と答えてもじもじしていたが、急に思いつめたような顔になって

「このさい是非旦那のお耳にいれて御智慧を拝借しなきゃあならんことが出来いたしましたんで、それもございまして」

と言葉をかえて四角に坐りなおした。

「――旦那はこの夏お庭先きのお池のなかで、かねて御贔屓の出目金がグイ呑みとの恋愛関係より肉体関係に及んだ結果、生無生間誕生の新創造物を大量に生産放出するという宇宙的大事業を敢行いたしたということを御存知でしょうか。そしてまたこれ等の貴重なる証拠物件が、一夜にして無智な魚どものため無残にも一匹のこらず飲みこまれてしまったという事実をも失礼ながら御承知でございましょうか」

「そりゃよく承知しています」

彼は一瞬たじろいだふうであったが、思いなおしたように
「ふむ、なるほどなるほど。私はこちらへしげしげお出入りをいたす関係上、はからずもこの大事件を眼にして驚嘆いたした次第ですが、流石に御趣味の深い方はちがう、お眼が行きとどいておりますな」

と胡麻をすり
「まったくお話の通るのは先生ばかり、それに較べると私の隣りにごろを巻いている丹波という男なんぞ、理屈っぽい糞ニヒリズムを振りまわして悟ったようなことを云うばかりでいっこう頼りにはなりませぬ。ましてや宇宙の深淵を直視し畏怖する気力など皆目ございません」

彼の表情に再び昂奮がたちのぼってきたので、水割り一杯のところを奮発して三杯も飲んで

きたかと私は可笑しく思ったが、そしらぬ顔で耳を貸していた。――何でもないこと。私はついぞ池に餌を撒いてやったことがないから、魚たちはみんな四六時ちゅう腹をへらしているのだ。おたまじゃくしを入れておけばザリガニが夜のうちに尻尾を食いちぎり、動けなくなった頭と胴体は鯉が飲みこむ。鯉は蛙も食う。田螺も食う。二十年ばかり前のことになるが、私がここに腰を据えたじぶん私の知ってる男が空いてた養鰻池に高級料理屋向けの田螺を養殖して儲けたとき、一石二鳥を狙って鯉を入れたら子供をみんな食われてしまったことがある。田螺は一度に微塵子大の仔を屁をひるようにいくらでも噴き出すのだ。――この間のあれだってただの田螺のお産にすぎないことくらい知れている。宇宙的大創造でなんかあるものか。馬鹿馬鹿しいにもほどがある。

しかし私は下心があるから黙っていた。そしてA号が膝をすすめて、いずれ近いうちにかのグイ呑みと出目金に催淫飼料を与え、特にグイ呑みを摩擦美化激励して驚天動地の快挙をもう一度再現させたいから、かのぽっちゃりとした出目金C子以外の生きものを一匹残らず池から追いだして欲しいと云い出したときも

「いいでしょう。協力しましょう」

と機嫌をとっておいた。その理由はこうだ。

前にも記したとおり私は弥勒にはちがいないが、勝手に出てきたのだから天から給料が来る

わけではないのだ。食って行くにはそれだけの金を稼がねばならないうえに、兜率天持越しの慢性歯痛は已《や》むを得ないとしても、人間世界に天下ってのちの最近五百年ばかり前からは思いもよらぬ変性現象が次々とあらわれてどうしようもなくなってきた。已むを得ないからいろいろ自分でも考えたすえに、食いもせず息もせず、さりとて腐りもしないという便利な焼ものに姿を変えて呑気に時世時節を待とうと、こう方便を定めた次第なのである。そのためにこそ骨董稼業を看板にかけて買い集めたインチキ物を泥水に沈めておいてときどき引っぱりあげ、彼奴等の外貌生理がどう変るかを逐一研究しているのだし、一方でA号B号の生態を観察しつつその変身の肉体的心理的影響をも糺明《きゆうめい》しつつあるのである。

さて、それとも知らぬA号は、自分の提案が無造作に受けいれられたとみるとニッコリ笑って腰をあげそうになったが、すぐに思いかえして坐りなおし、私の機嫌をとるかのように薄笑いを浮かべて

「私の願いをお聞きとどけ下すったうえは何時もの講義にうつることといたしましょう。だが今日は百姓相手の山出しの駈け引き話はひとまずおき、番外として先ずこういう珍な品をお眼にかけますが、いったい何と御鑑定あそばす」

と云いながら内ポケットから一個の褐色の芋徳利をとり出して、さも大切そうに私に手渡した。

「何だ、ただのおあずけ徳利じゃあないか。備前でしょう、時代はだいぶあるようだが」

「そんなことは先刻承知です。備前も備前、まちがいなしの古備前にはちがいないが、まあとにかく尻を返してみて下さい。そのへんに白いものが二つばかり貼りついているはずだから」

なるほど石膏の欠けらのような薄い細片が高台と裾にひとつずつくっついているが、何とも正体がわからないから
「これがどうかしましたか？」

と云うと
「やっぱりねえ、先生などはまだまだ」

と嬉しそうに笑った。

「こりゃ先生海揚がりですよ。そこに貼りついているのが動かぬ証拠の貝殻です。焼ものと云うはもともと重いうえに壊れやすいもんだから、昔から船に積んで日本全国の港に運んだものでしょう。運が悪いとそれが台風に出あって引っくりかえるんです。だから瀬戸内の海からは備前ものがちょくちょくみつかるし、現に鎌倉の海岸へ台風のあとで行ってみると、今でも中国から来た千年もっと前の宋青磁の欠けらが沢山うちあげられてるというじゃありませんか。私もたしか東京で見たおぼえがあります」

「なるほど、なるほど」

「なにしろこれでも三百年四百年は海の底に沈んでいた徳利です。みかけは悪いがそうやたらに手にはいる代物じゃあない。実を申すと、先日私が岡山在の道具屋へ久しぶりに顔を出したとき、運よくこいつを引き揚げたという潜水夫が来あわせていてね。その場でこちらへふんだくってきたというわけです。もちろん値段は相当に張りこみましたが、もとをただせば向こうはロハですからな。それに蛸壺同様貝殻のカサブタだらけで見かけも汚いし手もかかるしね。私の方も持って帰ってからひと苦労ありました」

「なるほど、なるほど。そのままでも困るが、貝のひっつきをむやみにこそげ落として生地に傷をつけても売物にはなりますまいからな」

A号がまたもひと膝のりだして「大将」と云った。

「そこです苦労は。大将、これにはわれわれ業者の秘法がある。つまりあれです、便器掃除に使う稀塩酸ね、あれにひと晩漬けて溶かすわけ。真珠なんか一コロだっていうからね。漬けるとシューッと細かい泡が湧いてきてねえ。まあとんとコカコーラかビールという按配でさあ」

彼は得意そうに泡のたちのぼる手つきをしてみせた。

「そうすると、それそのとおり新品同様になります」それから「わかりましたか」と念を押した。

「ふーむ、なるほど、なるほど」

私は腹のなかで、潜水夫から買ったなんて体裁のいいことを云っているが、実は得意の水脈遊泳の途中で海に潜った次手《ついで》に拾ってきたに決まっている、あいかわらず狡いやつだと思った。しかしまた右の奥歯がうずきはじめ身体もだるくなってきたので、頬に手をあて片膝たてて、紋切り型の胡座をかいて黙っていた。A号は喋舌るだけ喋舌ると徳利を畳のうえに据え「それではこれを参考のために置いてまいりますから、よくよく研究しておいて下さい」と念をおして立ちあがり

「ではこれで」

と云った。そして

「今晩は急ぎの用事で他所にまわらねばなりませんから――では」

と襖をあけて外へ出た。私は億劫なので

「今日はここで失礼します」

と坐ったまま頭を下げたが、ふとこのまえ飯田村の高平山の頂で出くわしたおり、彼が同じく馬鹿に帰りを急ぐ様子をみせていきなり村松梢風の墓にもぐって消えてしまったことを思い出した。それで今からどこかへ急ぐとしたら何処から潜るのかしらと好奇心を起こして彼の締めのこした襖の隙間からうかがっていると、彼は階段の降り口につけてある洋式一穴便所に駈けこんで便器の蓋をあけ、ちょっと覗いたかと思うといきなり逆さになって頭から吸込口にのめりこんで消えてしまったのであった。

私もこれには驚ろいたが、しかしよく考えてみれば不思議はない。

水脈遊泳を得手としている彼は、このまえ高平山頂から真下の太田川に直行して帰池したと同様の伝で、糞水通路をたどって目指す家の便器に直進したまでのことだ。——それはまた彼にとってこの上なくふさわしい交通路でもあるわい、と私は思った。何故ならA号・貝谷歌舞麗の特技中の特技は、その二つ名にふさわしく腹につめ込んだ食物をそっくりそのまま大量の糞として全部肛門から排出するという点にあったからである。

A号が消え去ったのち、私は彼の残して行った徳利を机のうえに据え、引き出しのなかから虫眼鏡と、手持ちの備前焼き数個と、近所の骨董屋のおやじから頒けてもらった陶片十数片とをとり出してならべ、本棚から大型カラー版最新刊の備前焼き図譜をかかえてきてゆっくりと勉強をはじめた。さいわい歯痛はひどくもならずに遠のいていた。

A号の置いて行った備前焼きは、その高火度長時間の焼締めによって化学的耐久性と物理的堅固さが歴史的に保証されているばかりでなく、海揚がりであることによって当初の清潔さとウブウブしさが完全に護られていることを私に示しているのである。

海底という環境の静謐さも、菩薩という私の身分にはふさわしいであろう。世直しの仏が四畳敷きの泥水のなかから出現するとは(どうでもいいようなものであるが)見かけのうえから云ってもあまり好ましいとは云いにくいであろう。歌舞麗はいいヒントを与えてくれた、と私は思った。

なるべく近い将来に身を焼ものに替えようと決めてはいたものの、さてその場になって、どこかの窯にもぐりこんで千数百度の焰をかぶって変身をとげたのちはおれもあのみみっちい泥池に身を沈めなければならんのかなあと考えると、何だか汚らしくて思うだけでも気色がわるくなるから、実は彼奴らの様子を見い見い二の足をふんでいたのである。

しかし先ずは歌舞麗のヒントであらかた気分が楽になったようだ。私は池へ潜るかわりに紀州補陀落《ふだらく》の沖にでも身を投げて、あそこに住みついている観音の世話にあずかることにしよう。さし当たって皿になるか、丼になるか、それとも徳利になるかは別として、とにかく綺麗な海の底に寝転がるときめておきたい。そうしていよいよ正体を現して出世説法のときには、また改めてそれ相応の弥勒らしい恰好をつければいいだろう。――広隆寺さんの清純にして艶麗と、双つそろったあの肌脱ぎ姿もいいが、それまでには歯も皮膚病もなおるはずだから、私はやっぱり私らしく、厚唇ずんぐり、頭でっかちでも威厳満点の東大寺さん式男姿と決めておきたい。

――ともあれ備前焼きになるとすればサンギリ、火襷《ひだすき》、ゴマ、青赤片身替りと、どれも渋いが、なかでは火襷の鶴首あたりが色めも派手だし恰好もスマートだからそれと定めるとして、さていよいよ窯入れのときには、塩びたしの藁を身体に巻きつけ焰当りの具合よさそうな場所を選んで火袋に這いこまねばならん。――あれやこれやと空想の翼をひろげて行くにつれて、われながら笑止と云おうか何と云おうか、まことに楽しみは果てしもなくなってくるのであった。

一週間ばかりすると、季節はずれの台風が、明け方ちかい遠州灘の沖をかすめて去った。庭全体がひと皮剝けたようなふうにザラついて、そこへ厚い雲間から時おり強烈な陽射しが落ちてはねかえっていた。不意に突風みたいな風が吹いて庭木を大きく揺すった。空気全体がまだぼっとりと湿って重く、胸もとの皮膚がじめついた。蒸し蒸しして気持ちがわるいので庭へ下りると、眼の下の四角い池を閉じていた青みどろが沈んで、底の四隅に寄せられて澱み、ギザギザにちぎれた睡蓮の青葉がつくばいの裾に貼りついていた。大雨で酸素の増した水中を魚どもが行列をつくり、わざと身体をくねらせながら活潑に泳ぎまわっている。底の窪みに沈めておいた皿小鉢はいずれも仰向けに傾いて身体を投げ出していた。

二階に戻ったが、何だか荒っぽいような気分になったので骨笛でも吹いてやろうと思い、次手に押入れから鉦も引っぱり出して、床の間を背にしっかりと胡座をかき、笛の吹口を頰張って「プーッ」と割れるような音を出した。続けて力いっぱい「プープー」と吹いたのち左手に撥《ばち》をとって「カーン」と鉦を鳴らした。鐃鈸《にようはち》太鼓の入らないのが物足りなかったが、すこしは胸がおさまってきた。いかに釈迦の命令とは云えつまらぬところへ来た、身のふり方がきまったら早々に場所替えをして落着くところへ落着かなければならぬと思った。説法にも何にも、こう暑くては身体が痒くなって身がもたない。同時に、釈迦は前世が兎のせいで大人しくて困るから、その分だけ私が厳格にならねばいけないと反省もしたのである。

ふと気がついて部屋の隅に目をやると、襖の隙からこちらをうかがっているB号丹波丼鉢の赤黒い肌がチラと動いた。空飛ぶ術は授けられたが人間変身術は会得できぬままでいるのか、さりとは哀れ、ちょうど好い折りゆえ声をかけてやろうと身を乗りだした瞬間、廊下の板に貼りつくように蹲《うずくま》っていた彼の胴体からハラハラと蛸足が生えてすべるように身体をいざらしながら消えてしまった。「ふーむ、彼奴も故郷懐しさの笛の音に惹かれてきたか。それともライヴァルA号の頻繁な出入りにやっかみ半分の疑惑を抱いて、様子を探りにでも忍んで来たのか」と私は苦笑したが、別にあとを追うこともしなかった。

――翌朝、A号はまたもや私の枕元にやってきて「億山先生」と云った。

「案の定だ」と私は思った。

「今日は秋晴れで風も静まってまいりましたから、日頃の御恩返しにドライヴでもと思ってお誘いに参上しました」

表に車を置いてあるからどうぞと云うので出てみると、ピカピカに磨きあげたコロナ・マークツーが塀の外に横づけになっていて助手台には可愛いホステスが納まっていた。なるほど女ができれば川や便所ばかり潜って歩くわけにもいくまい、ふーんと思ったが、感謝して「それではお言葉に甘えてどこか広々したところへでも連れてっていただきますか」

「そうですな。それじゃあ天竜の河口でひとやすみしてから一五〇号線をつっ走って御前崎灯台の鼻まで行ってみますか」

とうなずいて、ジーパンをはいた脚をふんばって車を出した。馬鹿に若造りしているが、顔は正体どおりのガサついた柿の蔕色をしている。

遠く遠州灘に向かって一昨日の出水にひろがった天竜河口の砂州は、葉の散りはじめた川柳や色のすがれた葦の叢を腰まで濁水に埋めて平坦に展開していた。わずかに残された州の水際を、腹の白い鶺鴒《せきれい》が短かく啼きながら、低く飛んだり脚を半分水にひたしたりして遊んでいた。数羽の鳶が、高く晴れあがった初秋の空気のなかを、ゆっくりと旋回しながら餌をさがして飛んでいた。そしてこちらの岸の脚もとの浅瀬にはハヤの仔が列をつくって行ったり来たりしていた。

私はA号からもらった巻煙草をくわえて、かなりの強い陽射しのなかにしゃがんであたりをぼんやり眺めていた。河が海にむかってひろがりながらゆるく彎曲して行く内側のところに、かなり開けた草地がある。その真中あたりがバリカンで削ったように短冊型に整地されて模型飛行機の滑走路になっている。いろんな服装をした男が十人余りまわりに集まって、手製の飛行機を飛ばせていた。

飛行機は、左右の小さな翼を不恰好に振りながら地面をすべって行ったと思うと、直き上手に離陸してそのまま一直線に高く遠くへ、豆粒ほどになるまで昇って行く。そしてまた一直線に舞いもどってくると、エンジンの音を細かく響かせながら頭のうえを何度も旋回したり、高みに昇ってリモコン操縦の宙返りをやったりしてから、巧みに滑走路に引返してくる。途中で方角ちがいの草叢《くさむら》に墜落するのもあるが、たいがいはうまく着地してすべってから何かにつまずいて仰向けにひっくりかえり、背中と尻でちょっとずり廻ってとまる。私はポチャついた柔肌のホステスとならんで飽きずにそれを眺めていた。

彎曲部のもひとつ先きの、海に近接した沼のような広い水面を、小型で無人のモーターボートがキラキラ光りながら、やはりリモコン操縦で根気よく走りまわっていた。どこかの製作所の試走艇らしく、まるで水すましのように早く勤勉に、身体に似合わぬ太い水の尾を引いてすべっていた。弾けるような乾いた爆音を絶えずふりまいているが、それは晴れて抜けあがった高い空のなかにすぐに吸収されて、むしろ眠気を誘う単調な響として伝わってきた。季節はずれの軟くて青臭いバッタの仔が、もそもそと膝前にはいあがってきたりした。私たちはやがて土堤の車に帰って出発し、御前崎の灯台の下のドライヴインでおそい昼食を食い、またしばらく休んでから駿河湾に入って海沿いの街道を走った。それから相良を北へ抜けて山あいの寺の山門前にそびえた古い松の木に近づいた。「樹齢七百年法然上人手植之松」という立札があったが、葉の半分は松毛虫にやられて褐色に変わっていた。直立した幹の太さ目通りで約十メートル、主幹は頭の辺で三股に分れているが高さ約三十メートルばかり、そして枝張り直径約三十メートルという巨大なものであるだけに、衰えて死に瀕した姿は哀れであった。A号が
「この先の榛原《はいばら》町に『御座の松』と云って、むかし天人が頂上に坐っていたという立派な枝振りの根上がり松がありますがね。これも松毛虫に食われてもう駄目だと新聞に出てました。それで今日はこっちに寄ってみたわけなんだが——やっぱりねえ」

と、感慨をこめて私の気を引くように、そしてまた可愛いホステスにはさも気をもたせるように呟いた。

「亡びて土に帰るものがあれば、またかならず新生を獲得して世界に遍満するものがある。いれかわりたちかわり流動してやまぬこの世の相との出会いによって人間は勇気を奮いたたせたり無常の悟りを体得したりするのだねエ」

何云ってるんだ。古かろうと新しかろうと、木は人間などかまっていやしない。山の奥にひとりで勝手に生えて、時が来ればひとりで勝手に死ぬだけだ。人間とは無関係だ。第一そういう手前が焼ものじゃあないか。

「ふーむ、なるほど、なるほど」

と私はうなずいた。あたりが薄暗くなりはじめ、季節はずれのブヨと藪蚊が顔や首筋にたかって頻りに刺した。

引返して御前崎の鼻まで来ると満潮時にかかって、遠州灘はうねりが高まり、波幅の広くなった波濤《はとう》が岩を呑んで打ち寄せていた。車を出ると風が出ていて、陽の沈むにつれてあたりいったいが何となく騒がしく動揺していた。水平線の彼方に伊豆半島が低く淡く、ほとんど線状に浮かび、右手の沖の小岩に小さく頭を出した群閃灯台が数秒おきの発光を規則正しく繰り返しはじめていた。

いい気晴らしにはなったがいささか草臥《くたび》れて家へ帰り、おそい食事をすませてくつろいでいるうちに何だか床につくのが惜しくなってきた。何だかまた骨笛が吹きたくなってきたので、棚から下ろして布巾《ふきん》でみがき小手調べの息を静かに入れていると襖のそとで

「へい、先刻はお疲れさま」

という声がしてB号がはいってきた。

「おじゃまではございませんか」

と四角に坐った顔を見ると目鼻がずれている。ずれた奥に赤黒い丼鉢の肌が沈んでこちらを凝っとうかがっていた。食えないやつ、正体はわかっている、やっぱり変身術までどこかからちゃんと盗んでいたのか。それにしても骨笛に誘われて池から飛びあがってくるとは案外感傷的なやつだと可愛くも思ったから、自分で化けたつもりでいるのならそれもよかろうと

「ごくろうさまでした。まあお楽になすってください」

と坐蒲団をすすめた。二日続けて姿を現したところをみるとやはり何か探偵に来たにちがいない。

「お見事な品をお持ちですなあ。先生がこういう珍な方面にも御趣味をお持ちだったとは存じませんでした」

骨笛に眼をすえる彼の眼には緊張の光りがあった。

「私も半年ばかりまえに仲間の市で一本あつかいました。銀巻きの贅沢なつくりで、こうと知ったらお眼を通しておいていただけばよかった。いずれまた出るようなことがございましたら忘れず持ってうかがいましょう」

彼が「どれ拝見」と手にとって、さすったり眺めたりしているさも懐しそうな表情を見ていると「なんだトボケやがって」と心に思いながらも、一方ではなおのこと哀れを誘われもしたのである。

「私の亡くなった親父が若いころグレて満州にわたり、それから十年ちかくも印度の奥地からヒマラヤの麓までほっつき歩いたという昔話を自慢たらたら私に聴かせてくれたことがありましたが、そのせつの話のなかにこの骨笛がしょっちゅう出てまいりましてね。なんだそうですな、あちらでは人間が死ぬと土葬にも火葬にもしないで河へ流したり鳥に食わせたりしたあげく、鳥の食い残した骨からこういうものをこしらえるとかですが、えらいことをやるもんでございますなあ」

　といよいよB号丸出しになって私の顔をのぞきこんだ。

「そんなような話ですが、むごいことですなあ」

「へえ」とうなずいて「なんでも土葬をすると身体が長く土のなかに残って魂魄《こんぱく》が宙に迷うとか、だから土葬は首斬りや獄死人に限るんだと親父が云ってました。かと云って火葬にすればよく煙が天を汚して時節はずれの霰《あられ》や雪を降らせたり穀物を枯らしたりするてんで忌《い》むから、よくよくやりたいときはサンガスバーとかいう坊さんに前もって頼んで霰や雪を封じてもらうんだそうですな。ダライラマやハンゼンラマというような偉い人の身体は悪い煙を出さないから特別だそうですがな。——まあ総体つまらん話ですが」

　サンガスバーとは苦行者のことだ。土葬をやらないのは土地が岩山で穴を掘るのがむつかしいためだ。火葬しないのは燃料の木がないからだ。すべて自然のせいだ。私が
「ははあ、なるほど、なるほど」

　と感心してみせるとB号が身体をのり出すようにした。

「親父はヒマラヤの麓で鳥葬の葬式について行ったことがあるそうです。これはまた凄いものだそうで」

「はあ、はあ」

こいつまだ親父だなんて。手前は主人のやることを懐のなかからのぞいていただけじゃあないか。

「商人の荷物の背負い子になって部落に逗留していたとき死人が出て、頭に暖かみが残っていれば極楽に行くし足の先きが暖かければ地獄行きだとかで、——そいつは地獄と決まったからラマを呼んで魂をひき出してもらったうえ浄土の方へ送ったそうですが、そのあと葬式の日取りを占って翌日ときまったので親父が手伝いについていくことになったのだそうです」

「はあ、はあ、それはそれは御苦労なことでしたな」

「翌日の明け方になると、寺から眼が赤くて色艶のわるい隠亡《おんぼう》がやってきて、死人を隠亡小屋までかついで行きました。部落を少し下ると西側にけわしい岩山が聳えていて裾のところに裸石で囲まれた小さな低い小屋が二つ並んでいる。うしろの赤っぽい岩や板石屋根のうえには禿鷹が五、六羽とまって待っている。小屋の前の賽の河原みたいなところにも黒犬が十匹ばかり坐って待っている。——小屋と小屋の間に一畳敷きくらいの板石がおいてあるからそこまで死骸をかついで行って着物を剝いで仰向けに転がすと、仏の伜とラマが一メートルばかりの刀で頭、胴、手足を切り離し、骨から肉を削ぎとり腹わたをつかみ出して頭のうえやそこらじゅうにバラ撒くのです。それを禿鷹と野犬が飛びちがったり吠えたりしながら奪いあいで食うのだそうです」

「なるほど、なるほど」

口をつぐんだB号が、反応を試すように、確かめるようなふうに、私を見あげた。私は何食わぬ顔をして、彼のなにごとかを思いつめたような眼つきを眺めていたのである。

億山の様子からはとうとう柿の蔕の動きを探りあてることができずにしまった。どうも彼は心底柿の蔕にたぶらかされ、彼の陰謀にはまるで気づいていないようだ。

まあいい。億山が億山なら私は私だ。私の道を行くほかない。とにかく柿の蔕のたくらみが段階的にすすんで、特に人間変身術を自得してからは、阿闍梨ケ池の三代目院敷尊者を殺害してこれにとって替ろうという、最後の詰めに入っていることを察知した以上、私は先手にまわってこれを潰すほかないのである。ながいあいだ私を肌身に抱いて可愛がってくれたのみならず、空中飛翔の力まで授かった大恩に酬《むく》いる道は、旦那様を殺して旦那様になりかわる以外にはない。——尊者が私の想像どおりのサイケンラマであるという点についてはほぼ確信がある。正直云えば、あろうとなかろうとどっちでもいいのである。そのうえ私はこのごろになってちょくちょく考えるのであるが、私はどうやらかのザラーリ峠の頂上で日本人密偵山村三量の手に渡り、その肌身に貼りついて逃避行を共にするようになって以来というもの、多少の残忍非道は已むを得ぬという彼のスパイ根性を天然自然に身につけるようになってもいるのだ。先きの先きまで疑い、先きへ先きへとまわって慎重に思いを廻《めぐ》らして素早く行動するという鉄則は、飽くまで生きのびるための道理。忍耐と応処自在の変り身は、スパイ必須の身上であるのだ。

善は急げとも云う。なにしろ早いが勝と考えたから、私は晴天吉日の暁を待って池をとび出して上昇したのち、尻のべらべらで舵をとりながら一気に信濃の上空に達したのである。

黒味を帯びた国有林の濃緑の山にかこまれて、目指す阿闍梨ケ池が丸く青く、重い水をたたえて沈んでいた。私は前進を停止し、五本の蛸足をわらわらと細かく動かして下降しながら次第に水面に近づいて行った。

ひときわ大きく枝をのばした大樟《おおぐす》の下に隠れて黒い淵がある。水面すれすれに深くえぐられた洞穴の奥から大蛇が鼻を浮かせ、こちらを透かすようにのぞいて

「誰じゃ」

と唸った。この声に最早まちがいはない、やっぱりやっぱり推察どおりであったのだ。これが十六年ぶりの恩師のお声かと思うと、懐しさ嬉しさに加えてその衰えぶりに思わず胸がつまったが、辛うじて

「滓見でございます」

と言葉をしぼり出すと

「そうか、そうか、久しぶりによう来てくれた。――して蟇の皮剝きは持ってまいったろうな

あ、まさか忘れはすまいなあ」

と鼻の抜けた声で云いながら身体を乗りだしてきた。ええい、眼まで霞んできたのか。

「お情ないことを旦那さま。旦那さまの仰せられるのはそれは偽ものの滓見のこと。――旦那さま、サイケンラマさま、お懐しゅうございます、私でござります、ザリーラ峠の頂上でお別れした丼鉢、その節お名を頂戴したサイケンハクでございます」

と口説くうちに再び胸がせまって絶句した。

「ほが、ほが、ほが」

ラマが涙を流し、苔の生えた手をのばして私の頬を撫でた。私もすり寄って
「それほど蟇がお好きならば、私がいかようにもして御不自由はかけませぬ。あんな大悪陶など決して決してお近づけあそばしますな。またたとえ季節の加減で蟇の手に入らぬようなことがございましょうとも、そこは彼奴めとちがって私は御尊体よりかの飛翔の術を授かりました身、どこの空までも飛んで行ってかならず調達してまいります。万々が一それもかなわぬことがございますれば一時圧さえの代用品なりとも集めてまいる決心でございます」

と膝にすがりつくと、サイケンラマは再び涎とも涙ともつかぬ汁を顔から垂らして
「善哉善哉。いつに変わらぬお前の真心、ありがたく受納いたすぞよ――してして代用品とは何々じゃ」

「へえ、さしあたってはミミズ沢蟹のたぐい」

といいかけたがあんまりだと思いなおし
「いやいや、いざとなれば天然記念物の山椒魚の皮剝きであろうとも五六匹は引っさらってまいりましょう」

と、それから二人はうち解けてしばらくはその後の互いの消息に花を咲かせたのであったが、驚いたことにラマはチベットに入ったのちも寺院には籠らず、それまでどおりの乞食生活を続けながら苦行僧の修業にうちこんで達識を得たというのであった。

今その件《くだ》りをつづめて記すと、ラマが流浪ののちにチベット国境を越えてある日シッキム・カーレンボンにちかい山中の隠亡小屋にたどりつくと、そこに一人の年老いた苦行僧が住んでいたというのであった。彼は死骸にかぶせられてきた白布をつないで衣服とし、尻までとどく白髪を高く栄螺《さざえ》状のイボジリ巻きに巻いて頭頂にたばねていたが、弟子入りを懇請するラマに答えて「この小屋に三ヵ月止まって修業したのち、乞食となって百八ヵ所の泉のほとりと百八ヵ所の隠亡小屋をめぐって托鉢して心身を養い、終わったら再びここに立ち戻って更に修法を行え。そのうえで及第すれば免許を皆伝し、ワンの称号を許して一人前と認める」と告げた。

ラマはその教えに従って苦行僧となったのである。

「わしはそのワンじゃぞよ」

と彼は得意気に蛇身をゆっくりとくねらせて云った。

「修法の手引となる断境の経は先ずその名のとおりのチョエユルダムバーと云うての、これは一切の世間苦を鎮める経文じゃ。開教の本尊菩薩はパーダムバー・サンジェーというオッパイの隆々と盛りあがった尻の太い裸の神様じゃあ」

彼はさもうれしそうにぬるぬると苔にぬめった手首を挙げて

「托鉢のときには右手の撥でデンデン太鼓を打ち、左手の鈴をこう振って調子をとりながら御詠歌を称えるのじゃ」

と恰好をつけてみせた。坐禅をくむときは腰のまわりに太鼓と鈴、ガンドンと呼ぶ骨笛をならべてしばらく瞑目したのち「仏陀よ、仏陀よ」「パーダム、パーダム」と三遍ずつ妙号を称えたのち、力いっぱい「ペイーッ」と絶叫する。これがすべての宇宙の汚れを清める効能を持っているのだから肝心のところだ。この気合とともにデンデン太鼓と鈴を鳴らしながら

「天空上座、獅子座上、諸仏諸菩薩　喇嘛《ラマ》守坐」

と三誦し、それからまたしばらく瞑目したのち「ペイーッ」とやって御詠歌にうつるのである。そうしていよいよ御詠歌が終わったら骨笛を口にあてて「プゥーッ、プウー、プウウーッ」と三回吹いて膝前に置き、静かに瞑目凝念する。この笛の音につられて天地に充満する悪霊たちが集まってくるから、その連中に「おまえは立ち去れ」とか「どこどこの方角の婆さんにく

っつけ」とかいちいち命令するのである。

「これが苦行僧の修業修法だぞよ。こうして悟りを得たのちは、その身は金剛不動となり、その魂は肉体が地水風火空のいずれかに変じるとともに永遠に解放されて無の世界に入るのじゃ。無即不滅だぞよ」

私は師匠の膝にすがりついてこの述懐と教えを一語ももらさず耳にしまいこみながら、心中にそろそろと準備して
「尊い御修業をなされましたのですなあ旦那様は。それをうかがってひとしお讃仰《さんぎょう》の思いがつのりました」

と溜息をついた。

「それにいたしましても、お言葉をうかがううちに旦那様の御鼻の障子の溶けようがひどくなりなさったように見受けられまして何とも気がかりでなりませぬ」

「丼よ、そこじゃ。お前の云うとおり近頃ではわしもとんと意気地がのうなっての。――蟇の皮剝きも効くやら効かぬやら」

と嘆息するので
「いかに尊い御修業が実を結んで免状をいただかれたとは申せ、もともとラマと云えば生身の人間、末の御覚悟は肝要でござりましょう」

と様子をうかがうと案のじょう力なげに息を吐いて
「わしもここに居つきはしたもののあれやこれやと思惑がはずれるばかりでのう。この分では弥勒の世まで生きながらえることは難しいかも知れぬと半分ほどは思い諦めておる次第じゃ」

それを聞くと私はいよいよ時節は到来したと感じたからつけ入って
「さすがは大悟徹底の御心境、このうえは弥勒菩薩を待って説法を聴聞なさらずとも、このまま極楽浄土に生まれかわるは必定。人間やっぱり無に帰するよりは、せめて魂だけなりとも浄土に参る方が楽しみでございましょう」

「そんなものかいのう」

「してして旦那様にはどんな御最期をお望みでございますか」

「そうよのう。どうせおさらばするならば年寄りじゃからあまり苦しまんで行きたいのう」

「ふむふむ、それをうかがって安堵いたしました。このうえは私にかねてからの存じ寄りがございますので早速実行にとりかかることにいたしましょう」

と膝をすすめてラマの手首をしっかりと摑んでたぐり寄せた。

「どうせ死ぬなら、かの大悪陶の手にかかるよりは、なまじ私が御命を頂戴いたしましょう。――まことや永年海山の御厚恩に報ずるはこの日この時でございます。有難や有難や」

と残る左腕で長首を巻き、「オム　マ　ニバトメ　ホム」と呪文をとなえつつ、力いっぱい締めつけた。ラマの口から三股に分れた真赤な舌が伸び出てペロペロと空を嘗めていたが次第に色を失いながら顎から垂れてしばらく痙攣したのちやがて動かなくなってしまった。驚愕に裂けた両眼の瞼はゆっくりと下降して閉じた。断末魔にのたうつ尻尾で泥が掻きまわされ穴のなかは一時暗黒となったが、やがて力が抜けるにつれて彼の全身は闇のなかで重く冷たく私にのしかかってくる。永年くりかえし続けてきた気息停止の仮死修業の名残りのせいか、息の根がなかなか止まらなかったので、私は身を離して本来の丼鉢に戻り、水中に高速度で回転し跳躍しつつ、丸鋸となってラマの全身を数個体に輪切りしたのち念をいれて細片に刻んだ。そして主の肉二切れを味わい、血を啜って彼の法力をわが身に移してから、残りを池じゅうにばら撒いて鯉鮒亀たちに供養した。

こうして私はかねての望みを果たし、四代目阿闍梨の位にのぼったのであった。

B号丼鉢が旧主を締め殺したのち阿闍梨ケ池と玄関前の池とのあいだを定期便でかけもちするようになり、A号からはその後なんの便りもなくなったので、私の身のまわりもすこし淋しくなった。そのうえこの年は冬も思いのほかに早くやってきて、大寒に入ると池のつくばいを濡らす垂水が凍り、石の北半面はいつも氷片で白壁みたいにまぶされて光っている。水面も厚く閉ざされ、夜おそくまで起きていると十日に一回くらいの割りでバシャリと氷を割って帰ってくるB号の着水の音が、寂莫《じゃくまく》たる枕にひびいてきたりした。ネオンも消えて塀の外には人の足音も絶え、時折り通る東海道線の夜汽車の汽笛が空をわたって伝わってくるばかりである。動かぬ寒気に封じこめられた穴のような裏通りの、貧相な骨董屋敷の庭池が、愛慾の抜け殻を泥に沈めて悶々の情に耐えているグイ呑みや、永生成仏を狙って地下水脈を潜り歩いている柿の蔕や、念願を成就して得意満面の丼鉢の棲家とは誰れも知らぬのである。そして私は、こういう夜更けにふと目覚めると例の老人性掻痒症が性懲りもなくつのって身を揉むことになるのである。今夜もひとわたり身体中を掻きむしったのち、ふと思いついて一週間ばかりまえに兜率天から届いたススルータ医学大辞典の新版を書斎からかついできて、外科の項に眼をさらすことにした。

これはもともとはガンジス河畔に根をおろした私の先祖のヴェーダの魔除け呪《まじな》いから発達したものだが、しばらくおいて梵天と帝釈が千人の天医をつかって千章に分け、十万の対句を作って恰好をつけたあとで、三千年ほどまえに人間に払い下げたという世界最古の医学辞典である。そのあと極楽では、釈迦のいいつけで医業はずっと竜樹菩薩の専門になっているわけだが、慈悲深い彼は下界人間の生命の短かさと記憶のはかなさたよりなさに思いを凝らし、記憶し易いよう、また施術し易いよう、総体を八科に区分けしたり訂正したりしたのち、サンスクリットに記して流通させているのである。八科というのは外科、鎖骨から上の疾患、一般医学、魔力医学、育児学、毒物学、延命学、強精学の八科を指すのであるが、次手にその大体の原理を述べておくと、まず体液生理学または体液病理学だ、と云ってもいいだろう。もちろん体液と云ったところで必ずしも液体とはかぎらない。とにかく人体の基礎的構成要素はラザと血液と肉と脂肪と骨と骨髄と精液（女なら経血）の七つとする。ラザというのは淋巴《リンパ》乳糜《にゅうび》・清液と訳してもいいが、云ってみれば消化産物の乳糜の精練されたもので、導管によって全身を流通し、細部まで届いて栄養を運ぶ半液体であって、五日の日程で細胞に変化しつつ、他方で不用排泄物として尿屎、胆汁、粘液、汗、毛、亀頭の垢なんかを体外に捨てる役目を担うのである。

他にも重要な基礎的要素が三つある。ヴァーユ、ピッタ、カプハで、それぞれ別の導管で全身をめぐっているこの三つが適量で調和を保っていればいいが、失調したり量を逸したりすると万病が起こるのである。これも最後は胆汁と屁と粘液になって排出される。ヴァーユは風で神経作用、ピッタは火で消化異化作用、カプハは水で鎮静湿潤作用ということになっている。

勿論こんな漠たる総論をのみこんだところで私自身の病気がなおせるはずもない。ただこういう湿気の多い国での重大任務を命ぜられてきてみると、不安緊張のせいか、水が変ったせいか、身体が遽《にわ》かにガタついてきたうえに、製薬の材料も満足には手に入らないから、当座しのぎの頓服も街の薬局で怪し気な副腎皮質ホルモン剤を買う以外自分で調合はできないのである。牛の歯の黒焼き、牛糞、蜂蜜、蓮の花粉くらいは何とでもなるが、黒苺やマンゴの花の汁とかとなると代用品がないうえに、保存用の丸薬にまるめるバターの精度が劣るので常備の望みもない。せいぜい医学書に眼を曝《さ》らし、その匂いでも嗅いで気息を整え、ヴァーユ循環の失調を元へ戻す算段をしてみる他はないのだ。——多少の効果はある。読んでるうちに眠気がさして頭が呆やけ、たぶん心因性でもあろうところの汎発《はんぱつ》性の痒みはやや遠のくのである。

これについては滑稽なことがあった。

寒には珍しく空気のゆるんだある日の午後、荒れた庭をすこし歩きまわって二階にもどると、A号がめずらしくしょんぼりした肩つきを見せて坐っていたが、私を見るとピョコリと神妙に頭を下げて

「今日は別用でまいりました。このところ番外ばかりで相すみませんが是非是非先生のお智慧を拝借したいと存じまして」

と云った。

「弟子の私にお智慧拝借とはいったいどういう風の吹きまわしです。しかし見れば浮かぬお顔をしている様子ゆえお話はうかがいましょう。何か心配ごとでももちあがりましたか。私にできることならばいかようにも御相談に乗りましょう」

と云うと

「へえ、男の私からは少々申しにくいようなことで」と眼を伏せた。「実はひと月ばかり前か

ら家内のアソコに変調を来たしまして、しきりにヒリつくと云ったかと思えば痒いと云い、また少量の月のものに膿が混じったかと思うと時にはパカパカと音をたてて泡ばかりが吹き出てくるという始末、私も現物をのぞいてみて心配やら心細いやら、当人からも辛くあたり散らされますので思い余ってやってまいりましたようなわけで」

何を云ってる。第一そんなところを見る馬鹿があるものか。

「家内と云われますと?」

「へえ」彼は急ににやりと笑って首筋を掻いた。「実を申すと家内ではなくて御近所のバー・ユーカリのP子でございます」

とたわいなく白状したが再び真顔にもどると

「どうでございましょうか、鮑《あわび》の生肉を刻んで煮つめた冷やし汁でアソコを洗うと爛《ただ》れがとれるとか申しますが。——なんでもむかし那智の滝にうたれて修業していた文覚上人が、滝壺に潜って獲ってきた九穴の鮑という、劫を得た大物を天皇様に献上してお褒めにあずかったという話があるそうで、私はてっきりこれも皇后様のアレだったんではあるまいかと見当つけておりますのです。鮑は年を経るたびに例の甲羅の穴の数がふえるとか、それで九穴——」

「なるほど、なるほど。もうよい、わかりました、よくわかりました」

私は立ちあがって書斎から例のススルータ大医典の第三巻をかついできた。そして第六章二

○三頁をめくって彼の膝のまえに差しだした。

「失礼ですが、あなたは焼ものの方では私の先生だが、この方面のことはあまりお詳しくもあるまいと存じますから率直に申しあげまするで、どうかお気を悪くなさらずにお聞き下さい。――ことによると御婦人の病いは蛇神の呪いかも知れませんぞ。あなたには読めますまいが、それここに、そのような徴候のもとは夫の飾りなき破廉恥、甚《はなはだ》しき残忍、勇敢、貪食、怒り易さ、不潔悪臭、夜の出歩き、異常な体力、冷水嗜好などに在り、とありますぞ。お心当たりはございませんか」

「旦那様、そりゃあ本当でございますか」

「何しに嘘をつきましょうか。これはこの字でもおわかりのように遠いインドの経典とも云うべきもの、私はそれを言葉どおりに紹介しているだけです」

A号のト胸をつかれた表情には、この春のグイ呑みC子の情熱的交会・噴卵の壮挙に触発された己の過淫への後悔が明瞭に現れていた。ことによると、彼は自分もグイ呑みのひそみに倣って焼ものと人間との合の子をこの世に噴出させようと努力しているのであろうか、と私は疑ったのである。

「それはそれとして」

とひと休みして私は続けた。

「さしあたってのお心得としては当面淫事を慎むは勿論、一日も早く適当な専門医に相談されることが肝要でございましょう。この書物には他にあのほうの冬期の心得などもくわしく述べてありますが、まあ腹中生火の鈍衰を防ぐために入浴を励行《れいこう》するとか、バターと油を全身に塗るとか、牛糞と牝牛の小便を蜜で捏《こ》ねてしゃぶるとか、もしも症状が悪化して奥さんのアソコの中に茸状の腫物が簇生《そうせい》するようなことにでもなったときは、鯰の叩き肉をくるんだガーゼを挿入して冷やすとか、まあ手当ての法もいろいろ書いてあります。何せあの方のことは私のような堅物には判断もいたしかねる次第、御取捨にまかせます。しかし御存知のように、インドも昔は神様仏様から王様乞食化け物に至るまで、戦争に勝ったと云っちゃあヤり、敗けたと云っちゃあヤり、家をこしらえたと云っちゃあヤり、飯を食ったと云っちゃあヤりという具合であったのですから、類例も豊富、従ってあなたの御愛人にお似合いの件りもさぞかしありましたでしょうから、却ってこの書物を調べる方が案外近道かも存じません。効きめのあるなしは私の知らぬこと」

と突っ放すと、A号は礼を云いながらも何やら浮かぬ顔でふらふらと立ちあがった。そして襖の外でがちゃりとドアを閉じる音がしたと思うとシャーという便器に水を落とす轟きとともに姿を消してしまった。

彼もなまじ人間などに化ける術を会得したおかげでこのような災難にあう羽目にたちいたっ

たのである。こんな打ち明け話を聞くにつけ、私なども早く備前焼に変身して物理化学的にも金剛不壊《ふえ》の身を獲得し、老化から脱却してかの時の至るを待たねばならぬ。窯場視察も近いうちに実行しておこうと、改めて心に思い定めたのであった。

——さてその後はA号からは何の報告もなく、B号もいっこう姿を見せないままに寒も明けた。春も過ぎ、夏も闌《た》けた。蒸し暑い小庭に立つと、ユーカリ、桜、ニセアカシアなどに群がる蟬の声があたりの空気をこめ、四方の二階家のギラつく屋根の彼方には雲の峰が高く連って、強い白光をはね返している。見下ろす池は青みどろに濁り、油ぎった睡蓮の丸葉が太い葉柄《ようへい》に支えられて重なりあって山なりに盛りあがっている。なんだか夜になっても耳に軽い栓でもはさんでいるような、呆やけた頭になってきたのである。

私は思いきって新幹線に乗って、夕凪どきの岡山に着いた。そしてうだるような街の表通りからすこし引っこんだ路地裏のしもたやにたどりつき、川村東伍の表札をたしかめて格子戸をあけた。

七十余り中背瘦形の、首まで赤く酒焼けして眼のギョロリとした男が出てきて、癖らしい甲高な咳払いを連発しながら

「こりゃ遠いところをよくいらっしゃいましたな」

と大声で云った。焼ものに知識はないが、どうせ見学するなら先生のような高名な方のお話

をうかがってからにしたいという手紙を、前もって出してあったのである。手土産のホワイトホース二本を式台の隅に置いて挨拶すると
「やッこりゃどうも」
と早速それを手に下げて
「まあお上がり」
と云いながらすぐ右手のせまい書斎の襖をあけた。そして奥に向かって
「お客さんはお茶よりナニの方らしいからな」
とやはり大声をかけておいてペロリと舌を出した。
「時分どきですから、御都合がよろしければどこかで食事を御一緒したいと存じますが」
と後ろから誘うと
「そりゃありがたいですが、それはそれとして兎に角ここのところをちょっと湿しておかないとね」
と咽喉を撫でてまたペロリと舌を出した。そして胡坐をかきながら机の上のガラスコップをとって
「お持たせで何だけれど、早速暑気払いに頂戴しますよ」
と云って包み紙を破った。

彼が袋戸棚から出して私に手渡した高さ二十センチばかりの備前火襷の派手な鶴首徳利を、私は「やっぱりこれが艶っぽくていい」と思いながらひねくり廻していた。東伍が
「だいぶお気にいったようですな。それは預り物だが、御希望なら安くお世話してもいいですよ」

と狡い眼つきをして云った。

「いや、今日は用意してきませんでしたので、いずれまた」

「なあに、お金は何時でもいいでしょう」

「はじめてうかがってそうもなりません」

「お固いことで、ハハ」

と笑った。

それから思いついたように机のまわりに積みあげた本の間からずんぐりとした十二センチほどの小徳利をつまみ出し、私の掌にのせながら、試めすようなふうに私の眼を見た。尻が無骨で意外に重く、土は腰強く粘って固く焼け締まり、轆轤《ろくろ》目が深く強くて、いかにも渋い感じのものであった。私が眺めたり撫でまわしたりして黙っていると
「じゃあそろそろ出かけますかな」と飲みさしのウイスキー罎を持って腰をあげながら「轆轤目が斜めにあがっているでしょう。それは轆轤を早く廻しといてどんどん引きあげて無造作に

成形するから自然そうなるんです。時代の古い証拠で、おあずけ徳利には持ってこいだし、こういう優品はなかなか手に入らないがね」

と未練たらしい云い方をした。商売する気だったらしいが、遠くから名指しで訪ねた以上それも尤もである。興醒めしたらしい東伍は義務的に二つばかりの窯を案内したのち、用事を思い出したから明日は後楽園の陶器館でも見学したらよかろうと、場所だけ教えて立ち去ってしまった。

私は窯の見当がついたうえは別に参考品など見る気もなかったので、翌日は予定どおり宇野港まで行って午の瀬戸内海を眺めた。小豆島《しょうどしま》通いの舟の出る粗末な桟橋の突端に立つと、海面の二、三メートル先からギラギラと突き刺してくる真夏の反射光で、眼が痛めつけられた。前方をふさいでいる濃緑の直島《なおしま》の左手には、水蒸気で濛《もう》とかすんだ濃紺の海が横たわり、背の低い島影が飛び飛びにいくつか浮かんでいた。「あそこだな」と私は思った。A号がみせびらかした海揚がり備前の出所は直島の左端五十メートルの海底らしいと云っていた。そこから自分で潜って拾ってきたのだ。

「よし」と私は思った。

私はこわれかけた待合室の売店でコーラを一本買って飲み、人目のない裏手の便所のわきから水に入って一直線にそこまで潜って行った。船の通路は深く、少しばかり暗かったが、それをはずれてしばらく進むと海底が浅く明るくなって、ほぼ見当をつけてきた場所からすこし左に寄ったあたりの行くてに船首で底岩の頭を嚙み半身を砂に埋めた恰好で傾いて沈んでいる、三十噸《トン》ばかりの木造船がみつかったのである。近づいて眺めると、干満の潮の流れで船尾の両側の砂は狭間のような具合に深くえぐれ、外壁全体は長い褐色の海草と苔に覆われてぬらついていた。銀灰色の小魚や薄桃色半透明の烏賊が群をつくって游弋《ゆうよく》し、物音は絶えていた。砂の上に身体を横たえてあたりを見廻したが焼ものは一個も落ちてはいなかった。数百年の静けさと平和が周囲を閉ざしていた。――潮の流れがまもなく止まり、あたりが薄暗くなってきた。すると快感が私の胸を満たした。皮膚のすみずみまでひんやりと湿めり、故郷の無憂極楽の蓮の上に寝転んで夕風に吹かれながら、遠く聞こえるお経の合唱でも耳に入れてるような、夢みたいな気分になった。――紀州補陀落の海か。福聚《ふくじゅ》海無量か。不生不滅不増不減か。――しかしその哲学もいずれは擦り減って、次に現れる法で滅びるのだろう。そしてその法もまた滅びて無常に帰する。すべての法は空であり実体はあり得ない。空転空転。その動力はエーケル エーケル。何れは出て行って説教しなければならぬ定めであるが、それも奇麗に雲霧消散だと私は思った。――何時であったか、婆羅門の提舎《だいしゃ》と名乗る男が、梵天の孫だとか云ってヒマラヤの山のうえに現れて、大王に問答をいどんだことがあった。身の丈二丈ばかり、突き出した太い腹に二重の真赤な銅板を巻き、頭の上には一塊の火を乗せていた。「拙僧は十八種の大経はもとより数知れぬ経典書物を学んだのでこの腹がはち切れそうである。だから破裂を防ぐために銅板を巻いているのである。頭の上の火は、この世が愚で暗黒の法に満ちているから道を照らすための灯である」と云った。そこで大王が「行者よ、汝の腹中を見よ」と手をあげて招くと、長さ四丈余りの雌雄黒白の大牛が現れて左右から行者の腹を貫通し、彼は黒液を庭にほとばしらせてどうと倒れた。そして後に残されたものは、雨に打たれたひとつくねの黒いビニール合羽のような彼の遺骸のみであった。十万世界はすべて斯《かく》の如く行者の腹から流れ出た暗愚の黒汁に覆われつくしているのである。

長い一夜の夢からさめて、私はまた朝の光にきらめく縞模様を砂に印した海の底を、岸の桟橋にむかって引返して行った。

「夢、夢、埒もない夢」と私はくり返し思った。

私が桟橋から這いあがって宇野の街に入って行ったころには、昨日にひき続いての蒸し暑い陽射しが地上を隈なく炙っていた。皮膚はみるみるうちに発赤《ほっせき》し、私は身体じゅうを掻きむしりたいという例の慾望にさいなまれつつ、陽陰を選び伝わって急いだ。毛穴という毛穴に千万の虫が這いこんで、脚をうごめかしつつ汗を吸っているという妄想に、私は悩まされつづけた。そしてようやくの思いで街をはずれ、人けのない郊外の田舎道に出て、とある農家の古びた土蔵のかたわらに立つ柚子の樹陰をみつけると、私は吐息をついて路傍の石に腰を下ろした。蒼空と白光の積乱雲の下に圧しこめられたような彼方の低い丘まで、重く穂を垂れた稲田に埋まって、空気は瀬戸内特有の濛気に包まれていた。田に張りめぐらされた雀除けの銀紙の板が光って眼を射た。わずかばかりの冷たい風が土蔵のまわりから生まれて顔をなでた。私はシャツもズボンも脱いで身体を拭い、それから金玉の皮を両掌にはさんで力一杯もみしだいた。

「先輩――。弥勒さんじゃありませんか。こんなところで今ごろ、何をしていらっしゃるのです」

私は不意に名を呼ばれて顔をあげた。眼の前の、道のむこう側に並んでたっている石地蔵と道しるべのうしろから、本物の地蔵が籐のステッキを突いて叢を踏みながらこちらに近づいてくるではないか。

「これはまたどうしたことだ」

と私は思った。やわらかい女体で下界にくだったはずの彼が何時のまに頭を丸めた美男に変身したのであるか。

「先輩は何時こちらの方へ？」

「ついこのあいだ来たばかりだ。しかし先輩はおよしよ。順から云えばそちらの方が倍も早いじゃあないか。それに僕が説教をはじめるまで六道は君の受持ちになっているんだから、そんなこと云われると恥しくて尚更そこいらじゅうを掻きむしりたくなってくる」

「いやどうもどうも。しかしそう身体が痒ゆくては難儀ですな。これから丹後方面を廻国《かいこく》する予定ですから、次手に孫の手を買ってきてお届けいたしましょう。——竹柄はお手元にお持ちではないのですか」

「あれも兜率にいたときは蚤や虱に食われるんで入用だったけど、こっちでは要らないしね。払子《ほっす》は持ってたが近ごろは農薬のおかげで蚊も蠅もたからなくなったからどっかへなくしてしまった。君だって錫杖《しゃくじょう》を突いてないじゃあないか」

「日本じゃあ追剝ぎも虎も出ませんからこれで沢山」

と笑ってステッキを振ってみせた。

「頭を剃ったのもそのせいか」

「いや」

とまたちょっと笑った。

「これは仕事のためです。女の天国に入るは駱駝に乗って針の穴を通るよりも難しですからね。衆生済度と云ったところで相手の九十パーセントは業の深い女ですからな、こういう御面相の比丘《びく》になってまず彼女らのお気をひくが第一とさとったのが、そもそものはじまりです。謂《い》わば先輩の前座みたいなもので、無仏五濁《むぶつごじょく》の現世を地馴らしするための工作なんだから、あまり冷かさないで下さい」

「それじゃあさぞもてるだろう」

「ええ、まあ。しかしこうなる前には戦争の護り本尊にされて男にもてたこともある。この世じゃ何でも向うさま次第です」

とまた笑って
「そろそろ出かけますか。とにかくその辺までお供しましょう」

とうながした。大王の庭で婆羅門提舎の吐いた黒汁が、いま彼の脚元に影として貼りついていた。そして私の影法師も黒かった。二人は狭い田圃道を、ひとかたまりにならんで右手の近い山の方角にのそのそと歩いて行った。

しばらくすると雑草の小道から森に入って傾斜が急になり、空気も薄暗く冷えて汗もひいてきた。豊富な水量を持った早い流れが音をたてて道ぞいに現れ、赤い沢蟹が脚もとをしきりに横切った。地蔵が先にたってゆっくり足を運びながら
「地獄、餓鬼、畜生、修羅、人間、天上。私もはやく人間世界はきりあげてどこかへ行きたいですよ。——千年もつきあえばもう沢山」

と低い声で呟いた。

「それにしても先輩はどうしてこんなに早く人間界へ下ってこられたのですか。私はさきほど

お姿をみかけたときは本当に吃驚《びっくり》しましたよ」

「なにたいした用事があったわけじゃあないから、前触れもせずで君には悪かったですがね」

と私は答えた。

「偵察ということもありました。遊び半分ですよ。私の坐るとか云う竜華樹がいったい全体どこいら辺に生えるもんか、なんてねえ」

「なるほど」

「何しろ遠い先きの話で、そこがねえ」

「ははア——何もかもインチキなのかも知れませんなあ」

と地蔵が呟いた。

「私もあなたも、あの優しいお釈迦さんに較べてもまだおとなし過ぎて役にたたんかもね」

二人はしばらく黙った。冷たい風が、急に行くての深い杉の植林の向こうからまともに吹きとおってきたと思うと、コトンコトンという水車の杵の音が聞こえてきた。

「水車ですか？　こんなところで今どきめずらしいな」

地蔵が樹立ちの隙間のあたりを指差して
「ええ、もちろん商売にはならないらしいんですがね。すぐ先きに、ここいらの杉葉を碾《ひ》いて布海苔でかためて線香をつくってる男が昔からいるので、私も来たとき粉にしたやつを少しずつ買って行くんです。最下等品だから臭いが、奨励のためにもね」と苦笑してみせた。「私も最近はもっぱら田舎まわりになり下がりました」

小屋は水車の輪と同じくらいの高さしかない、貧相な杉皮葺《ぶ》きの荒れ屋であった。流れに渡された板橋を踏んで、彼は身をかがめて暗い入口へはいって行った。

地蔵が戻ると、私たちは小屋の後ろをまわってまた山道をゆっくりと登って行った。急に重い、弾けるような水音を混じえた響きが頭のうえの方から届いてきて、じきにすぐ、左手の杉木立ちと濡れた下草のあいだに、十五メートルばかりの滝の下半身が現れた。

「これが竜華の滝」

地蔵が冷かすように云った。やさしい滝だと私は思った。

「お釈迦さんは根からやさしい人だったね。さっきの話じゃあないけど」

「そう、いろいろね。何時もお供で歩いていたが」

「私は子供の時分から腰巾着みたいにくっついて歩いた」

と私は答えた。

釈迦は成道をすませてからも、ちょくちょくネパールの生まれ故郷に帰ってうろついていた。昔の領地では一族が亡びてもまだ殺したり殺されたりしていた。釈迦は故郷に近づくと食慾がなくなってしまって、洗ったなりの空鉢を持ったなり、托鉢もせずに村はずれをトボトボ歩いてばかりいた。――だがやっぱり怖しい人だと思ったこともある。ある晩深い森のなかをさまよっていると急に光が射して、焔毘羅天という、他人の喜びを食料にして生きのびているヴェーダの悪神が現れて「あんたのような尊い人が自ら王となって国を治めれば万事解決するじゃありませんか」と云って誘惑したことがある。すると師匠がいきなり「悪魔よ去れ」と怒鳴りつけた。焔毘羅天が吹き飛ぶように消えて、あたりはまた闇にとざされた。破鐘《われがね》みたいな声だった。

地蔵が

「私らはどっちつかずだからね」と云った。「師匠は人が死んだ後どうなるかなんて一度も云ったことがなかった。生まれかわるなんて云ったこともなかったしね。そこへ行くと私なんかこっちへ来て以来極楽とか地獄とか六道の辻とか、賽の河原なんて云われて、弱り果ててますよ。まあ嘘も方便、インチキもあんたの来るまでのつなぎだと観念してはいますけどね」

「個の実在はない、何にもない。土になり風になり水になるが自分はない。生せず滅せず増さず減ぜずなんてね。思いきったことを云ってたな。やっぱりきつい人だった」

「成仏したらそう云うさ」

地蔵がはじめて明るい顔をして笑った。

「私はこれから山向こうの部落をひと廻りして、それから吉井川沿いに津山へ入ってまた山越えです。鳥取さえ抜けたら、若狭の海岸あたりに腰をすえてしばらく暮らしてみようかと思っています」

「あいかわらず脚は達者だね。僕はとてもお供はできないから、また岡山まで引返して新幹線に乗って帰ることにします。おかげで身体が冷えました。それじゃあ失敬」

「泣きごとを聞かせましたね」

「それも探偵のひとつだ」

「ではお大事に」

と云って地蔵は滝の右手の崖のような山道を、ステッキをついてひとりでどんどんのぼって行った。

私はその日のうちに新幹線終列車で浜松へ帰った。そして木戸をあけて真暗な庭へ足を踏みこんだなり、暫くは佇んでぼんやりしていた。二階の屋根と伸び放題の雑木が、せまい空間を上から囲んで黒く静まりかえっていた。凝っとしていると脚もとの池でバシャリと鯉がはねた。夏も過ぎかけたという気配が深夜の身のまわりをこめていた。私は小声で
「丹波、おい、もう寝たか」

とB号の名を呼んだ。そしてしばらく様子をうかがっていると、静かな池の水面がかすかに揺らいだように思われたので

「あとからあがってこい。心配するな」

と云い捨てて玄関から二階の居間に入って電灯をつけた。そして蚊遣りをたいたのち、風呂場で水を浴びてから汽車弁の残りを鞄から出して食べていると、襖のそとで
「へえ、旦那、お呼びでございましたか」

というB号丹波のおずおずした声がした。

「ああ、御苦労様でした。どうぞこちらへ」

「へえ、では御免なすって」

と答えたと思うと、襖の隙間から丼鉢がヒラヒラと身体を廻わし蛸足で平均をとりながら畳を伝わるようにしてすべりこんできて私の前にとまった。

「そこじゃあなんだから遠慮なくこっちへお上がりなさい」

「へえ、失礼いたします」

と云って卓袱台の上に跳びあがって蛸足をおさめ、胴縁のところを少し揺するように動かして挨拶した。

「だいぶ苔がついてきましたな」

「へえ、お陰様で楽をさしていただいております」

「そうか、そうか、まあ一杯やりなさい」

とビールをそそいでやると
「ああ、よく冷えておりますな。具合よく浸みます、浸みます」
と総身を震うようにしながら
「お池の方も、この二、三日来は明けがた近くになりますと底の方が冷えてまいりますので、だいぶしのぎやすくなりました」
と世辞を云った。
「そうか、そうか。よく辛抱してくれますな」
私は
「せっかく眠っているところを起こしてすまなかったが、さりとて別に話があるというわけでもない。お仲間の柿の蔕はちょくちょく世間話に来てくれて私もあれの腹のなかがわかっているのに、お前さんの方をなおざりにして相済まんと思っていました。ところでどんな気持ちをお持ちでしょうか。ひとつこのさい腹蔵のないところを聞かせて下さい」
と先夜の化け振りは知らぬ顔で訊ねると
「へえ、そうやわやわとおっしゃられますと、まことに恥入る次第で何と御返事いたしてよろしいやら、申しわけもございません。実は私も旦那がとうに私の正体をお見透しあそばしていることは、柿の蔕の口裏からして内々さとっておりましたが、何分彼奴が例のおべんちゃらで旦那様に取り入っている様子をみておりますと、口惜しさのあまり腹が煮えくり返って御挨拶にもまいりかねるという始末で、そのためついつい今日まで――」
と、歯を鳴らすようにカタカタと机のうえで小刻みに震動しながら
「お察しくださりませ」
と身を揉んだ。ははあ、この手で阿闍梨ケ池の大蛇を締め殺したのだなあと、可笑しくもあったがまた哀れにも思ったので
「それでは私も正体を明かして是非おまえさんに手伝ってもらいたいことがある。まあ聞いて下さい」
と、例の釈迦との約束を云い聞かせたのち、この運命の竜華樹はいったいどのあたりに生えてくるものか、今から見当をつけておきたいがどんなものだ、とあてずっぽうに話題を切り出した。とたんに丼鉢の身体はブルブルと電気に打たれたようにふるえて暫くはやまなかったが、ひと息つくと今度は打って変ってさも嬉しそうな叫び声をあげ
「それではやっぱり旦那は弥勒菩薩の化身でいらせられましたか。恐れ入りました。かねてからよもや只のお人ではあるまいと私も内々眼をつけてはおりましたが、さほどの方のお召しにあずかりまするとは」
と芝居がかりに仰山《ぎょうさん》な金切り声をあげてゴマをすり

「数ならぬ私めに勿体ない仰せつけ。それにもましてお師匠お釈迦さまへの厚い御孝心のほど、重々恐れ入りました。五十六億七千万年も先きのことをお心にかけて、私のごとき下賤なものにまで力を添えよとの御命令、まことに光栄のいたり、このうえは粉骨砕身、勝手知ったる世界の隅々まで虱潰しに飛びまわって必ず仕遂げてみせましょう」

「善哉、善哉、それでは頼みましたぞ」

と私も師匠殺しに調子を合わせて膝をくずし、衣服をゆるめて脇腹のあたりをボリボリと掻いた。

「ところでグイ呑みはその後どうしているね」

「はい、仲よくやっております」

「仲よくとはC子とか？」

「へえ」

「仲よくだけではわからぬ。噂さはとうから耳にはいっておりますぞ。柿の蔕の肩入れしとることも知っておりますぞ」

「さすがは旦那、全くはや何もかもお見透しで——あのお、それがでございます」

とひと息ついて言葉を継いだ。

「女はとかく身も心も冷え性とみえまして、C子は、あれ以来子供のことなどケロリと忘れたようなあんばいで景気よく泳ぎまわっておりますが、グイ呑みの方はとかく諦め切れぬ様子、昨年来泥をかぶってふて寝ばかりしておるようなわけで。柿の蔕めがひとりで昂奮して騒ぎまわり、しきりに両人の間をとり持ってはおりましたが、それもこの頃では少々疲れ気味の態でございます」

「反応なしか」

「へえ、この春ははやばやと例の催淫剤を腹におしこんでみたり、無理やり身体じゅうの貫入の割目に擦りこんでやったりしておりましたが、その副作用のせいか、グイ呑みの風袋が日増しに膨れてまいりましてC子の艶姿をさも大儀そうに横目で見やるばかり、残暑の今ではもう身動きもならぬありさまでございます。昨年春の、さかりのついてたあのころは、性気のおかげで少しは散歩もできるようになっておりましたのに、まったく夢のようでございます。このごろでは魚どものたてる波に煽られてやっと二、三回ゴロつくくらいが関の山、どうしたことかC子の方も一向に無関心で、柿の蔕から渡された薬はみんな仲間とのトチ狂いの方につかいつくしたと見えて、そっちの方の噴卵は実に数回という案に相違の成績、まこと逆効果でございました」

「グイ呑み本人の意向はどうなのだ」

「なにしろ薬の飲み過ぎで夢か現かというグデングデンの有様でございますので、ろくに口もききません。しかし前代未聞の大快挙という柿の蔕のおだてはいまだに効いているとみえまして、再起は心底に誓っている様子でございます――けれども旦那様、一体全体あのような不思議が正直この世にあるものでございましょうか」
と疑わしげに呟いてみせたので
「実か妄想か、わしは知らない。わしがここに居るのもおまえがそこに居るのも、嘘か本当かわからないではないか」
と言葉をかえし
「とにかく先頃から柿の蔕に力を貸せと頼まれておるので様子を訊ねてみたまでのことだ。あとは私が考えましょう」
と好い加減な返事をしてB号をかえした。
丼鉢がたち去ったあと、私は床に入って静かにあっちこっちをさすりながら眠りに引きこまれて行った。泥だらけの田螺の大口のすみから仔が生まれて、後から後からと芥子の実のように光りながら水中に散って行く光景や、艶々と張った出目金C子の腹からグイ呑みの仔が煙のように噴き出して行く美しい光景が、交互に頭に浮かんだ。「さあ、こんどこそ貴様らをつかまえてやるぞ」と私は心に叫んでいた。するとその古い呪いの句に応ずるように、故郷の村の祠《ほこら》に彫りこまれた猥褻《わいせつ》歓喜の生命に満ちた神々の像が瞼の裏に群れ動いた。彼等神々もまた白く輝くヒマラヤの峯々に区切られた青黒い空を、もつれ合いながら微塵のように舞い飛んでいるのであった。

十月にはいるとユーカリの丸い綿毛の花が梢のはしはしに群がり咲いて、秋風がたちはじめた。庭の花木は、躑躅《つつじ》も大納言も紫式部も姫林檎も、二年前に植木屋から買ったときはこぼれるばかりの小粒の実や花をつけていたのだが、翌年からこっちはすべての見どころが縮小し、葉も縮れて衰滅まえの哀れな姿と変った。年々旺盛になりまさるのはユーカリ、ニセアカシア、夾竹桃、八つ手くらいのもので、せまい庭がアカシアの落葉で黄色く覆われたあとは、まわりの二階家の灰色の屋根や張りめぐらされた電線が露出して、晴れた日の華かな夕焼けだけが、二階の居間に坐った私の郷愁をかきたてるのである。——そろそろ金策にもとりかからなければならない、と私は思った。

私はもちろん自活の身の上である。地蔵とちがって他人様の懐をあてに托鉢してまわるわけにも行かぬから、敗戦このかた骨董屋をやって身の始末をつけているのである。磯碌億山と、名前だけはそれらしくこしらえたが、別に組合に登録してあるわけではない。十年ほどまえ買い出しの旅先きで識り合った東京の骨董商山本の手を通して商売をしているのである。山本は親切気のある男で、私みたいな田舎者に似合ったやり方を教えてくれたから、私は苦しまぎれの悪事も混ぜて金儲けをさせてもらっているのである。

最近は骨董ブームで七、八年前までは十円で買えた蕎麦猪口《ちょこ》も千円二千円、ひどいのは四千円以上もするし、十数年前まで古道具屋の土間に重ねられていた部厚いクラワンカの茶碗や皿が一万円ちかくしたりもする。私は山本の示唆によって、その買出し、時に泥棒もやっている。すこし脚をのばせば、過疎となりつつある周囲の山の部落には、無住荒廃の観音堂地蔵堂大日堂何々堂が沢山ある。屋根は破れ床の抜けた堂内には、仏のあることもないこともあるが、正面の台には花活けなんかにまじってお水用のクラワンカ茶碗だけはかならず数個残されているから、傷のないやつをえらんで盗み帰るのである。また流行の近代的庫裡造築をやっている寺へ行ってみれば、縁の下あるいは本堂の裏から掻き出されたワラビ手、赤絵、秋草文などの小花瓶や蕎麦猪口や行灯《あんどん》皿や灯芯受けなどが、蜜柑箱につめられて、或はそのままで庭隅に片寄せられている。勝手用水甕が、杓を放りこんだなり捨てられていることもある。大黒と挨拶を交し、本堂にお参りしてすこし多めのお布施をあげたのち、大黒がその紙包みをあけたころを見はからって目慾しい品を安く引き出すのである。A号の山出し講釈などとうの昔に実行済みである。彼のデカダンスはニセモノ意識から来る。彼の講釈好きもその苦悩から来る。懐中電灯で床下井戸の底を覗けの、見せ金には千円札を出せのと、些末な注意を意味あり気に述べたてるのもすべて苦悩の現れである。

手元の棚にならんだ品も乏しくなってきたから、そろそろ彼の連中を金に換えようかと私は思った。グイ呑みも柿の蔕も丹波も、私には何の関係もない。阿闍梨ケ池へはどこからでも行ける。昨日の午後はグイ呑みをタモ網でしゃくいあげて調べてみた。

グイ呑みは確かに変容していた。異様な、生きもののような無気味な気配が、全身にただよっていた。摑めば堅く冷たいのだが、摑んだ瞬間掌を押し返そうとするような弾力の存在が感ぜられ、B号の云ったように心持ち膨れて、青ミドロと泥の深くつまった貫入に区切られた釉薬のところが心持ちもちあがって、体表が総体石垣状のでこぼこに覆われているように見える。やっぱり催淫剤の副作用か。それとも過度の発効によってもたらされた中毒性鬱血浮腫の徴候であるのか。化物か。しかしそれにもかかわらず、つくばいの水で洗ってよくよく見ると、水に濡れた表面の志野釉の艶っぽい白さと滑かさは、まるで話に聞く室町期の名碗白天目の肌を連想させるような美しさに輝いて、このままで少し痩せ締まってくれれば桃山期の名品としても充分通るであろうと思われるのであった。似合いの仕服を着せ、然るべき古箱に納めてやれば、出世すること間違いなしである。外側からC子の愛液が浸みこんだせいか、A号の激励が内部から張りを与えているのか。それにしても僅か一年半のあいだによくも変ったものかな、艱難《かんなん》汝を玉にすとは真にこのことであると私は考えた。何れにせよ、今すこしのあいだ泥に漬けて様子を見てから売り飛ばそうと、私は予想外の収穫に満足して二階に引きあげたのであった。

思えば私もミミっちくなった。下落したものだ。地蔵の狡猾な粘りを見習うか、予定どおりにあっさり海に沈むか、それともいい加減で帰省して人間界の垢を洗い落として出直すか。われひと共にただエーケル、エーケル。しかしやっぱり願うはひとつ、「不生不滅　不増不滅」。

一週間ばかりした日曜日、朝から半晴で季節はずれの蒸し暑い空気があたりをこめているので戸障子を明け放ってビールを飲んでいるうちに、なんだか天気が怪しくなってきた。いいあんばいだと思って廊下の寝椅子に寝転んで少しうとうとしていると

「ミロク、ミロク」

と呼ぶ声に起こされた。ゴマ塩頭の、瘦せて小柄な老爺が骨ばった掌でしきりに肩を揺するので眼が覚めて

「どなたです」

と訊ねると

「ワシは妙見《みょうけん》じゃア」

と破鐘のような声で名乗ったので、驚ろいて身体を起こし、畳に両手をついて頭を下げた。

「おお、尊星王様。この地球には何時おいであそばしましたか。かけちがって今日まで御挨拶もいたさず失礼いたしました。まずお坐りなさいまし。さて初におめにかかります」

「気取るな気取るな。それより何か食うものはないか。降りてきたのはつい三日四日まえじゃが、言葉が皆目わからんで何処へ行っても飯にありつけぬ。食うが先きじゃ」

「はい今すぐに」

と冷蔵庫から焼豚の薄切りを出し、ビールを添えて酌をした。

「うーむ、これはうまいが何やら頼りないなあ。やっぱりロキシーの方が当たりが強くてええぞ」

と二、三杯飲むうち頻りに両耳の穴に指を突込んで掻きまわしながら
「うーむ、疲れた」

と云うので坐椅子を勧めて
「折角おいで下さいましたうえはできるだけ長く御滞在くださいませ。及ばずながら御世話はさせていただきます」

「善哉、善哉。お前の顔を見て安心したぞ。しかしわしは大黒とここで落ちあって帰ることになっとるで長居もできん。お前も久しぶりに顔を見てやりなされ――ときに地蔵はどうしとるかのお。律義者ゆえ心配はせぬが」

と乱杭歯を剝き出した。

「はい地蔵のことなら御安心を。さきごろ岡山の方で出会いましたが気受けもよろしいようで

した。そのおりの話では、たしか今度の戦争責任で修羅道に落ちた天照大神の七番目の妹が下の病で苦しんでおるとかで、いずれ廻るつもりと申しておりました」

「そうかそうか。選りに選って下の病とは、そりゃ気の毒なことじゃなあ」

と差しつ差されつしているうちに、妙見が耳の穴ばかりか懐や下腹に手をつっこんだり背中に腕をまわしたりして、全身ボリボリと掻きはじめたのではっとして
「大先輩どうなされました」

と様子をうかがうと
「空き腹に口当たりのいい酒で少々あっちこっちが賑かになってきたようだが、なにたいしたことはない」

とは答えたものの、全身の掻痒に悩まされる様子は私のそれと瓜二つであったから、私も彼の心底にわだかまる何物へとも知れぬ焦燥の思いをはっきりと感じとったのであった。彼が大黒を伴って帰ろうとしているのは釈迦の住む浄土か、それとも無の暗黒の安息か。無可憂郷に釈迦はいるか。化物の巣窟か。彼はそれが摑めるか。

「それではお気のまぎれるよう、下手な笛でもお聞かせいたして我等の故郷でも偲ぶことといたしましょうか」

「善哉、善哉」

私は後ろの押入れの棚から骨笛をとり出し、鉦と太鼓を膝前に据えて構えた。そして精いっぱいの思いをこめて「プーッ」と一声を挙げ、撥をとって「デン」と打った。「プープププー、デンデデンデン」と次第に調子をととのえ緩急をはかって演奏をつづけると、妙見がコップ片手に大声一喝「ペイーッ」と合の手を入れた。楽が進むほどに呼吸があい、しばらくは双方われを忘れて唱和する。私は笛の合間に思わず心魂をふりしぼり祈をこめて「田紳有楽《でんしんゆうらく》、田紳有楽、捉えよ、捉えよ」と叫んでいたのであった。

いかほどしたであろうか、襖をコトコトと叩く音がして

「旦那、入ってよろしゅうございますか」

と呼ぶB号丹波の声がした。

「どなたかお識り合いか。わしは一向構わぬゆえ入ってもらいなさい。すこし休もう」

と妙見が息をついた。邪魔なやつと思ったが故郷を懐しむ心根もわからぬではないと察したので

「それではこちらへ」

と襖を明けてやるや否や、丹波はするすると畳をすべって入ってきた。

「まあお許しが出たから遠慮せずにそこの机の端にでも乗りなさい。こちらは私の大先輩、公私にわたって親しく願っている妙見菩薩北斗尊星王様だぞ——先輩、これは私が庭の池に住ま

わせているネパール・インド帰りの丹波ともうす丼鉢でございます。御修練の美声に誘われて参じたものと存じますのでどうぞお見識りおきを。これ御挨拶を申しあげんか」
とうながしながら妙見をふり返って驚ろいた。いつのまにか相好が変わって、大目高鼻螺髪《らほつ》、拡張した顔の額に三本の深い皺が刻まれ、口が鰐のように波を打ちながら両耳に向かって端反りに裂けている。丹波も平生の度胸に似ず恐怖にかられたか、丼の縁をカタカタと震わせて
「へえ、はじめて御尊容をこの眼にいたします。帰妙頂来、帰妙頂来」
と畏《かしこ》まったきりものも云えぬ。
「はア、はア、はア、この顔はよそゆきじゃア。正体はこんなものじゃあないぞい」
妙見が笑ったとき、またもや襖の外の廊下から
「旦那、御無沙汰を。滓見でございます」
という柿の蔕の声がしたから、ええもうバラしてしまえと心に思って
「いいから入りなさい」
と呼びいれ、その場の様子に「あッ」と立ちすくむ滓見を前に坐らせて
「お前が何と了見していたかは知りませんが、私は道具屋でもなければ磯碌億山でもない。お前が人間でないと同じく、私も名前どおり五十六億年ののちにこの世に正体を現す弥勒の化身です。そこにおわすは妙見菩薩、ここにいるのは見るとおりお仲間の丹波だ。かくなるうえは

お互いに何事も打ち明けて後生を願うが身の為ですぞ」

と云いきかせた。妙見がまた
「こりゃ可笑しい。とんと化物屋敷じゃがいな。アハ、アハ、アハ」

と笑った。

「してお前さんの御用はいったい何ですか」

柿の蔕が畳にすりつけていた頭を挙げ、気をとり直したようにジロリと丹波の方を見た。

「へい、申すも恐れでございまする。しかしこれを申さねば宇宙の大真理発見を阻む大罪を犯す道理ゆえ、身分をはばからず旦那様に訴えまするのは他ならぬ彼のグイ呑みのこと。一週間まえの夜グイ呑みが私を呼んで、今日は旦那の手で奇麗に洗っていただいたので気穴が開き少しはものも云えるようになったからとて私に申すには、お前さまには長らくお世話になったが、どうやら自分は近々身売りになるらしい、どうにもC子への未練が断ち切れませんと、泣いての訴えです。これがそこに居る丹波のお呼出しにあずかった晩からいくらもたたぬ後のこと――」

丹波の尻が机のうえを柿の蔕に向かっていざり寄ったと思うと
「何をほざくか、この助平野郎」

と呶鳴《どな》り声を挙げた。

「手前の嬶《かかあ》のあそこを爛らかすほどやってもまだ足らず、金魚とグイ呑みがくっついて合の子をこしらえたのは宇宙真理上の大事件だなどと旦那さまに触れ歩くさえあるに、またもや二人をそそのかして後悔もせぬとは、身のほど知らずの大馬鹿者め」

「スパイの家来だけあって云うことなすことがみんな下司《げす》だな」

と柿の蔕も負けずにやり返し
「手前こそおれさまがここにいらっしゃる弥勒様の有難い御説法を聞きたいばっかりに阿闍梨ケ池へせっせと通って忠義をつくす真心も察せず、師匠殺しのだいそれた荒療治をやらかしたことは先刻見通しだぞ。妙見様弥勒様、いかに素姓が卑しいとは申せお聞きのとおりの極悪人、きっと懲しめて下さりませ」

「へん、何をぬかす阿呆。手前こそあのインチキ大蛇に胡麻を摺ってだまくらかす算段ばかりしていやあがった癖に」

「あハア、あハア、あハア。やめろ、やめろ」

と妙見が大声でさえぎった。

「だが柿の蔕さんや。そりゃあ本当にお前の手柄、大発見だがや。ここらの池で合の子とはえらいことじゃ。めでたい、めでたい」

「そんな馬鹿な。あれはただの田螺のお産でございます。ねえ弥勒様。こちらは何も実地を御存知なし」

「黙らっしゃい」と妙見が破鐘のような声をあげて一喝した。「田螺などとは種がちがうわい。歴っきとした合の子にまちがいない。弥勒さんも人間の生まれゆえ知るまいが、チベットの奥のまた奥のガーダラジャという谷には、今でも樅と羚羊《かもしか》との合の子でできとる立派な村があるわい。現にこのわしからしてが岩と光との切ない恋の末に生まれた合の子じゃ。鰐の血も混ざっとるがいや。あハア、あハア、あハア」

勢をもりかえした柿の蔕が丼鉢をジロリと睨み、それからおずおずと私の顔に視線を移した。しかし私をみつめる彼の面持ちには、訴えと同時に何故か必死の色が浮かんでいたのである。

「旦那様、見苦しいざまをお眼にかけ、重々お詫びを申し上げます。私がこちらへ伺いましたのは、もとよりこのような自分勝手な奴を相手にいたすためではございませぬ。平生の御愛顧を頼りに是非お智慧を拝借いたしたかったため。しかし思いもかけぬ旦那の御宝名をうけたまわりましたうえは私も死にもの狂い、隠さず申しあげてこいつめの貪慾を打ち砕かなければ胆が癒えませぬ。失礼御免なさいませ」

と再び丼鉢の方に向きかえった。

「やい丹波、てめえは今朝の新聞を見なかったか。ここにはこれこの通り、今日から五十億年の後には太陽がどんどん膨れあがって地球も月もなかへくるめこまれたうえに、百五十億年の後には一切合財宇宙の彼方のブラックホールと云う暗黒の洞穴に吸いこまれて消え失せてしま

う と記してあるぞ。してみれば、誰がこしらえたかわからぬお経に迷って悪業を重ねた末に、たとえてめえ一人が五十六億年生きのびようと、弥勒様の説法はおろか、とうの昔に身体は熔ろけている道理だ。さすればてめえの所業は空の空。これ、日頃の高慢はどうした。返事をしねえか」

「なにを猪口才《ちょこざい》な。たかが紙切れ一枚にふりまわされて見苦しい」

と丹波はやっと呟いたが縁の震えはとまらず、私も虚をつかれて妙見の顔をうかがうばかりである。

「善哉、善哉、ええことを聞かせてもらったがい。さすがは釈尊、眼のつけどころがちがうわい」

と妙見がうなった。彼の双眼は光っていた。

「わしも内々ではそんなことじゃろうと思うとった。真黒々の暗闇がどこやらにあるちゅうことは子供の時分からよお聞かされとったが、くわしく科学的にきけば成程成程。弥勒も計算をやり直して、間に合うように勘考せねばならぬぞよ」私の顔を射込むように見た。「鏡へ写せばお前の右手は左手になる、耳も左右逆になるぞ。それもお前だぞ。時を写せば過去現在は逆に流れるぞ。ブラックホールから吐き出された無がお前だぞ。ここに居るぞ。如是我聞、如是我聞」

妙見が骨笛をつかみ、鰐口に含んで「ププー」と鳴らしたので私は撥をとって「デデン、デン、デン」と太鼓を打った。これで儀式は終わった。悲しみとも嬉しさともつかぬ思いが私を捉えた。私は彼のコップにビールをついだ。

「弥勒さんよ。人間、虫ケラ、魚、けだもの、草木、土に水に空気、みんな流れるだけで互いに何の関係もないぞよ。斯くの如きすべての流れを識るのがお前さまの勤めじゃがや。十万億土とは黒い洞穴までの道のり、真黒々の暗闇が即ち浄土。これがお前さまへのわしの引導じゃア」

と云って下腹のあたりをぼりぼりと掻いた。

「なんだか昨日あたりからいっそうあちこちがムズつくがや。虫にでも喰われたかいのう」

としきりに身もだえをするので

「何か薬でも捜してまいりましょうが、まずその前にちょっと背中をお見せ下さい」

と衲衣《のうえ》を脱がせて驚ろいた。首から顔のあたりには芥子粒くらいの小さな吹出物が疣状に簇生しているだけであったが、腕、股、背中、腹の皮膚は、まるで森陰に寄せかけられたホタ木に群がる養殖椎茸さながら、無数の褐色の小突起にびっしりと覆われているのであった。この表面に浅い亀裂の入った軟い半円有茎の小肉茎が、指先で触れるとざわざわと生きもののように動いた。突起物の茎の間は蚤虱の巣であった。私は自分の掻痒症に較べて余りのひどさに驚いた。

「おれもこうなるぞ、ならねば摑めぬぞ」と決心した。丹波と柿の蔕が気を呑まれて後ずさりした。

妙見は肌を入れてまた手を突っ込んで掻いていた。私も相伴してしばらく飲んでいた。するうちあたりが薄暗くなって冷たい風が入ってきたので外を見ると、いつのまにか頭の上がすっかり曇って雨模様になっていた。やがて突然季節はずれの遠雷の音がどろどろと轟いたと思うと、僅かの間にひときわ黒味の強い雲が街のはしの辺にかたまって動き、下端の一部がピカと光り、間をおいて今度はドシンというような落雷の音が響いた、そして雲は見るまに近づいてきた。同時に大粒の雹《ひょう》が庭とユーカリの葉の間に束になって注ぎはじめた。地上に落ちて転がる粒が普通の二倍くらいの大きさで見る見る劇しくなり、池の表面が泡立ち、ニセアカシアの黄色い葉がパラパラと降るように散りはじめた。ユーカリの大木が身体を振り揉み、青い葉がち切れ落ちて刺激臭を発散し、屋根を打つ響のなかであたりは日暮れどきのように暗くなってしまった。不意に間近い空間全体がパッと輝いてピシャリと云う、音にならない音が耳を打ったと思うと強風が部屋に吹きこんだ。そして続いて次の閃光がそれにならんで破れるような渇いた爆発音とともにひらめいた。雹の瓦を叩く籠った響きのなかで、頭上の黒雲の範囲だけに張られた粗い網の目のうえを何物かが走りまわるように、ピシャッ、ピシャッ、とでたらめに火柱が閃《ひらめ》いた。そのたびに腹を衝いてはね返る轟音でしばらくは四囲が閉ざされていた。
柿の蔕が部屋の奥の壁にへばりついたなり蒼い顔をこわばらせてすくんでいた。妙見が立ちあがってゆっくりと
「大黒が来たらしいがい」
と呟いた。そして
「迷うと気の毒だで合図してやろうがい」
と云って二階の手摺りを跨いで庭に降りた。庭へ降りると、彼は身の丈十メートル、四本脚、六本腕の巨人に還っていた。朱塗りの盥のような顔に三個の眼を光らせ、逆だつ赤髪と鈎鼻、大口に四本の牙を反らせ、六腕をわやわやと四方に振って空中を招いた。すぐにドシンという地響きがして六メートルばかりの人影がならんで立った。大黒天は盛りあがる螺髪と額に巻いた髑髏《どくろ》を水に濡らし、顎の張り出た青面短鼻の口を大きく開き、額に皺をよせ、左手に血入れの皮袋、右手に大剣を摑んだ憤怒の相を隠さず現してこちらをチラリと見たが、私を認めると頭を下げ、妙見とつれだって池で脚を濯《すす》いでから人間界の姿に変って部屋に入ってきた。そして
「これは一別以来でお久しゅうございます。妙見さまのお呼びで御機嫌うかがいに参じました。まずはお変りのう」
と挨拶したので

「お堅いことで。お楽になさい」
と酌をしながら
「どこから来られました」
「はい西の方から。急いでまいりましたので心ならずもお騒がせいたしました」
「なになに」と妙見にもビールをつぎ
「おまえ等も好い加減でうち解けて御相伴させていただきなさい」
と柿の蔕にもコップを持たせ、丼鉢には頭からなみなみと注いでやるとふたりとも
「両菩薩さまのおさとしで胸のつかえも解け心も開けました」
と感謝の様子、丼鉢は見る見るビールを身体じゅうに吸いとって真赤に染まり
「ああ、ああ、よい気分になりました。ここいらでひと踊りしたいようでございます」
妙見が
「善哉、善哉、それでは早速御詠歌と行こうかやア」
と骨笛を二本とって口の両端にくわえた。
「ププー、プププー」
私が両手に撥をふるって
「デンデンデン、ドドン」

大黒も背中から鐃鈸を下ろして
「ジャラン、ジャラン、ポラーン、ジャラジャラ」
「鐘はどうした、鐘は」
「へえ、手前が」
と柿の蔕まで鎚《つち》を振って力一杯
「ガーン」
と打ったから私は下腹に力をこめて
「ペイーッ」
と一声やった。
「愉快、愉快。大黒おまえも手を生やせ」
と両名は雑嚢《ざつのう》から鉦を引っぱり出し、二本ずつ腕を足して四本の撥をつかんで
「カンカンカン」
と連打する。私はまたもや声を励まして大声一発
「オム　マ　ニバトメ　ホム」
丼鉢も浮かれて空中に浮上し、ブーンブーンと回転しながら部屋を飛びまわりはじめた。かくて一同の演奏ははじめゆるやかに、だんだん調子を速め高めて、ヒマラヤの山中に戻り、万

物流転生々滅々　不生不滅　不増不滅　と今や破裂せんばかりの佳境に入りこんで果しもなく続いて行くのであった。

「オム　マ　ニバトメ　ホム」
「ペイーッ　ペイーッ」
ププー　プププー　デンデン　カーン
「パーダム　パーダム」
ジャラン　ジャラン　ジャラジャラ
ガーン　ポラーン
「ペイーッ　ペイーッ」
「田紳有楽　田紳有楽」

〈執筆にあたり西川一三著「秘境西域八年の潜行」(芙蓉書房)を参考にした。また、文中に「陶説」二三一号掲載の橋本武治氏の文からの引用がある。記して謝意を表す――著者〉

みな生きもの
みな死にもの

小説「暗夜行路」の前篇に、主人公謙作が、妹にラヴレターをよこして誘い出そうとした男を、神社の境内につかまえて詰《なじ》る場面がある。

その営養不良みたいな貧相な青年、手足の皮膚がカサカサに乾いて白い粉を吹いているような哀れな青年が、おどおどして無意識に親指のササクレをむしる。血がにじみでてくるがそれでも痛みを感じないように、なお無暗とむしるのである。

この場面の描写は非常にリアリスチックで、作者の経験そのままであろう。

実際に緊張して気持ちが一方に凝り固まっているときは、こういう動作をするし、それが痛くないということは、この数年来自分が老人性掻痒症《そうようしょう》になって以来日常に体験することである。それは多分痒覚と痛覚とが一部で重なり合った、親類みたいな現象だからであろう。

老人性掻痒症は、背中と下半身の皮膚に脂気が失せて乾くというのが原因で、細かい丘疹が表皮一面に簇生し、引掻いて刺戟するといっそう多発し膨隆するという仕組みになっている。

テレビやラジオの健康相談なんかで医者が遠慮して「下半身」と云っているのは、つまり睾丸を中心とする太腿の内側から尻背中下腹にかけての部分という意味である。そして丘疹の大部分は即ち毛穴である。

昔から「孫の手」というのがある。中国の王様が、裸になって若い腰元二、三人の柔い爪先で絶間なしに背中をやわやわと掻かせていたという話を中学生時分に読んだ記憶があり、それをエロチックな光景として想像したこともあったが、いま思うと実用であったのである。「孫の手」は長くて薄い竹篦《たけべら》で、年寄りが後ろ襟から背中にさしこんで上下に動かして、手の届かぬところを掻く。適当に折り曲げられた一端に指状の切り込みが入っている。私も二年ばかりまえ近くの友人から高崎名物とかで一本もらったが、これはツルツルの型物プラスチック製で、形状はリアリズムそのものであるが、ただ辷るだけだから快感はまったくなく、おまけに部厚く弓なりに彎曲《わんきょく》していて、よほどくつろげた襟元からでないと突込めないから物の役にはたたなかった。今は別の友人に東京から送ってもらった旧来の「孫の手」、しなしなとたわむ昔どおりの竹製のやつを用いて便利している。

禅僧の坐像が膝に横たえている先きの曲った如意棒はつまりこれの誇張で、昔は掻痒症の他にシラミや蚤が背中を這いまわったから、老和尚が便利に常用したという意味だろう。ついでに問答にやって来た目のまえの相手を殴ったりしたわけで、法事や葬式のときに盛装した和尚が物々しく肩に構えている馬の尻尾、白毛の長い払子なども、やっぱり身体にたかる蚊や蠅を追払う道具だったにちがいないのである。

——それはそれとして、新陳代謝が衰えて老人性搔痒症にかかり、痒さに耐えかねて睾丸や両腿の皮膚を揉みあげ搾りおろしつつ搔きむしると、むしればむしるほど痒味が増すから、結局は爪で上皮を傷つけて血がにじむ。搔いてる最中は快感が専《もっぱ》らで痛みなどは感じない。したがってその辺で一応は満足するのであるが、少時してピリピリと、剝け痛んだ上皮に甘皮が再生してくると、やがてこの生理的再生作用の機械的刺戟によって再び痒味が生まれてくるというのが決まりである。

以上は生理的な自然現象で、万国万人共通にして而《しか》もまったく個体的な自動作用である。小説もまた、自然自動的に一人で考え一人で書くのだから、天然たることに於いて、また個体的なる点に於いて、この現象と似たようなものである。椎野駄石みたいな洋医から「フーフェランド医典には金玉なんか痒くなっても搔くなと書いてあるからやめろ」といくら訓戒されても、個人の個体は云いつけ通りに作動はしないのである。引搔いて血を出して後悔するが、また痒くなれば引搔くのである。

五年前のことだったか、六年前のことだったか、思い出せない或る日、私は用事があって上京して講談社に行き、手の空いた編集者の一人に案内されて直ぐ近くの大塚警察署の隣りの角にある小さな喫茶店に行った。
そこへ裏手にある同社の鑵詰《かんづ》め部屋に泊っているという小島信夫氏が来たので私は初対面の挨拶をし
「あなたの長篇連載小説『別れる理由』は、毎号拝見している、と云うよりはむしろ愛読していいます。あなたは自分で何と思っているか知りませんが、僕は勝手にあれは『個小説』と呼ぶと好いがと思って愛読していいます」
と云ってその理由を述べた。
生物を形造る細胞は、それぞれ薄い被膜をかぶって孤立して生きている。その内容物である液状の原形質は、滲透圧《しんとうあつ》という圧力によって各〻《おのおの》の被膜を透して互いに交流することはできるが、とにかく一応は個々の生物として自らの固有の生を持っている。生物としてその一個を分離してプレパラートの上にのせて内容生態を観察できるし、また分裂増殖生長の過程を見ることもできる。しかしながら常態においては今云った滲透圧により相接した被膜を透して互いに交流し、総体としての生を支えつつ生きている。
こんな解りきったことを念を押したうえで
「僕自身の小説は狭苦しいうえに得手勝手で貧相な私小説ですが、しかしこの滲透圧によって読む人と交通できるようには書かれていると信じます。とにかくその工夫はしているのです。貴方の『別れる理由』は全くの自分本位、自分勝手な小説で、今のところではいったい何を書こうとしているのか、モティーフがあるのかないのか、さっぱり解らぬ五里霧中で、もちろん各部の演ずる役割を飲みこめもしません。

僕はあの小説は滲透圧の必要性を無視していると感じます。けれども僕にはそこが面白くてたまらんのです。興味が非常にありますから毎号愛読しています。貴方のあれは『私』に輪をかけた『個小説』と呼ぶべきもので、僕はこういう跳躍的前衛的試みが大好きです。『潮』に連載中の長篇作家評伝もヘルンあたりからは形が同じようになってきて呆気にとられていますが、これにもまた魅せられます」

「そうですか」

と小島氏は云ったきりで、ほとんど反応しなかった。むしろ浮かない顔をしていたという記憶がある。

バルザックやトルストイの長篇を読むと、社会と人間との織りなす大山脈を望むようで、その物語が多様な起伏と重積をたどって終末に達したときは、思わず長い溜息が出る。彼等は遥かの高みからその姿を一望に見下ろしつつ筆を進めて、そこにうごめく人生の真をわれわれに展開してみせるのである。

けれども、同じく人生を眺め辿るとき、また別のやり方もあり得るという考えも私にはある。つまり独りで広い野の小道や丘の裾なんかをめぐり、またゴチャゴチャといり組んだ街中を歩いたりして、脚下の雑草やすれちがう人間などの個々の姿を、その個々の細部を、自分の眼による同じ強さの視線で等価に捕え、無選択に並列して記録して行く。そして歩みの停まるところでプツリとこの長大煩瑣《はんさ》な文を終えてしまうという――集約を拒否した方法だってあり得る。それが人間世界だという示し方もある。

私は小島氏の奇想が、意識的のそれであるのかどうかは知らないけれど、そういう空想を自分に誘うような気配を感じて、ひとり決めの大なる期待を拭うことができないのである。

次手に云うと、二年ばかりまえ正直な誰かさんが「眠気を催した」と白状した未完の大作、というよりはむしろ永久に完成を期し難い埴谷雄高の長篇「死霊」は、そのトバクチ、つまりこれまでに発表されたほんの一部分の文字に、どう解釈を加えてどう理解しようと試みたって、作者の目差すところを云いあてることなど出来はしないだろうと、これもまた自分ぎめに私は思っている。モティーフはまだその片鱗の一部しか現してはいないのだから、読む方がこのなかから更に部分を抜きだし、それを自分の言葉に移し替えて説明しようといくら試みても、すればするほど必ず失敗すると思う。埴谷氏の考えかた気持ちの持ちかたに全体として同感し敬服する人々が、たいがいの論において失敗していることは已むを得ないのである。人間は個人個人が漠たる存在で、しかもそういう状態に於いて同時に各〻個性的な存在なのだから、極端に云えば、漠とした埴谷氏の個性を漠として深く感じつつ同感していればいいのである。たぶん埴谷氏本人もそう感じているだろうと思う。

一般的に云って、第三者を予定して、予定に合った書きかたを選んでやっていれば、通じはいいし間違いも少ないし、またその気が全然なければ文は成りたたぬ道理だけれど、書く当人の身になってみると、自分が小説家である以上、好い加減で見え透いた妥協には嫌気がさすであろう。表現方法も変えたくなると思う。もっとも、これは私が短気になってきたせいであるのかも知れない。

全体として、埴谷氏には始めから国民的とか国際的とかいうような区域的な性格も自覚もないと思う。あれはもともと純粋のモノローグで、それは多分持って生まれた性質で、誰々のためにとか、これこれを万人に主張するためにとかいう気は更にないだろう。未来の、あるいは現在の何時の日かに、自分と同じ精神構造を持って生まれた人間がいて、自分のあの小説を、同形の二枚の紙を重ねるような具合にして全部吸い取るかも知れないと、そういう感じでやっているのであろうと私は思う。ただ、彼の文の断片、雑談、表情、生活などを全部合わせて辿ってみれば、理解の範囲はかなり膨むだろうという気はしている。私自身にはそんな機会も少ないし、はじめから無理はしないし、する必要もまったく感じないから、以上のような無責任で気楽なことを云ってただ何となく共感してるのである。

私の住まいは街中にあって狭いから、まわりの空気を遮断するために、塀の内側に接して丈の高い木を植え並べてある。家を建てるまえまで戦災廃棄物の捨て場として放置されていた空地であったのだから、地味を選ばぬ木、すぐ生長して多く葉をつける雑木だけを選んで植えた。移転の当初には松とか梅とか金木犀とかいう庭木なんかも田舎の旧居から運んではみたのだけれど、それらは二、三年のあいだに痩せて葉数が減り、花をつけなくなり、そして続けざまに枯れてしまったのである。したがって生き残った雑木だけが春夏には緑の葉を高く繁らせ、光り、それに漉《こ》された涼風は私の部屋に流れかよってくる。美しい花は他人の庭や季節季節の山に入って見物するし、珍しい木や古い木はそれぞれの神社や寺に行って仰ぎ眺めることで満足しているので差支えはない。

最初にここへ田舎の平屋の建物の一部を移築したとき、それは二十年近い昔の夏のことであったが、解体現場へ通ったことがあった。十年前にはこの移築木造家も潰してコンクリートの二階建てに替えた。この一室で、死期の近づいた妻が腹水で仰臥《ぎょうが》できぬ身体を半ばベッドのうえに起こし、半ば眼を閉じた恍惚状態で、終日まったく無表情に、何を思っているのか、恐らくは何も心にとめることのない状態で、艶の失せ乾いた放心の横顔を、レースのカーテンで漉された弱い光線のなかに浮かばせていたのである。私は神も仏も信じてはいないし、従って来世など考えたこともないが、不思議にも妻の去って行った彼の世という観念は、やっぱりもやもやとして消し難いのである。生と死というふうに対照して、無でも何でもいいからとにかく妻や肉親の去った其の所という、一種の慕わしい再会の場所として頭に思い浮かべているのである。満七十を過ぎてもまだこういうふうにメソメソしているというのが現状である。

――旧宅取潰しの検分に通っていた夏のある日、床板を剝いでいるので根太《ねだ》にあがってのぞくと、住み捨てられた蜘蛛の巣が縦横にちぎれて一面にぶらさがっていた。床下の地面は厚い埃をひと皮かぶって白く埃っぽく乾いてブワついていた。そして埃の薄い廊下の部分の地面は、無数といっていいくらいの蟻地獄の穴で覆われて生きていた。漏斗状の穴の底の砂の一皮下に蟻地獄が隠れ、鎌のように彎曲した頑丈な二本の前脚を生やした黒い頭を半分現して、身体を埋めて餌を待っている。地獄の急斜面の縁を渡って行く蟻の大部分は、ちょっと後ろ脚を踏みはずすことはあっても滅多に重心を崖に奪われることはない。しかし我慢して凝っと眺めていると、長い後脚が出すぎて斜面にかかり、膨れた尻の部分が縁の乾いた細かい砂粒を押して、崩すような具合に転がり落とす場合がある。するとこの瞬間に擂鉢の底から銃弾を撃つような素早くて正確な攻撃がはじまるのである。砂粒の命中した蟻は辛うじて立ち直って逃げ、あるいは六本の脚を突っぱらせて斜面をかじりながら、その懸命なもがきによって一層軟弱な砂の表面をこわしてずり落ちて行く。そして黒灰色の全身を現した地獄の主は一段とはげしく砂弾を浴びせかけたのち、手鈎のような前脚に獲物を抱きこんで漏斗の底に潜りこんで行くのである。

移築がすむと瓦礫《がれき》の空地をコールタ塗りの板塀で囲って住みついた。空地には河原コスモスが、身を入れる隙間もないくらいに盛りあがって生い茂っていた。美しいようには見えなかった。それが寒さに枯れるのを待って、私は毎日の暇な午後を整地に打ちこんでいた。大穴を塀寄りの数個所に掘り、ゴロタ石やコンクリの破片や割れた屋根瓦を箕で運んで投げこんで埋めた。その上に形だけの畝《うね》をつくって食糧補給の馬鈴薯畑にした。掘り起こした大型のコンクリートの土台の類は綱をかけて引きずって行って隅の方に積みあげ、その三メートル余りの頂上にのぼって周囲のバラックの街を見渡したりした。朝早く、それから夕方になると、バラックの屋根の彼方、東の空に紫色三角の富士が小さく浮かんで見えるので、生まれ故郷を懐しむような気持ちで富士見台という名をつけたりした。

この時分、塀の脇につくった木戸に接して四十センチほどに伸びた実生の桜をみつけ、大事に育て、三十年近い今に到って尚いっそう心を慰められているのである。いまは太めの床柱くらいに肥えふとり、枝はみな斜め上方に生き生きと気楽にのびて脇門の屋根を半分覆っている。年によって多少はずれるが、だいたい四月の始めか半ばごろになると花と若葉半々くらいに賑やかとなり、鵯が朝早くからいれかわりたちかわりやってきて、騒々しく啼きながら花を食ったりつくばいに下りて水を浴びたりする。薄手の花びらが少しずつ生温かい風に吹かれて散る、私はこの時期がいちばん好きだ。空気に香りと光があり、そのなかで花が徐々に領分を葉にゆずりながら季節を終えて行く、そういう風情《ふぜい》のようなものに或る憐《あわ》れさと哀しさがあって、口に云えぬ美しさを感ずるのである。

つくばいの水はチョロチョロくらいにしか出ていないが、コンクリの浅い池に落ちて二鉢の睡蓮と十数匹の真鯉と鮒を養っている。一時は金魚を沢山買ってきて入れていたが、結局は全部鯉に食われてしまった。天竜河口で網にかかった五十センチ余りの鯉と四十センチ近い鮒の二匹が稀少価値で、あとの鯉は促成養殖だから寸法は同じでも何となく弛んで膨れている。金魚を呑むのはこの野生の二匹である。鮒の方は、現場を見たわけではないが、たぶん夜のあいだに、沈んで眠っている金魚のヒラヒラと軟かい尻尾を食いちぎる。大きく開いた派手な尻尾を片平だけ動かして不自由そうに丸まっちい胴体を運んでいるので、また食い欠かれたなと思っているうち、数日すると姿を消してしまうのである。死骸は浮かないのだから胴体の方は鯉が呑むのであろう。とにかく今は全部消えてしまった。

食用蛙も、ひと月ばかりのあいだは現れたり消えたりしてうまく居ついたようにみえたが、結局は姿を消してしまった。ヤマカガシは冬に入っても脱皮し、のぞくと首をあげて指先きに近づいてくるので、ことによると室内の暖かさで冬眠に入らぬままに年を越すかも知れぬと思っていたのであったが、或る朝やはり死んでいた。

放し飼いにしていた青大将と、一匹の蟇だけが生きている。

数日前の朝、乾き切ったたままに放置しておいた裏庭の茂みに撒水した。一隅に蛇口があって、コックは鉄蓋を半分ずらした状態で長方形の穴に納められている。蟇はこの蓋の下に身を隠し、頭をちょっと挙げて窮屈そうに私の方を見た。彼はここに潜むことで夜放される番犬の攻撃から生命を護っていたのであった。彼は水撒きを終えてコックを閉じる私の手先きから少し身をずらして凝っと私の方をうかがっていた。

この蟇は、大人の手首から先きくらいの中型であるが、より大型の、辞引きほどの奴を、私は五十余年前に見たことがあった。春先きのある朝、中学生の私が登校すると、テニスコートに仲間が集まって騒いでいた。近づくと二、三十匹の蟇がコートの上に散乱して弄《なぶ》り物になっていた。どこから、何故、このように湧くように這い出してきたのか、光景はただ不気味なだけであった。仲間たちは靴の先きを腹の下に入れて引っくり返したり蹴ったりして騒いでいたが、蟇たちはただノロノロと歩いたり不器用に方角を変えたりしているだけであった。一人が、用具小屋からラケットを持ち出してきて、そのガットの部分を一匹の部厚い辞引きくらいの大蟇の脊中に覆せて押しつけた。そして傍の私に向かって「柄の上に乗って見ろ」と云った。私は乗ろうとしたがひと握りの柄のうえに両足をそろえて乗ることは勿論できはしなかった。私の半乗りになった靴の下で、その大蟇は両手を突っぱって動きはじめ、私の踵《かかと》の下の柄の端しを中心に半円を描くように這いずり廻ったのであった。

昭和十一年ころ、大学を出た年、教授に命ぜられて八王子市の眼科医院の留守番をしたことがある。そしてこれも春先きであったが、大変寒い夜だった。市中に住んで居られた瀧井孝作氏が私の下宿に来られて、二キロばかり離れた或る神社の小池で行われる蟇合戦を見物に行こう、と云われた。毎年の今頃の決まった日になると、そこへ蟇の大群が集まってきて命がけの交尾産卵が行われる、その凄じさに興味があるとのことであったので早速お供したのである。しかし目的の神社に着いたときはもう合戦は終わって境内は暗く、人影はなく、物の動く気配もまるでなかった。私たちは失望したが「とにかく池へ行ってみよう」と云うことで歩を進めると成程それはあった。そこには小さな浅い水溜まりがあった。池というのではなく、深いところでも三十センチそこそこの、落葉で荒れはてた庭の窪みと云ったくらいのものであった。しかし私が懐中電灯を水面に押しつけるようにして覗くと、その澄んだ水底は、太い縄みたいな蟇の卵で充満していたのである。小豆《あずき》状の粒々を無数につつんだトコロ天状の紐のようなものが、重なりあってトグロを巻いていた。光を水際に移すと蟇の死骸が腹を上にして何匹となく転がっていた。

私は腕を水に突込んでぬるぬるとすべる卵の紐をちぎり、ハンケチにくるんで下宿に持ち帰った。そして小庭の隅の手洗鉢に沈めておいたが、数日のうちに宿のお内儀さんの手で捨てられてしまった。お玉杓子に孵る光景はついに見ることができなかったのである。

私は鳩のよちよち歩き、それから子供を追掛ける仔犬が周章《あわ》て急ぎすぎるあまり前脚のうえに身体がのめって転がり、鼻先きを地面に擦りつけてはまた起きて駈けて行く、そういう光景を見るのが大好きである。

反対に、こういう人間は最も嫌いである。ある午後の「生花教室」というテレビ番組で、たぶん家元の若先生というふうに営養好く肥ってノッペリとした青年講師が、女アナウンサー相手に実演をしていた。新鮮で、見るからに生き生きと水を含んだゴムの木の葉、葉蘭などを手にとって、切れのいい鋏でザクザクと容赦なく切断し、斜三角またはM字形に変える。「こういうふうに切りますと、ほら、このように鋭角的な表情が生まれてまいりますでしょう」と云いながら、また手際よく葉の方を廻して鋏を入れる。「これを、この清楚なお花の背景にこう差しますと、また格別新鮮な印象を与えますでしょう――生き生きとして」「本当でございますねエ」などと身を反らせて眺めて平気で問答している。ムラムラと腹が立ってくる。

皇太子夫妻は、親しい人以外の民衆の前へ出ると何時も、絶え間なく微笑している。テレビで誰でも知っている。さぞ嫌だろう。鏡をのぞいたり、夫婦互いに眺めあって一定に決め、凍結固定して常用して非人間化して行くのだろう。世襲して天皇陛下となり、だんだん荒廃して行くのだろう。自分の顔に仮面を貼りつけて、みんな他人のせいにするのだろう。「チーズ」という、ああいうの――。生花番組の翌々日だったかの晩テレビで見た裸のガンジー、無抵抗不服従運動中の生前のガンジーだけがそうでなかった。難しい不機嫌な顔をし、また放心したような表情をして歩き、瘦せた脚であぐらをかき、木製ベッドのうえに縮まるように身体を折り曲げて寝ていた。

ある日、T氏が畑道で車をせわしく運転しながら急に

「そうそう、今朝の明けがたに変な夢を見た」と云って「宮殿みたいな建物の便所へ入ったらガランとした広い部屋で何もない。コンクリの床に糞や小便がいっぱい貯まっている。向こうの方の板張りの壁に丸い穴が沢山あけられている。若い男が入ってきて部屋の真中へ小便をはじめたので腹を立てて『あの穴へペニスをはめて向こう側へ出すことになってるんだ。そういう規則になってるんだ。そうすれば汚れない』と叱った。そして自分もしようと思って壁に近づいたところで眼がさめました。実際にも小便が貯まっていたから手洗いに起きてまた寝ました」

と云った。

「そういうことは僕にもときどきある」

と私は云った。

その日は四月上旬の日本晴れで暖かく、田圃には蓮華草、丘には桜、農家の庭には連翹が咲きほこっていた。浜松から磐田をまわって森町へ行く途中で、敷地川の土堤を走っていた。土堤下の広い耕地に下り、磐田原台地にかかえられるように入り込んだところが、鶴ケ池という周囲約四キロの沼になっている。動植物の保護地区に指定されているので釣り人も来ないし誰もいない。水面の四分の一くらいは枯芦に覆われた湿地、その彼方が山裾までの静かな水面で、残りの鴨が数羽低く飛び、森の方では時期はずれの鶯がしきりに啼いていた。昔からこの沼の蓴菜《じゅんさい》採りを許可されているという爺さんが孫を遊ばせにつれてきていて

「季節がきて朝早く舟を出して、真中あたりまで出て、頭から襟巻きをかぶってじっとしていると、池の主の大鯰が泥の底からふうわりと浮いてくることがある。頭が牛の頭くらいある。その間は舟をひっくりかえされると危いから動けない。――今でもあそこいらにいる」

と云って指さした。年寄りのまわりをヨチヨチ歩きで走りまわっている孫を監視しながら

「これが夜になるとよく転ぶで、疳目じゃないかと心配している」

と云った。

疳目というのは今で云うトリ目、夜盲症のことで肝目と書いたこともあった。乳の乏しい母を持ったために米の粉の粥で育てられている貧農の赤ん坊や零細労働者の子が大部分であった。肝油や雛の肝臓を与えるとすぐ癒った。つまり営養失調、ヴィタミンA欠乏の幼児で、敗戦近

いころ、敗戦直後にもよく見かけた。

放っておくと赤ん坊の啼声が嗄れ、羞明《しゅうめい》のために常時閉眼し、手脚が痩せ乾き、やがて角膜の表面が白く艶を失って濁ってくる。溷濁《こんだく》が増すと誰の眼にもわかるようになり、その後でたいがいは死ぬが、まだ生きていて白濁が濃く厚くなり軟化すると、やがて壊死《えし》し穿孔《せんこう》して陥没し、続いて周囲の強い結締織《けっていしき》に覆われて、（眼部に限って云えば）萎縮治癒する――つまり「固まる」。私の少年時代の按摩さんにはこれが多かった。また周囲に農村を控えていた私の出身の医科大学では、教授の臨床実習時間によく遭遇した。母親の膝に横たえられ、羞明のために閉眼して常時ほとんど無声に近いかすれた泣声をあげている赤ん坊の口に、その場で教授が点眼壜から肝油を垂らしてやると、赤ん坊は、臭気だけでも大人には吐気をもよおすその黄色い油を、さも美味そうに咽喉を鳴らしてすすりこむ。その様は天から降ってくる「甘露」というものの実在を見るようであった。

私も小学低学年のころトリ目になったことがある。私の場合は「疳目」という文字がぴったり当てはまる状態で、つまり幼時から疳性で食物の好悪が極端だった私は、それまで薬剤師の父からいくら叱られても、飯に塩をふり湯をかけ沢庵を菜にして掻きこむ以外はせぬという食事を続けていたのであった。結局夜になって裏手の便所まで行くあいだに敷居や竃《かまど》にやたら打突かるようになったことから病気が発覚し、私は一日二回は両親に圧さえつけられ仰向けの手脚を畳にすりつけられ、閉じた唇を反転された隙間から歯のうえに、あの嘔吐をもよおすような黄色く臭い油をたらされることになった。数日でトリ目は癒った。

けれどもその後は、心配した父がどんなに甘味をつけた肝油ドロップを「菓子だで」と云って取寄せてくれても、それから魚を食べさせようと苦慮してくれても、私はそれがあの嘔気を呼ぶ肝油の代用品だということだけで咽喉を通すことができなかった。父は静岡まで行って「大和煮」という牛肉の平ったい鑵詰を数個求め、「ひと切れでもええでお食べ」と云って私に手渡してくれたが、その度に私は裏手の庭の藪に隠れて中身を捨て、ブリキの鑵だけを父に返したのであった。そうすると父は「うまくて営養があるでな。うまかったずら」と嬉しそうにうなずき、汁や松茸の滓の残っている鑵に水を入れて掻きまわし「ふんとおに、ええ味だやあ」と云って飲むのであった。

貧乏神は、人々の寝静まった夜更けに百姓家の明り窓または煙出しから入ってきて梁を渡り、自在鈎を伝わって降りてくる。煤けて痩せた脛を竹の節にからませて炉端に下り立ち、そしてそこが住み好いところと判断すれば「しばらく厄介になります」とことわってから仏壇の奥に身を潜ませて居ついてしまう。——この話を小学一年くらいのころに父から聞いた。私が「うちにもいるだかえ?」ときくと「いるかも知らんけえが、蚤か虱くらいに縮まっているで捜してもつかまえられねえだよ」と云った。私は粉のような塵のようなものを漠然と頭に浮かべた。

――こんなことを、孫を連れた爺さんの話から想い出したわけではない。これを書きながら、そんな連想にずるずると取憑かれたのである。牛のような頭を持った沼の主が、私の心にもうずくまり続けているのである。希求する私の死後の姿は、晴れあがって明るく遍満とひろがる空気のなかを思うがままに飛翔する透明な粒子であるが、夢に見る私の来世は、何時もグロテスクな鬼の姿でしかない。数年前の何時だったかには、実際に冗談半分に、道具屋の置いて行った真黒な古い鬼の面をかぶって鏡にうつして怖えたことがある。夜中に眼がさめてダンボールの箱からそれをとり出し、顔にあてて小さな目穴に眼を合わせて覗いてぞっとした。よれよれにハダカった浴衣地の寝巻から肋骨の浮き出した老人の胸が出ていて、その上のところに口が裂け頬がこけ半分死んだような両眼を見開いたぼろぼろの顔がくっついていた。すぐはずして寝たがしばらくは眠れなかった。最近でも、若い親しい小説家仲間ととりとめのない雑談を交わしてビールなどを飲んでいるうちに、不意に自分の気持がグロテスクになり、同じ室内や外の景色なんかの眺めが一変したようになって、言葉がすらすらと出てこないような変な状態を自覚することがある。自分でも気味が悪くなる。

秋のある日、浜名湖のヨットハーバーの休憩室でヨットの準備のできるのを独り待っていた。低い丘のうえの三方ガラスにかこまれた二階の広い部屋の真中で、コーヒーを飲みながらぼんやり坐って、静かな湖面と、そのうえに晴れあがって光る空などを眺めていた。外にある森の梢が視野の下三分の一を隠している。不意に呆やけた大きい半透明の影のようなものが、ガラスを掠めるように横切った。そして振り向くと反対側の窓すれすれのところを一羽の鳶が羽裏をいっぱいに開き傾けて飛び去って行くのが見えた。その姿が部屋を横断して私の眼のまえのガラスに反射して、反射の分量だけの曖昧な影になって私を驚ろかせたのであった。鳶は急上昇し、すぐに広い湖の上空を彼方にすべり去って行ってしまった。

やがて孫が迎えにきたので丘を降りて桟橋に出た。浅く澄んだ水の表面を、椀の蓋くらいのクラゲが、半透明の傘をゆっくり動かして無数に浮いたり沈んだりしていた。風がないのでしばらくモーターを動かして進み、やがて湖心に出たところで舟をとめて休んだ。エンジンをとめると不意にあたりが静かになった。ピチャリピチャリと舟底を撫でる小さいうねりの音だけになったように思われたが、実際には遠い岸辺の低い山裾の舗装道路を間断なく走っている豆粒のような自動車の音が、山に反射して低く鈍く単調に伝わっていた。鴨の軟かい啼声が、澄んだ空気を透して、降るように近寄ったり遠ざかったりしている。その遥かうえに小さい半月が白っぽくかかり、鴨は低空におりると羽裏をせわしく光らせ黒い胴体を尻さがりに折った姿勢で水面すれすれに走って魚を狙っていた。別の群が遠くの山の上空をゴマの塊りみたいになって渡っていた。微風は舳先《へさき》に腰を下ろして膝を抱いていると暑くも熱くもなかった。

今年の夏、遠州の大尾山《おびさん》へ出かけた日は炎天で酷く暑苦しかった。風が強く吹いていたが、それが水蒸気を含んで役にたたなかった。街を出はずれると、停車するごとにやかましく啼きたてる油蟬の合唱に包まれ、田畑の道にかかると蓮田の蓮の葉がふたつ折りになって風にたわみ、里芋の葉も白っぽい裏側を見せて騒いでいた。切通しに入ると両側の土堤に盛りあがった葛の蔓が葉を乱して揺れていた。黯ずんで膨れた山桃や椎の大木がキラキラと光をはねかえし、広い平坦な稲田の表面は斑に動いて目を刺した。

車が山間《やまあ》いの原野谷川の渓谷に入りこむと、流れは渇水で痩せていた。巾の膨らんだ部分も半分くらいは白く干あがって、端の方を一筋の比較的速い流れが洗っているが、のぞきこんでも魚影はなかった。しかし盂蘭《うら》盆の第一日であると同時に午後からが鮎の網漁解禁の日に当っていたので、川筋にはほとんど絶えまなしに人影が動いていた。みんな足首から僅かうえ程度の浅瀬から、かがむように岩陰の深みをうかがって網を打っていたが、獲物はなかった。商売用の小型ワゴンを道端の茂みに突込んでおいて、細君と子供を川で遊ばせ、自分は熱心に殺生に励んでいる家族なんかもいた。盆切りに来た次手に鮎を土産に持って帰ろうという算段らしかった。彼らの頭のうえを、体色のまだ淡い赤蜻蛉《とんぼ》の群が盛に飛んでいた。

川から一段あがった農家の庭先きで、若主人らしい男が精霊迎えの灯明壇をこしらえていた。

真中に四本の笹竹をひょろ高く方形に立て、その左右に板ペラで細い灯明台をつくり、三寸釘を一列に裏から二十本あまり打ち貫いてローソク立てにしてある。その脚下を歩きながら見あげて
「新盆かね」と云うと
「半年ばっかり前に親父を亡くしたもんだで」
「そりゃあどうも——今晩は賑かになるねえ」と云うと
「きょうだい衆も五、六人寄るで」と云った。
別の家では身丈けくらいの太い竹を二本並べて立て、その頭に丼大の漏斗状の囲いを作って内側に川の砂をつめていた。迎え火をたくための台らしかった。そういう家が川沿に点々とならんでいた。数時間して山に日が落ちて暗くなれば、河原には人影がなくなり、迎え火に誘われて一族の霊たちは帰ってくるのである。むせかえるような暑さであったが、ちょっとした森陰の曲り角などに入ると、その厚く澱んだ空気のあいだをかすかな冷たい風が流れているのを感じる。昔から盂蘭盆は霊といっしょに秋も連れてくるのである。
Tさんと私は車に戻って進み、居尻部落の消防ポムプ置場まえの雑貨屋に入ってジュースを飲みアイスクリームを食べた。お内儀さんが框《かまち》に腰かけ畳に片肘ついて寝てテレビを見ている。私たちを見て挨拶し、しかしそのまま頭をひねってテレビを見ている。高校野球をやっていた。

横に小学生が反対向きに仰むけに寝ころがってテレビを見ている。私たちはこのまま谷のどんづまりの黒俣部落まで上って、大尾山を下から眺めて引返すつもりにしていた。大尾山は山並みの東北に頭を出しているが、黒俣からの登山道はないのである。来る途中で西へまわりこまないと駄目なのである。はじめから山へ登る気はなくて、近寄って下から様子をみるために来たのだ。

「黒俣までどれくらい?」と訊ねると

「半みちかね」「黒俣までは二キロ」と母子が同時に答えた。

金を払って車に戻ろうとすると、そちらの方から、地下足袋ゲートル巻きに竹籠を背負って、刃をくるんだ長柄の鎌を持った山林の下刈り男が下ってきた。そして店に声をかけてジュースを一本飲み、小学生を呼んで

「ほい、赤蛙」と云って小さな布の袋を渡した。――私も小学五年生のころ疳が強いというので赤蛙の醬油焼を毎晩食べさせられたことがあった。うまかった。

これから二キロばかり上ってもたいした眺めはあるまい、ということになってポムプ置場前の空地で車の向きを変えて引返した。道端の薄《すすき》の葉を、老婆が鋏で丁寧に選んで切り集めていた。家に持ち帰って太糸でかがり、仏壇前の精霊棚の上敷きにし、ホオズキを上からぶら下げ、茄子胡瓜にオガラの脚を差した牛馬を飾ってお供えをするのである。

広い掛川郊外の畑地に出、街に入る途中でわれわれ仲間が「自転車屋」と仇名で呼んでいる街道沿いの古道具屋に寄った。十畳敷きばかりの店の床一杯に三十センチから五十センチくらいの大小の壺が、口と肩だけを見せてつめこまれている。大部分は古い農家や寺から買ってきた漬物用の壺または種壺である。もとは自転車屋だったのだが同趣味の夫婦で、亭主は農家から壺を集め、お内儀さんは藍木綿の布団地みたいなものを只同然に買い集めてきて洗い張りをして棚に並べているのである。十何年かまえの夜トラックに突込まれて店を毀《こわ》され、壺一個の値段を高く申告したおかげで法外の賠償金が入ったと喜んでいたこともある。お内儀さんが亡くなったという噂を耳にしたことがあったが、もうその頃は品物の割りに値が高くなっていたので、目指して行くということもなくて過ぎた。だからこの日も道順で寄っただけで期待もせず、ちょっと雑談しただけで出た。新しい細君が顔を出し、平和そうに見えた。

六時すぎに帰宅した。好い半日であった。

老いたる私小説家の私倍増小説

私の本名は勝見次郎である。戸籍上は明治四十一年（一九〇八）一月一日生れ——実は明治四十年十二月二十日午前八時に静岡県志太郡藤枝町市部《イチベ》区六十四番地の薬剤師勝見鎮吉次男として生れたのだが、伝統に従い縁起をかついで元旦生れとして届けられたのである。「七ツあがり」と云って数え年七歳で小学一年生になれるという外聞の好さもあった。

　父鎮吉の方もまた、戸籍謄本に依れば明治五年七月生れとなっていて、藤枝町下伝馬の旅館魚安楼桑原甚七の次男とされているが、実は明治六年一月十五日生れ『新吉』で両親は不明、赤ン坊の時そこから藤枝町市部の左官業勝見常吉の許に養子として貰われてきたのだそうだからまあどうでもいいようなものである。幼から学問を好み、刻苦して薬剤師となって、私の生れたときは既に薬局を開業していた。英語を独学し和歌漢詩を作ることを趣味としていた。

　ところで私の今住んでいる私の家の二階の東端にある私の部屋から外を眺めると私の眼の下斜め二十メートルばかりのところを横切っている郊外行き私鉄単線電車の貧相な踏切りが私の

眼にはいる。レールの遮断機は黒と黄のペンキでダンダラに染め分けられた二本の竹竿で、それが左右からお辞儀するような具合いにゆっくりと倒れてきて道をふさぐと、二輛編成の真赤に塗装された電車が窓枠の内側にまばらな乗客の脊なかと頭を見せながらカンカンというゆるい鐘の合図に迎えられ送られてノロノロと通り過ぎて行くのである。――毎日毎日、寸分のズレもない。

私は敗戦五年後の春この電車で北へ三十分ほどの田舎の町から現住所に移ってきて、以来三十五年ばかりを住みついているのであるが、移転当初のわが家の周囲はお定まりのバラック密集地帯で、電車は窓枠の外側にまで翻りついた客をぶらさげて走っていたのだから、形勢はいま逆転しているわけである。若者の大部分が自分の自動車やオートバイで通勤するようになったせいだと聞いて成程と思っている。そして朝寝坊《ねぼう》の私は九時ころまではベッドにもぐって半睡の状態でいるから、静かな朝の空気を震わせてゆっくりゆっくりと鳴りはじめる電車通過予報の鐘の音を聴いていると、齢のせいか「またおれの一日が来たか」というような物憂い気分に陥るのである。

場所は東海道線の浜松駅から歩いて十分足らずの街なかにあるのだが、大通りからはひとかわ入った自動車一方通行という狭い路地裏だから周囲の雑音に苦しむということは案外ないし、建物自体は耐火耐震で野暮いっぽうの鉄筋コンクリートにしておいたから、いざという時の心配もまるでない。

二階からの眺めは、天気と空気の条件の好い日には朝夕のいっときだけ遠くかすんだ家並みの東の彼方に平ったい三角形の富士山の頭が小さく浮いて見えるというくらいのものである。そしてそれが目にはいるとき私の気持ちは自然になごみ（やっぱり美しいな）と思うのである。

　街はゴテついているが、そのゴテついた街なかにある私の小さな家は幸なことに不相応な大木にかこまれて周囲の喧噪からはかなり好く断ち切られている。高さ十メートルばかりに成長した一本のユーカリと二本のニセアカシヤ、八メートルほどに伸びて枝をひろげている山桜、そして脊丈は三メートル位しかないが枝が傘状に開いて黄色い粒々の花を満身につける黄素馨《きそけい》などがそれで、このあいだはこいつらがどこまで肥って大きくなるか、とにかく寸法を計って置こうと思って先ず最も太いユーカリの根元に腹這いになって両腕を幹に廻してかかえてみたが、顔を生えぎわに押しつけても左右の指先きは触れあわず、こっちの額と鼻先きがササクレ立った硬い樹皮に擦られて痛いばかりなので、巻尺を持ってきて廻してみたら一メートル六十センチ余りあったから成程と思って喜んだりしたのであった。この木の梢にたっぷりと密生している常緑の葉は滑らかに艶々として美しく、季節が変って衰えてくるに従って次々と黄ばみ、赤っぽく乾いて地に落ちるのだが、その分だけはやはり次々と新しく生えてくるから外見は一年じゅう同じである。

「こいつはオーストラリア原産で、生長が早くて虫もつかないから君向きだ」という触れ込みで友だちから若木をゆずってもらって塀ぎわに植えたのだが、その後の育ちかたが余りに早過ぎ丈夫過ぎて宣伝どおりなので、今となってみると何となく愛嬌がないような気がしてきて少少もてあまし気味にもなっているのである。幹や枝の肉づきがよく、厚ぼったく艶々した葉が一年じゅう密生していて、これが風に身を揉んでいる姿は見ようによっては生きものさながらだ。酷い暴風雨が来たらコンクリ塀もろとも根こぎになって倒される危険もあるが、そのときはそのときだと思っている。先日試しに広辞苑を引いてみたら樹高百メートル以上に達するものもあると書いてあったので驚いた。今でも半信半疑だ。

毎年秋口になると細い枝先きへ一斉に大豆粒ほどの蕾をつける。白いソロバン玉を上下に引き伸ばしたような、菱形トンガリ帽みたいな恰好の硬い殻をかぶったやつが八乃至《ないし》十個くらいずつ一本の花茎の先っぽについていて、そういう花茎がまた束になって小枝の先の胴まわりにビッシリと固まっていくらでも生えてくる。そしてやがて十月下旬に入ると、この堅い帽子の上半分がパラパラと離れ落ちて地面に散り敷き、残った下半分の盃状の受皿からは、それまで密封されて固まっていた太さ絹糸半分以下の細い無数の雄蕊《おしべ》雌蕊《めしべ》がほぐれて空気中に丸く膨れ出し、盛りあがって互いに混り合うのである。つまりはここいらが受精行動の時期なのだろうが、この時期のピンポン玉大にふわふわとほぐれ膨れてきた無数の丸い綿毛のかたまりを窓外に眺めていると、何だか知らぬが『おれの生涯も所詮はこんなものかも知れないな』というような、悪く感傷的な淋しい気分に落ち込むことがある。もちろん理由はどこにもないのだが、とにかく毎年そうなる。

このあいだはできたての市役所に始めて行き、用事を済ませてから四階のロビーまで昇ってみた。天井の高い広間の絨毯《じゅうたん》のあっちこっちに厚くてゆったりとした安楽椅子が散らばっていて、姉妹らしい中年の婦人二人だけが少し窓寄りのソファに、厄介な用事を済ませた後のゆったりとくつろいだ感じで休んでいた。広い明るい窓の外の間近に旧浜松城の天守閣がそびえ、その裾のところを囲んでいる初夏の桜の梢に盛りあがった若葉が、ゆっくりゆっくり枝を揺すりながら光っていた。

ああ、死んでしまった妻と二人して此処に来て休みたかった、どんなに楽しく外の風景を眺めただろう、どんなに楽しかったろう、と不意に思った。――そんなことはこれまで一度もなかった。しかし今は『あの頃は苦しかった』とときどき考えることがある。妻は喀血《かっけつ》して長い入院と手術をほとんど連続的に二回繰り返し、次に癌におかされて今度はその摘出手術を数回繰り返しながら、ボロボロの身体となってゆっくりゆっくり死に向かって落ちて行った。その三十五年間のあれこれが不意に生ま生ましく蘇って胸を緊めつけるのである。

ところでこの私の部屋の西側と南側の窓の外には、ゆるく彎曲して帯のような具合いにつけられている幅一メートル半ばかりのヴェランダがあって、その囲いの鉄柵の脚もとには丸い素焼きの植木鉢や四角横長のプラスチック製の植木鉢が一列二列あるいは所によっては三列くらいに並んで押しつけられ、その一鉢一鉢に名も識らない草花や花木の類が、ほとんど無選択に植えられている。貰いものの凝ったような盆栽は私には手入れができないので水だけやって生かしてあるだけである。もてあましものの夾竹桃、浜木綿《はまゆう》までが鉢に植えられて徒長《とちょう》している。試しに端から数えてみると、蘭が約十鉢、あとはバラ、フリージア、サルビヤ、ピラカンサス、ベゴニア、野牡丹《のぼたん》、槙、躑躅《つつじ》、ピンク色の美しい花の咲くヒマラヤ雪の下、それに菊三鉢と蟹の爪五鉢等々で合計七十三鉢と謂《い》うことになる。そしてこのヴェランダの外側は、私の居間のガラス戸いっぱいをふさいでいる前述の常緑のユーカリ一株とニセアカシヤ二本の豊かな葉で視野を鎖《とざ》されている。夏になればその隣りの桜の大木の枝葉がこれに加わってほぼ完全に外景を切断するのである。

ニセアカシヤは、ユーカリに較べると丈はほぼ同じくらいだが幹や枝の太さは段ちがいに華奢であるし、皮も薄く滑らかで、時が来れば枯葉をパラパラと一日じゅう散らしつづけて已まぬ。毎年五月に入ると細っこい枝先きは白色粒状の細かい花に包まれて垂れさがり、その花も時が来ればやはり自然にボロボロと地上に落ちてくるのである。そして私はそれを早目に枝から掌にしごきとってきて精進揚げにして毎晩食うことにしている、淡い香りがあってうまいので酒の肴にもするのである。

桜も七月になれば葉だけになり、梢を重そうにそよがせながら毛虫の糞を地面に撒き続ける。この毛虫どもを食いに来る小鳥たちのなかでは、やはり丸く膨れて胴体の重そうな雉鳩《きじばと》が最も貫禄があって私は好きである。彼等は日に二回、何度も五、六羽ずつ組になって飛んできてあっちこっちと枝を移り歩き、丸い含み声で啼き交わしながら虫を漁《あさ》り、いっとき過ぎると今度は一羽ずつ飛びたって屋根を越えてどこかへ立ち去って行く。季節がくれば庭の狭い芝生に降りて交尾する。翼を丸く膨らませて誘う雌の脊中に雄が後ろから跳乗り、腹を沈めて瞬間的に済ませるのだが、ときによっては相手の尻に頭をくっつけて執念深くつけまわしたあげくに振られてしまうやつもある。二階の眼の前のヴェランダの狭い鉄の手摺りのうえを行ったり来たりして歩いている雌のところへユーカリから雄が飛んできて脊中に乗り、両方合意のうえで雌が身体を沈めて交尾したりすることもある。

秋から初冬に入るころの早朝など、思いきりわるく寐床でうとうとしていると、数羽の鵯が鋭く啼き交わしながら庭にやってきてひとしきりあっちこっちと飛びまわり、少時するとまた喧しく啼き交わしながら立ち去って行く——その様子が順を追って眼に見るように感じとれる。私はその声と引き緊まった体形動作が大好きだが、しかし彼等に較べて何となくスマートで落着きがあり『半分散歩だ』というような好い加減なところのある尾長の方に魅力を感ずることもある。こっちの方はいったん来てすぐ飛び去ったのちに、また両方とも戻ってきて狭い庭を少時せっせと歩きまわっていたりするので、何となく慰められるような感じが胸に湧いてくることがあるのである。

むかし、と云っても何時頃のことだったか——だいたい二十歳あたりからの数年間だったように思うが、自分自身に対して『ダス・エーケル』（嫌悪）という語を当てはめて酷く苦しんだ一時期があった。自分は自分自身に対してさえも吐き気を誘われざるを得ないような、そういうエーケルへフティッヒな、嫌悪すべき人間として生れついたのかも知れないという想念が頭いっぱいに充満して身動きできなかった記憶があり、そしてただそれだけの中味のない記憶はこの齢になっても消え去ることなしに心の一隅に留まっているのである。片方の足首を縛られて何かに繋がれているようだと謂った方が哀れっぽくていいかも知れない。

地方の医科大学の二年生であった昭和八年のある日の早朝、下宿屋の二階で二人連れの刑事に叩き起こされていきなり横面を数発殴られた挙句、手錠をかけられて寐巻きのまま満員の通勤電車に押込まれ、千葉の警察署に連行されたことがある。そして留置場に放りこまれるとすぐまた柔道場に呼び出されて酷く殴られたり投飛ばされたりした。そして私はそのあいだじゅう、ただオロオロして正座したり這いずりまわったりした挙句、反省の色なしということで全く空白の五十余日を留置場で過ごしたのであった。結局は起訴猶予となって釈放されたが大学は無期停学となり、結核が発病した。――この方は幸運にも約一年で治癒したが。

さてここ数年来の私は、これまでに同じことを何回も書いて雑誌編集者からカラカワれてきたように、自分の頭蓋内の脳組織細胞が恐ろしい速度で崩壊死滅しつつあることを自分自身に思い識らされ続けて恐怖とも諦めともつかぬ悲哀に半ばうちひしがれているのである。――それが不可避の生理現象として已むを得ないものだということ、同時にそれが嘗《かつ》て亡友平野謙によって指摘されたように『吾を許せ』の代用語であるということは承知しながらも、ある程度までは意識して抵抗して行かなければおれは遠からず芯からの非人間的痴呆に落ちこんだ状態で死を迎えるほかないぞというような未練気もあって、処置不可能な怖れを感じているのである。

とにかく推定によると人間一人を形成している細胞の数は出生時約六十兆個ということになっていて、これが死と生とをくりかえしながら歳とともに減少して行くとされている。そしてこのうちの十五億を占めている脳細胞の七十パーセントは母親の胎内にいるあいだに生れ、残り三十パーセントが三歳までに追加されたのち、二十歳を過ぎるころから反転してドシドシ死滅し続けるのだと——ものの本にはそう書かれている。人間の、つまり私の最近での急速なボケ現象はこの脳細胞の自発的ガタ減りのせいだと謂うわけなのであるから処置なしだ。

ところで最近私はすこし考えるところがあって、正月が過ぎると植木屋の若い衆五人に来てもらい、二階からの目線を越しているユーカリ、ニセアカシヤ、桜の頭の部分をそっくりそのまま切り落としてもらった。やってきた職人たちは「これがあると隣りから覗かれたり文句云われたりがなくて好いのに勿体ない」と反対したが、私の方は自分が窮屈では仕方がないという気がしたから思いどおりにしてもらったのである。そしてそのおかげで、戦後私が田舎から移ってきた当時の製材所付き材木置場＝今はすべてが取り払われてそのまま約百メートル先きの東海道一号線に口を開いた有料駐車場となっている広場を二階から足下に見下ろし、そのまた彼方に遠くひろがっている低い家並みや茫として霞んでいる山々の頭をも遠望することができるようになったという次第なのである。

私は幼児の太腿くらいはあろうかと思われるユーカリの主枝五、六本と二の腕ほどに膨れた十本あまりの側枝が、緑に光る平べったい葉を満身につけたままで横ざまに、あるいは逆さまに次々と落ちてくる姿を眺めて倦きることがなかった。私は、如何にも人足姿らしい地下足袋ゴム長姿にタオルで頬かぶりしたり、毛糸の正チャン帽をかぶったりした中年のアルバイト主婦たちが、長肘までとどく手甲をはめた両手に太い枝をかかえこんでトラックに引きずりあげたり、生ま葉のついた小枝を束にして荷台に放りあげたりしながらキビキビとたち働いている様を眺めて好い気持ちになった。見るからに「資格ある兼業主婦たち」だと思った。そのスピーディーな征伐によって一挙に視野が広まり、南百メートルあたりを横断している国道一号線を夜昼なしに景気よく行き交っている大小のバス、トラック、乗用車が私の二階の部屋から丸見えになったということに一種の解放感を味わったのだが、同時にまたぎっしりと詰まったバラックまがいの町家のあっちこっちに十階前後のヒョロ高い所謂《いわゆる》高層ビルが無闇に半身を突き出しているという妙テケレンな景観にもちょっと驚かされたのであった。

このあいだの日曜日には、することがないので高校一年生の孫娘を連れてデパートの見晴し台にのぼってコーヒーを飲みながら休んでいたのであったが、私が

「このごろはあんなふうに七階だ八階だ十階だ十五階だ十八階だと、まるで積み木の棒をおっ立てたみたいなヒョロ高い病院や事務所ビルやマンションがやたらに建つけど、いったいぜんたいあれで大丈夫なのかなあ。地震に足もとをさらわれたらどうするつもりなんだろうなあ。だいいち工事を始めたと思うとすぐにデッカいクレーン車がやってきて赤い鉄骨をどしどし組みたてて、恰好がついたかと思うと忽《たちま》ちまた別のクレーン車がやってきて今度は片っぱしから

外側に壁や窓をベタベタ貼りつけて——それでもう一丁あがりになるんだからなあ」

と云うと孫が笑って「それは大夫丈」と云った。「銑骨外壁ＡＬＣという、軽くて手っ取り早くて長持ちする材料がちゃんとできてるの。それを運んできて貼りつけるだけのカーテンウォール工法というのがあるの。そうすると高層ビルは上の方が軽くなって揺れが少なくなるのよ」

そうかそうか、誰でも知ってるのか、ギャフンだなあ、と私は思い、満足して頷いた。十羽近くの雉鳩が集まってきてヴェランダの縁のうえを往復したり、床に降りて子供の零《こぼ》して行ったパン屑やピーナツを拾ったりしていた。

私の家の私の二階の部屋の狭いヴェランダにも毎日三、四羽の雉鳩がやってくるが、その辺には喰いものが落ちていないから鉄柵にとまってあっちこっち首を廻したり、庭に下りてありもしない餌を捜したりした挙句にまた飛び去って行くだけである。季節がくるとこの狭い鉄柵のうえをしきりに往復しながら相手をみつけて交尾するやつもある。雄が後ろから羽根をひろげて乗りかかると雌も翼をひろげて迎えるが、足元が狭いからすぐ平衡を失って踏みはずしそうになる。数回試みて目的を達するまでには三、四回かかる。

交尾はしないが雌の首根っこをしきりに突ついたりして追いかけた挙句に飛び去ったと思っていると、暫くしてからニセアカシヤの小枝をくわえて戻ってきてユーカリの葉の茂みのなかに潜って行ったりするやつがあるので、何のつもりなのかなあと思っていたら、これは妊娠した雌の産褥《さんじょく》作りであったのだということが後でわかって（そうか、そうか）と喜んだこともあった。

庭木の枝落しを思い切りやったせいか何かで雀の数が爆発的に増えたような感じになり、手のひらに握りこめるくらいの小粒のやつが十羽余り、やかましく啼き交わしながら残された枝のあいだを一日じゅう飛びまわっている。庭から外へ出て行くということがないところを見ると、何とか食うだけのものはここで間にあっているらしい。石塀の裾の黄素馨の根元に置いてある高さ四十七センチばかりの石の観音座像の身体つきが止まり好いとみえて、彼等の飛び歩きの中継ぎ場所になっている。観音は片膝立ててそこに片肘を乗せ、ふっくらとした顔を僅かに伏せて視線を前に落として坐っている。川か淵か、そこに落ちている月影を眺めているかのように見えるので、私は勝手に「水月観音」という名をつけているのである。髪は小さい稚児髷《まげ》に結ばれ、胸にはふた巻きの数珠が掛けられていて、一方の腕は脇に置かれている三冊重ねの経文らしい冊子を軽く抑え、他方の腕は肘を膝にあずけて伏目で下方を見ている。愛嬌ある丸顔で、見るからに可愛ゆい顔つきをしている。

私はこれを、建築家Tさんの仕事を貰っている棟梁のAから手に入れたのである。値段は忘れたが重い石の仏さまだから安かったことに間違いはない。Aの話によると、近くの川端に住んでいるBという男から貸金のカタにとっておいたものだが、相手がお辞儀してしまったから「先生買ってくれ」ということになって、それで私のところに来たのである。

今の私はこんなものだ。精神的にも肉体的にも半分死んで、つまり何もしないで石の観音様を可愛がっている老いたる私小説家だ。実にイヤだ。

解　説

七北数人

ある人は私小説の求道者と呼び、ある人は幻想小説の鬼才と呼ぶ。いずれも真なり、と言っておくのが藤枝静男という作家には最もふさわしい。

思うに、志賀直哉に師事した私小説作家、というレッテルで藤枝は損をしている。戦後、友人の平野謙と本多秋五が考えてくれたというペンネームもなんだか地味だ。これも損をしている。本当は摩訶不思議、奇妙奇天烈な作家なのに、世間ではそのあたりがうまく伝わっていない気がするのだ。

四方田犬彦氏も藤枝静男生誕百年の折、「志賀直哉を師と仰いで、篤実《とくじつ》に私小説一筋の人生を歩んだ。本業は眼科医である」と新聞で紹介し、中篇「田紳有楽」について「若い評論家がみごとな幻想小説だと褒めると、本人は真面目な顔で、これは私小説以外の何物でもないと断言した」という逸話も披露している（『産経新聞』二〇〇九年二月十七日付）。

「田紳有楽」は一九七六年に谷崎賞を受賞した代表作。私小説の要素など皆無に等しい、奇想バクレツの壮大なファルスである。筒井康隆による文房具とイタチ族のＳＦ戦記「虚航船団」は「田紳有楽」に触発されて書かれた、といえば、その異形ぶりがうかがい知れよう。

グイ呑みと金魚が交合し、茶碗が人間に化け、丼鉢が空を飛ぶ。そのうえ弥勒菩薩から地蔵、大黒、妙見さんまで現れ、乱痴気騒ぎ。並みの空想など及びもつかない底なしのエネルギーとパワーに圧倒される。

　これを藤枝は「私小説」と呼ぶ。

「田紳有楽」より九年前、一九六七年に発表された「空気頭」でも、作品の冒頭で「私小説」を書くという宣言で始まっているが、途中から文体も調子も一変、精力増強の秘薬づくりに没頭する医学教室の面々が、その原料として屎尿から人糞へと研究を進めるマッドサイエンティスト奇談になっていく。常に人糞フリカケを持ち歩く男に出くわして「私」も御相伴にあずかり、やがては恋人の体からも糞臭がただよいだす。間に挟まれる漢方や錬丹術らしきウンチクにも、不気味さを増幅させる効果があった。

また、「空気頭」の前年に発表された短篇「一家団欒《だんらん》」は、死者となった「私」が先に逝った家族たちと墓の下で語らう話だった。

　これらが「私小説」であるなら、もはや「私小説」の定義が違うと考えるほかない。


　藤枝の文壇登場は一九四七年、四十歳になる年で、以後十年間に七つばかりの短篇を発表し、ようやく第一作品集『犬の血』刊行に漕ぎつけている。

　そこには芥川賞候補になった作品が三篇収められていた。そのうち第二作「イペリット眼」と第七作「犬の血」は、海軍病院の勤務医時代の回想がもとになっている。軍部の腐敗や戦争の非人間性を突くほうに重点があり、野間宏や武田泰淳ら第一次戦後派の作家たちと通じるアクチュアルな作家と目されたこともあった。のちに「静男巷談」の一篇「昭和十九年」に、藤枝が海軍病院でイペリット眼治療に当たったときのことが回想されている。「イペリット眼」もおおむね事実を基にした作品らしいとわかるが、社会派の作品は通例「私小説」とは別の位置づけで語られることが多い。

芥川賞候補のもう一作は姪のアプレ少女ぶりが新鮮な第六作「瘦我慢の説」。これと、結核で入院する妻を見舞う処女作「路」、やはり結核を患う者がうちつづく家族のことを描いた第三作「家族歴」あたりがベタな私小説と見える。しかし仔細にみれば、どれも自分自身を掘り下げるというより、自分の宿命と照らし合う身内や患者仲間など、他者の人生を描いたものだった。つまり、一人称はおもに語りの道具に用いているだけで、内実は客観小説に近いものになっていた。

その筆法はしぜん、歴史のなかの人間を描く小説へと向かう。第二作品集の表題中篇「凶徒津田三蔵」など、骨法も堂々たる歴史小説であった。ここには勿論のこと私小説の要素は入ってこない。

第四作「龍の昇天と河童の墜落」と第五作「文平と卓と僕」は『犬の血』のなかの異色作。前者はやわらかな語り口の童話で、後者は硬質な叙述による醜悪な家族図。この対照的な二作の間に、実は人糞奇談「空気頭」の原型となる未定稿が書かれていた。初期からヴァラエティを楽しみ、実験精神を旺盛に発揮していた作家だと知れる。

「龍の昇天と河童の墜落」(一九五〇年)はその後、生前版全集ともいうべき『藤枝静男著作集』以外には今日まで再録本がなかった。藤枝自身が再録を拒んだためで、その理由はといえば、幼年時に父から寝物語で聴いた童話をそのまま書いただけなので自分の創作とは呼べない、というものだった。「話の筋は万人が知ったもので」云々と著作集後記に書いているが、ほとんど誰も知らないのではないだろうか。藤枝のまわりの人たちですら知らないと言っているらしいし、烏有書林の調査でも『河童伝承大事典』なる大部の本に、本作の冒頭でサラリと触れられている一般的な伝承のほうが数行載っているだけだった。

たとえ藤枝の記憶が本当だったとしても、これほどの長さの文章を一言一句おぼえているはずはないし、ストーリーテリングの見事さだけでも創作とするに十分な資格をもっている。その昔、わが中学の国語教師は太宰治の「走れメロス」を創作と認めない、と吐き捨てるように言ったが、メロスも原典はごく短いものだ。その伝でいけば芥川や鷗外もニセ作家になってしまう。

語り口だけでなく、本作では情景描写にも思想背景にも、独自なものが蜘蛛の巣のように張りめぐらされている。たとえば暗い海底のようすはこんなふうだ。

「何千年何万年もかかって沈み積もったミジンコの死体と、万年億年もの昔、若い地球に降りそそいだ、こまかい丸い宇宙塵とでできた厚い深い泥の上には、骸骨みたいな海綿が生えている」

弥勒の五十六億七千万年はほとんど無時間にも等しいが、時間の棒のごとき無限さでは龍の時間も匹敵する。龍の千年単位の変貌、その気の遠くなる退屈。苦痛すらも退屈で、龍は自然と一体化しているようでもある。まさに無為自然。その宇宙観は藤枝の人生観とも通じ合うところがありそうだ。

無限と無は等しく、切ない。「田紳有楽」で新聞記事をみた茶碗の言葉が思い出される。

「今日から五十億年の後には太陽がどんどん膨れあがって地球も月もなかへくるめこまれたうえに、百五十億年の後には一切合財宇宙の彼方のブラックホールと云う暗黒の洞穴に吸いこまれて消え失せてしまうと記してあるぞ。してみれば、誰がこしらえたかわからぬお経に迷って悪業を重ねた末に、たとえてめえ一人が五十六億年生きのびようと、弥勒様の説法はおろか、とうの昔に身体は熔ろけている道理だ。さすればてめえの所業は空の空」

龍と対するに、河童のほうは悪達者で図々しく、げびてはいるが飄々として愛嬌がある。自由自在で夢も憧れもあって、なんだか憎めない。最後のタンカを切るところなど、映画「幕末太陽伝」の居残り佐平次みたいなところがあってシビれてしまった。作者は決して河童を悪く思っていない、と思える。

「文平と卓と僕」（一九五三年）は、どろりとしたものが出てきた最初の作品だろう。残酷な描写も多いが、それによってかきたてられる、心の奥底にひそむ怪物性、性的な赤肌、ふとした折にきざす破壊衝動など、内面のどす黒さに戦慄を感じる。

会話文があまりない本作において、改行で記される心の声が一言だけあり、際立っている。「僕」の手をなでまわしながら、文平が心でささやきかけてくる。

（さあ之から私達の仲間だよ）

三島由紀夫の、吸血鬼小説とも目される名短篇「仲間」と同じ、出口のない怖さがある。

「田紳有楽」のなかにも突出したシーンがいくつかあった。こちらは日本に古くから伝わる付喪神《つくもがみ》のような器物怪の話だから、おぞましいのが当たり前なのだが、大筋とかかわらない部分が一層どろりとしていた。旧主の大蛇をくびり殺し切り刻むところ、チベット・モンゴル流離の折の人肉食、妙見の全身にびっしり生えたキノコの出来物がざわざわ蠢《うごめ》くところなど、すべて虚仮《こけ》の世界なのにやけに生々しく、胸をさわがせた。

なお、「文平と卓と僕」は『ヤゴの分際』（一九六三年）に再録の際、「いずれも自伝的小説にはちがいない」などと自分で書いているが、この作品内の「僕」や卓の履歴は藤枝の年譜と全く一致しない。再録本の表題作「ヤゴの分際」にしてもそうだ。私小説と思って読んでいると、作品の半分は自分の息子の行状記になっていて、ハッと気づく。藤枝に、息子はいないハズだ。ハズと書かねばならないところが私小説作家らしからぬところだ。ちなみに、「静男巷談」の一篇「三万円の自家用車の話」で、友人小出とその息子のこととして語られるエピソードが、自分たち親子の話として「ヤゴの分際」に使われている。

「壜の中の水」（一九六五年）も私小説とされるが、本当のところはわからない。ダダイスト辻潤の言葉を引きあいに出し、無門関を讃える宍戸という男。この男の無頼ぶりがカナメとなる作品だが、実在人物かどうかはかなり怪しい。

藤枝は中学時代、ドイツ表現派の戯曲やダダの芸術に興味をもったと自筆年譜に記しているが、その一行で納得がいく。藤枝作品の本質はダダの破壊衝動や表現派（たとえば映画「カリガリ博士」）などの怪奇趣味に通じるものがある。逆に、志賀直哉の書く私小説とはあまり結びつかない。異常な妄想をどこまでも広げていける、はてしない空想力の持ち主だった藤枝にとって、志賀の影響はマイナスに働いたのではないかとさえ思われる。

宍戸の無頼な行状も虚無的な仏教観も、辻潤や高橋新吉らダダイストたちのそれとだんだん重なって見えてくる。

作中で「私」の回想に出てくる『ダダイスト新吉の詩』は、高橋新吉の第一詩集で、一九二三年に辻潤が編集したものだった。二人とも、一切を否定するダダに傾倒し、ともに精神を病んだり、仏教に関心をもったりした点でも通じ合う。とくに高橋新吉は禅の本を数多く著し、無門関の解説も書いている。一九四九年には有名な三行詩「るす」を発表した。

「留守と言へ／ここには誰も居らぬと言へ／五億年経つたら帰つて来る」

五十六億年よりは相当短いが、弥勒降臨までの期間はもともとの計算では五億年が正しいらしく、この詩はやはり弥勒を想定して書かれたようだ。「田紳有楽」につながるものがここにも潜んでいる。
また、無門関は英訳もされて、禅を愛好するビートニクやヒッピーたちに愛読された。藤枝は「欣求《ごんぐ》浄土」（一九六八年）のなかで、テレビに映るアメリカ西海岸のヒッピーたちに対して少なからぬ親近感を披瀝する。

「これは体制の生み出した瞬間の善だ、と章は思った。生きた人間というわけではない。概念だ。だから美しいのだろう。――つまりセックス付きの布袋和尚だ。もし布袋が本当に何者かであったのなら、この連中も何者かであるに相違ない」

藤枝は、なりたかった自分を宍戸に投影しているのかもしれない。因縁をつけてきたチンピラには、その頭を棒で容赦なく殴りつけて追い払うような、野性の狂暴さ。「禅の大衆化なんて無意味だ。禅はもっと高級で一人きりのもんだ」と蒼い顔で吐き捨てる、その孤絶。しかし、その人間像にはやはり、いまの自分に対するのと同じような嫌悪も感じてしまう。これもホンモノとは呼べない。周囲の一切を顧慮《こりよ》せず、感情のおもむくままに行動する、それが本当にありのままの自分なのか。それもまたニセの姿ではないのか。演技ではないのか、と。

ホンモノとニセモノ。「私」と「宍戸」。その区別はどこにあるのだろう。

「宍戸が酔っぱらって云った（実在と認識との関係）という言葉」が頭について離れなかった夜、「私」の見た夢――ブリキ屋の民ちゃんが懐に入れていた本が、ふと見ると「とぐろを巻いた蛇」に変わっている。いずれが実在、いずれが観念？　哲学的な懐疑を象徴するこの夢が、藤枝の宗教観・芸術観に連なっている。蛇のように。

「田紳有楽」のテーマも、そんな疑念から発している。立派な焼物に仕立て上げるためにクサい汚泥をしみこませるところも皮肉だし、みんながニセモノを自称し、立派なニセモノたらんと精進する世界では、誰がどうニセかなんて問うことじたい無意味なのだ。グイ呑みのミュータント化とも呼べる出来具合がそれを証明している。

鷗外の「寒山拾得」も菩薩の化身たちがただのヤンチャ坊主のように描かれた不可思議な作品だったが、あれをどう読むかというスタンスの問題がここにも、そのままにある。「セックス付きの布袋和尚」に喩えられるヒッピーたちを「何者かであるに相違ない」と思う、そういう精神のスタンス――。

「みな生きもの みな死にもの」(一九七九年)では、小島信夫の「別れる理由」――作中人物が作者にイチャモンつけたりする超絶メタ小説――について「『私』に輪をかけた『個小説』と呼ぶべきもので、僕はこういう跳躍的前衛的試みが大好き」だと書く。これに続く次の言葉など、新たな「手法」の宣言とも受けとれる。

「脚下の雑草やすれちがう人間などの個々の姿を、その個々の細部を、自分の眼による同じ強さの視線で等価に捕え、無選択に並列して記録して行く。そして歩みの停まるところでプツリとこの長大煩瑣《はんさ》な文を終えてしまうという――集約を拒否した方法だってあり得る。それが人間世界だという示し方もある」

「田紳有楽」の弥勒と同じ、老人性掻痒症の話はやはり生々しい。ここから話は「無選択に」進むかに見せて、不吉な連想の魔に憑かれていく。宮殿みたいな建物内のペニス穴トイレの夢。蚤か虱みたいに縮んで隠れている貧乏神の話。頭が牛の頭くらいある大鯰が舟をひっくり返そうと狙っている沼池でジュンサイ採りする老人とトリ目の孫。蛙潰しの記憶。蟻地獄。金魚を分け合って食う鮒と鯉の獰猛さ。

交尾期の蟇の殺し合いと結果としてのぬめぬめトグロをまく卵。ガラス窓をかすめてよぎる鳶の巨大な影。精霊迎えの灯明壇。

　読み進むうちに、あらゆるものが不気味に思えてくる。不穏な気配。予兆。疑えばみな、そのようなものに見えてくる。「牛のような頭を持った沼の主が、私の心にもうずくまり続けている」という。それが内部の「私」であるならば、牛頭の大鯰の実在を信じさせるような文章を書かねばならない。それこそが「私小説」だと藤枝は考えていたようだ。


　最晩年は「老いたる私小説家の私倍増小説」（一九八五年）に代表されるような、いわゆる普通の私小説をいくつも書いた。痴呆の気が出てきて、同じエピソードを何度も何度も書く。それをそのまま単行本にしてしまう編集者もなかなかのツワモノだが、作者自身が痴呆のため仕方がないと小説内で書いているので、そのまま出すしかないのだろう。

　藤枝はこの状況を逆手にとる。タイトルからして不敵で、老いの繰り言に別の味を含ませようとしているのだ。

　庭の動植物のことは他の小説でも何度も語られたが、雉鳩の話に至ってはこの短い作品内に二回出てくる。ただし前後で少し変化がある。そこに気分の遷移《せんい》も加わっている。意識的に痴呆的な書き方を演じているフシもあるようだ。

　どこまでも一筋縄ではいかない作家である。

　なお、話の中に出てくる「エーケル」については、一九六九年の短篇「厭離《おんり》穢土《えど》」に詳しい説明がある。

「今から約四〇年前、二〇まえの私は教師からdas Ekelという単語を学んだ。その時分教科書に使われていたトーマス・マンの『道化者』という短篇小説中に、作品を貫く基調として屢々でてきた言葉で、これは『嫌悪』と訳すのだと教えられた。（中略）私はこの単語を、そのころの自分をとりまいていた狭い外界、血族や級友や教師や、それから漠然と不可解ではあるがしかしどうしても嫌悪の情以外の眼では見ることのできない社会全体に投げつける形容詞として、感傷的な同感をもって受けいれた。（中略）そしてまた一方でこの単語は、自分自身の薄弱な精神と肉体のやり切れなさに絶望する嘆息のためいきとして、より強く、しかしやはり感傷的に私を打っていた」

そしてこの言葉は「田紳有楽」にも頻出する。そこでは宇宙の無常を空転させる根本動力のように使われている。宇宙はエーテルで満たされているとされた、限りなくSFチックな十九世紀宇宙物理学をもじっているのかもしれない。

最後に「静男巷談」（一九五七―六四年）について。これは連載エッセイなので「私小説」問答とは無関係だが、一篇ずつが短くて非常にうまくまとまっている。面白い作品がピックアップされているせいもあるが、概してほのぼのとして楽しい。オチもあって掌篇小説と呼びたいようなものもある。黒っぽい「文平と卓と僕」と縹渺《ひょうびょう》たる「壜の中の水」の間で、一服の清涼剤のおもむきだ。

「素朴ということ」の一節には、藤枝の芸術観がナマな形で表れている。

「U翁からいただいた書は、下手である。ただ糞真面目なだけである。そのために出る味も何もない。しかし言葉のそのままの意味で素朴である。私は大好きである」

こういう境地をめざして小説も書いているのだな、と思う。

「稚拙や奔放を意識的に狙えばもうそれは素朴とは反対のものだ」という。私も昔、ある有名な書家の展示会に行ったとき、稚拙をいかにも狙い、気どった書ばかりだ、と思ったことがある。その人の随筆を読むと、自分を尊しとする傲慢さがはしばしに感じられ、鼻について、とても読み通せなかった。藤枝の意見に賛成したい。芸術を味わい、芸術に参画するにはそのように、いつも無心でありたい。

「静男巷談」全体を「一服の清涼剤」と先に記したが、ここでも最後に異形のものが顔を出す。二〇六三年の「日記」と称して描かれる怪獣たちの世界。当時、世界各地で核実験が行われ、放射能汚染が日本上空をも襲っていた。ゴジラはそもそも一九五四年のビキニ環礁水爆実験によって生まれた怪獣であった。

それにしても、よく怪獣映画を観ているなと感心させられる。キノコ怪獣マタンゴなど、自分自身が化物の仲間にされてしまう恐怖で、私も子供の頃テレビで見てうなされた憶えがある。調べてみるとマタンゴは一九六三年八月十一日公開、「日記」は同年九月発表だから、藤枝は映画館でマタンゴを観てすぐにコレを書いたのだ。龍の童話ではじまり「田紳有楽」にいたる道筋をおもいあわせると、五十五歳の怪獣映画ファンというのもあながち不思議ではない。死ぬまで不敵でありつづけた作家の脳味噌は、痴呆になりかかっても「空気頭」になっても、みずみずしく若いままだった。

本書の底本には『藤枝静男著作集』（講談社、一九七六—七七年）の第一巻、第二巻、第六巻と、『虚懐』（「みな生きもの みな死にもの」収録、講談社、一九八三年）、『今ここ』（「老いたる私小説家の私倍増小説」「静男巷談」収録、講談社、一九九六年）を用いた。

原則として漢字は新字体に統一し、難読語句についてはルビを付した。また、明らかな誤記・誤植と思われるものは訂正した。ただし、当時の慣用表現もしくは著者独特の用字と思われるもの（「不愛想」「選衡」「巌丈」など）はそのままとした。

本書中には、現在の人権感覚からすれば不適切と思われる表現があるが、原文の歴史性を考慮してそのままとした。

藤枝 静男（ふじえだ しずお）

1907年、静岡県藤枝町生まれ。本名勝見次郎。成蹊実務学校を経て第八高等学校に入学、北川静男、平野謙、本多秋五らと知り合う。このころ志賀直哉を訪ね、小林秀雄、瀧井孝作を知る。1936年に千葉医科大学を卒業、医局、海軍火薬廠共済病院などを経て妻の実家である眼科医院に勤め、1950年に浜松市で開業。1947年『近代文学』9月号に本多秋五らが考案した筆名・藤枝静男で「路」を発表。その後も眼科医のかたわら小説を書く。1993年、肺炎のため死去。

主な著作に、芥川賞候補となった「イペリット眼」「痩我慢の説」「犬の血」などがあり、『空気頭』が芸術選奨文部大臣賞、『愛国者たち』が平林たい子賞、『田紳有楽』が谷崎潤一郎賞、『悲しいだけ』が野間文芸賞を受賞している。

田《でん》紳《しん》有《ゆう》楽《らく》
――シリーズ 日本語の醍醐味③

二〇一二年六月十二日 初版第一刷発行
定価＝本体二四〇〇円＋税

著者 藤枝静男
編者 七北数人・烏有書林
発行者 上田 宙
発行所 株式会社 烏有書林
〒一〇一―〇〇二一
東京都千代田区外神田二―一―二東進ビル本館一〇五
電話 〇三―六二〇六―九二三五
FAX 〇三―六二〇六―九二三六
info@uyushorin.com http://uyushorin.com
印刷 株式会社 理想社
製本 松岳社 株式会社 青木製本所

ISBN978-4-904596-04-3